以妻為貴 2

淺淺藍 著

文創風 570

目錄

第二十八章

用完午飯，沈薇換了衣裳，帶著顧嬤嬤和梨花去主院給祖母請安。

依她的意思是歇過午覺再去請安的，可顧嬤嬤說這樣不好，應該一進府就去給老太君請安。

古代就這不好，哪怕長輩睡覺還沒起，妳也得去請安；哪怕見不到人，在長輩的院子裡站一站也得去，不然會被說不孝。這個時代不孝是大罪，男的不能科舉做官，女的說不到婆家。

沈薇的院落偏僻，離主院很遠，她走了很長一段路，來到沈老太君住的松鶴院，即便打著傘，臉上也出了一層薄汗。

老遠就聽到正房裡傳來的笑聲，沈薇的眉揚了揚，心道有意思，看來是眾人齊聚，都等著她了。

「畫眉姑娘，這是我們四小姐，今兒午時才回府，來跟老太君請安，煩請姑娘通傳一聲。」顧嬤嬤笑著和那個杏眼的丫鬟說話，把一個荷包塞過去。

那丫鬟接過荷包朝沈薇看了一眼，說了句。「請四小姐稍候。」一轉身進了屋。

不一會兒，裡頭出來個穿青色褙子的嬤嬤。「是四小姐來了呀！快請進來，老太君在裡頭等著呢。」她看上去嚴肅，說話卻親切。
顧嬤嬤受寵若驚。「秦嬤嬤，您怎麼親自出來啦？」這秦嬤嬤是老太君身邊第一得意人，大老爺和三老爺都是她一手帶大的，就是侯爺也給幾分面子。
「是老太太想孫女了，這才打發老奴出來迎一迎的。許久不見，顧嬤嬤的精神頭更好了。」
秦嬤嬤的目光不由落到四小姐的身上，眼中閃過驚豔。
沈薇進了屋，就見主位上坐著一名端莊的老婦人，頭髮花白，卻梳得十分齊整，沒有一絲凌亂，頭上戴著抹額，抹額中間鑲嵌著一顆鴿子蛋大小的寶石，臉上有深深的皺紋，微微下陷的眼窩裡，一雙深褐色的眼眸透著威嚴和慈愛。
沈薇跪下來，鄭重地磕了三個響頭，膝行過去把臉貼在老太君腿上。「不孝孫女給祖母請安，孫女回來了。這些年孫女可想祖母了，祖母還好嗎？」要做就做全套，沈薇臉上一副孺慕之情。
老太君也很動情，撫摸著沈薇的頭，哽咽道：「好、好，回來就好！」雖然這個孫女自己不大喜歡，但到底也是自個兒的親孫女。
不過薇姊兒能說出這番話，可見是有長進的，而且她剛才這麼一瞅，這薇姊兒模樣倒是出落得漂亮。罷罷罷，女孩子只要容貌不差，到時一副嫁妝打發出門就是了。
「薇姊兒的身子可是全養好了？」老太君的眼裡帶上幾分疼愛。女孩子除了容貌，還得身子骨好，能生養，在夫家才能站穩腳跟。

沈薇的臉微微一紅，有些羞赧地說：「好得差不多了，就是換季的時候要好生留意。」她可不會說全好了，那不是惹人恨嗎？

「那就好，咱們府裡好藥材多的是，需要什麼找妳母親和大伯母要。女孩子呀，最怕落下病根了。」老太君慈愛地拍著沈薇的手，又道：「給妳母親和伯母都請個安吧，尤其是妳母親，從多少天前就惦記著妳了。」

「是。」沈薇乖巧地過去給大伯母許氏、二伯母趙氏，還有她的繼母劉氏行禮。「阿薇給大伯母、二伯母和夫人請安了。」她動作規矩舉止優雅，一眼掃過就把三人的容貌盡收眼底。

大伯母許氏四十出頭，保養得宜，看著也就三十多歲的樣子，梳著墮馬髻，上頭插著一支鎏金步搖，舉手投足間透著威嚴端莊。

二伯母趙氏容貌是三人中最出色的，穿一身豔麗的衣裳，頭上明晃晃地插著三支金釵，倒也極符合她商家出身的身分。

繼母劉氏看上去二十出頭，其實都已經過了三十的生辰，她所出的五小姐沈雪也不過比沈薇小幾個月。她皮膚白皙，一雙水眸點點含情，好似會說話一般，眼角上揚，又顯示此人有幾分精明。

聽到薇姊兒沒有喊劉氏母親而是稱呼夫人，世子夫人許氏眼裡閃過一絲笑意。薇姊兒還真如夏嬤嬤所說，換了個人似的。

她瞥了一眼劉氏，溫聲對沈薇說道：「回來就好。府裡頭的姊妹也都念著妳呢，若是缺什麼，只管跟大伯母要。」說著從手腕上褪下一只玉鐲套到沈薇的手腕。「這玉鐲成色還算好，妳拿著玩吧。」

許氏對沈薇的態度很和善，她身為掌家夫人要表現她的大度和慈愛，除此之外，瞧不上劉氏也是一個原因。

這個劉氏，不過是個六品小官之女，仗著是老太君的娘家姪女，總是和自己別苗頭，三不五時地在婆婆跟前上眼藥，還妄想跟自己爭管家權，一副小家子氣，比原來的三妯娌阮氏差遠了。

想到逝去的阮氏，許氏看沈薇的目光又和暖了幾分。「妳二姊住聽風院，薇姊兒得閒了去坐一坐，妳們姊妹也親香親香。」這薇姊兒也是個可憐的，小小年紀就沒了親娘。

「對，對，妳二姊的好日子已經定了，在府裡也留不了幾個月，妳們姊妹在閨中時要好生相處，出閣以後也要相互扶持才好。」老太君接過話頭。

沈薇屈膝應是，二伯母趙氏也十分熱情地對沈薇說：「還有我們萱姊兒，頂頂是個友愛姊妹的，薇姊兒可要常來二伯母院子玩喔。」

她一側頭，瞥見劉氏紅著的眼睛，心裡十分鄙夷。豬鼻子插蔥，裝什麼象？劉氏成日做出嬌嬌弱弱的樣子，誰不知道她的底細？也就哄哄三老爺那個實誠人罷了。

「薇姊兒出落得可真漂亮，跟妳娘可真像。喏，這金釵是二伯母給妳的見面禮。」趙氏親切地拉著沈薇誇讚，從頭上拔下一支金釵塞到沈薇手裡。她最見不得劉氏裝模作樣了，現在逮著機會，還不使勁地噁心她？

劉氏壓根兒就沒想過要給這個繼女見面禮，所以也沒有準備，現在大房二房都給了見面禮，身為三房主母的劉氏能不給嗎？能比她們差嗎？她也從手腕上褪下一只玉鐲遞給沈薇，心裡卻十分肉疼，這是她很喜歡的一只鐲子呢，連雪姊兒要都沒捨得給。

「二嫂說這些幹麼？薇姊兒才剛回來，妳這不是招她傷心嗎？」劉氏紅著眼眶，聲音裡帶著一絲哽咽，殷殷地看著沈薇，好像沈薇是她親生閨女一樣。

老太君聽趙氏提起阮氏，也有幾分不高興。「老二家的，不會說話沒人當妳是啞巴，大好的日子提那喪氣事做什麼？」

剛才沒怎麼注意，細瞧，薇姊兒還真有幾分像她原來的三兒媳阮氏，老太君心裡頓時就有幾分不喜了。

趙氏被當著晚輩的面訓斥，面上就有些下不來，又不敢頂撞婆婆，心裡把劉氏恨個半死。

沈薇垂著眸子，臉上做出或感激或落寞的神情，心底卻替原主的娘不值。好歹也是婆媳一場吧，現在連提都不能提一句。

劉氏斜了眼垂頭喪氣的二嫂，心中得意。跟我鬥，哼，就妳那副蠢樣？還是省省吧！

「薇姊兒呀，妳這路上怎麼走了這麼久，四月中旬章管事就出發了，我算著呀最遲五月中旬也該回來了，怎麼拖到了七月？」劉氏臉上帶著焦急，一副慈母心腸。

沈薇眨著天真的眼睛。「夫人，這可不能怪我呀，三月時顧嬤嬤就往府裡捎了信，脖子都等長了也沒等來府裡的人。您說巧不巧，我的生辰剛過，章管事、夏嬤嬤、李嬤嬤就到了，一說才知道是李嬤嬤路上病倒了，這才拖了行程。

「我一聽是來接我回府的，一刻都沒耽誤，就收拾東西跟著上路了，可誰知李嬤嬤又暈船。以前我在府裡時，夫人就經常教導，長輩身邊的哪怕是隻鳥也比我這個嫡女珍貴些。李嬤嬤是夫人身邊服侍的老人，我自然格外敬重，這一拖二拖的，可不就到七月了嗎？夫人，看在我這麼尊敬您的分上，就不要責怪李嬤嬤了吧？」

沈薇無比嬌憨的一番話說得劉氏面皮差點掛不住，身側的手緊了緊。「是李嬤嬤那個老貨作怪呀，看我回頭不罰她？薇姊兒回來就好，我這心呀，總算能放下來了。怎麼我聽李嬤嬤說姊兒帶了不少不知底細的護院小廝，還都進了院子？薇姊兒呀，妳多年未在府裡不知道規矩，這男僕是不能隨意出入後院的，快快打發了出去。」劉氏一計不成又生一計。

「薇姊兒，可有此事？」老太君的臉沉了下來。剛才還覺得薇姊兒長進了，到底是在外頭長大的，規矩也太差了。

沈薇不慌不忙地上前說道：「好教祖母和夫人知道，我正要說這事呢。」

頓了頓，她誠懇地望著劉氏，說道：「許是夫人事務繁忙，還沒來得及給我準備住處，我那風華院的鎖都鏽住了，還是拆了門才進去的，院子裡的草都半人高了，招了不少野物做窩。屋裡也積了厚厚的塵土，窗櫺都壞了，透著一股霉味。我也知道男僕不得出入後院，可沒辦法呀，除草修屋子這些活計，丫鬟可做不了，所以我只好跟張嬤嬤學了，她叫我這個嫡女事急從權，從角門進府，我也只好從權讓護院小廝進院子幫忙。這些活計一下午也做不了，我想著，能不能請大伯母和夫人給派些人手？而且他們也不是什麼不知底細的人，都是祖父派給我的人手。」

沈薇才不會讓劉氏得逞呢，本來她只是想請個安了事，現在麼，哼，既然劉氏非要撩撥本小姐，那本小姐就把妳做的事一股子全都揭出來。

「還有這等事？許氏妳是怎麼管家的？」老太君發火了。侯府小姐的院子居然都荒了？這事若是傳出去，忠武侯府還有什麼臉面？老大家的一向處事得體，怎麼還出現這等疏忽？

許氏都要氣笑了。她是掌管中饋不假，可也管不到三房頭上去呀！婆婆這也太偏心了！

「母親容稟，這事兩個月前兒媳就提出來了，是三弟妹說薇姊兒是三房的嫡女，主動攬過了這事。」許氏恭敬地解釋了一番。

老太君不善的眼神立刻瞄準劉氏，劉氏不等婆婆開口就搶先認錯。「母親啊，兒媳早把這事吩咐給張嬤嬤了，薇姊兒是咱們三房正正經經的嫡長女，她的事兒媳還能不經心嗎？肯定是那老貨偷奸耍滑給忘了。薇姊兒，母親對不起妳，要不我讓雪姊兒把院子讓出來給妳住？那丫頭皮糙肉厚的，在哪兒都能窩著。」她又內疚又著急，一臉真誠地望著沈薇。

顧嬤嬤恨得嘴唇要咬出血。這個狠毒的劉氏，這個時候都不忘給小姐挖坑，若小姐真的住進五小姐的院子，那外頭肯定要說小姐囂張跋扈，一回府就霸占了妹妹的院子。

「我哪能占了五妹的院子？風華院雖然小了些、荒涼了些、偏僻了些，但整理整理還是能住人的。當初沈家莊四下透風的房子我都不怕，現在可比沈家莊祖宅強多了。」沈薇臉上也是滿滿的誠懇。

劉氏心裡恨得吐血，臉上卻不得不做出慈母模樣。這小賤人一定是來剋她的！張嬤嬤、李嬤嬤說時，她還不信，想著就是再變又能變哪兒去？還不是一樣被她揉圓捏方？誰知道這小賤人這般伶牙俐齒。

一旁的許氏眼中閃過笑意。現在的薇姊兒可不是個善的，以後三房有好戲瞧了。而趙氏巴不得劉氏倒楣，見劉氏不得不強裝出一副笑臉，她的臉上滿是幸災樂禍。

「行了，雪姊兒都住進去了，往外搬多麻煩，還是把風華院好生修葺一番吧。老大家的，妳指派人手，趕緊把院子拾掇出來。」最後老太君一錘定音，比起得她心意的雪姊兒，沈薇自然要靠後了。

「秦嬤嬤，去我的梳妝匣子裡挑幾樣給薇姊兒玩，姑娘家的，太素淨了也不好看。」老太君對著秦嬤嬤吩咐。

「謝謝祖母賞賜。」這就是傳說中的給甜棗？同時她對著許氏也是一禮。「也謝謝大伯母。」

說到這裡，沈薇抿了抿嘴，臉上現出幾分不好意思，聲音也低了下來。「我進府至今還沒用午飯呢，本想著到祖母這裡來蹭一頓的——」她的聲音越來越低，直至如蚊蚋。

老太君對沈薇剛起的幾分慈愛之心一下子全沒了。這薇姊兒事怎麼這麼多？無論是以前還是現在，這性子都不討喜，老太君頓時沒了說話的興致。

「畫眉，去廚房叫幾道菜送四小姐院子裡。」手一擺，把沈薇打發出去了。

沈薇這趟請安，得了好幾樣好東西。出了松鶴院，梨花就提出心中的疑問。「小姐，您不是吃過了嗎？」她看出來了，老太君對小姐沒有多喜歡，小姐幹麼為了點食物惹老太君不高興？

沈薇輕笑一聲。「誰說我吃過了？廚房都沒有送飯，我怎麼吃？」她眼睛注視著前方。「梨花，妳要記住，受了委屈就得說出來。妳不說誰知道呢？時間長了，她們都當妳是軟柿子，誰都要捏妳一把。」

「是，奴婢記住了。」梨花是聰明的，經小姐這麼一提點立刻明白了。「但小姐，您真的要住風華院嗎？」小姐可是帶了不少丫鬟婆子，哪裡住得下？

「住呀！」沈薇的眸子望向遠方。那裡有隻飛鳥快速飛過，她的心底掠起一絲羨慕。

風華院是小，是破，那是因為她沈薇沒回來！現在她回來了，風華院還會又小又破嗎？覺得她好欺負是吧？哼，也該讓府裡的一些人明白，她沈薇可不是那麼好欺負的。

第二十九章

回到風華院，沈薇就讓人把龐先生請來了。也不知她是怎麼說的，龐先生當晚就去找世子爺沈弘文，第二天，風華院就動工了。

消息一傳出來，全府都炸開了。

最先得到消息的是三房的當家主母劉氏，畢竟這是三房的地界，有什麼風吹草動都瞞不過她。

「什麼？風華院要擴院子？是世子爺親自吩咐的？」劉氏驚得把桌上的茶杯都打翻了。

「這不可能，大伯父怎麼會給那個賤丫頭擴院子？」沈雪尖利的聲音響起。若說沈雪最恨誰，無疑是沈薇這個嫡姊了。因為有她在，自己永遠只能是嫡次女，所以她卯足勁地欺負她，時常想著，若這個嫡姊死了該多好。

現在這個嫡姊不僅沒死，還回來了，聽娘說性子也變了，她正想去瞧瞧呢，誰知下人來稟報說大伯父讓人給那個賤丫頭擴院子，她頓時就火了。憑什麼？她一個上不得檯面的賤丫頭哪配住好院子？

「雪姊兒住嘴，薇姊兒是妳姊姊。」劉氏瞪了女兒一眼。雖然她也很討厭這個繼女，但表面功夫還是要做的。雪姊兒都是快及笄的人了，這般口無遮攔可不行，好在這是在自己屋裡，傳不到外頭去。

「她才不配做我的姊姊呢，她就是個沒有教養的賤丫頭。」沈雪被母親訓斥，極為不快，張嘴就反駁。

「雪姊兒！」劉氏的臉一沈，見女兒嘟著嘴不滿地轉過身去，心中又有幾分心疼，只是這麼多下人看著，她也不好多說什麼。

「這消息可靠嗎？」劉氏問下頭跪著的婆子。

「不可靠，奴婢也不敢來夫人跟前稟報呀。」那婆子露出諂媚的笑。「是大管家親自帶人在那兒幹活的，奴婢特意打聽了，是世子爺吩咐給四小姐擴院子的，奴婢瞧著量了好大一片地呢。」婆子臉上滿是羨慕。風華院這麼擴下來，可不比主院小多少了。

劉氏的眼閃了閃。「妳做得很好。張嬤嬤，賞她一兩銀子。」

「多謝夫人賞賜。」婆子大喜，接過銀子，歡天喜地地走了。

那婆子一走，沈雪就嚷嚷開了。「娘，我不信，大伯父怎麼會給她擴院子呢？」肯定是哪裡弄錯了！

劉氏拉過女兒，耐著心教導。「雪姊兒，娘平時跟妳說的都忘了嗎？姑娘家要柔順嫻靜，有話不能好好說，嚷嚷什麼？還一口一個賤丫頭，她到底是妳姊姊，哪怕妳心底再恨也不能表露出來，還怕別人抓不住妳的把柄嗎？」

沈雪長得好，在這個女兒身上，劉氏傾注了多少心血，女兒倒也爭氣，不僅規矩好，才學也好，是京中出了名的才女，很受追捧。劉氏還指望她嫁個好人家，好給自己和兒子撐腰。

「是，女兒知錯了，我這不是被氣的嗎？何況這是在娘的屋子裡，都是自己人，她們誰敢傳出去？」沈雪也是聰明的，一雙厲目冷冷地掃過屋裡的丫鬟，見她們紛紛垂下頭，才滿意地露出笑容。「娘，您就別跟女兒計較了，您快想想怎麼辦吧，女兒才不要被賤……她壓一頭。對了，娘，她怎麼沒來跟您請安呢？」

沈雪的眼睛忽然一亮，頓時想到了一個好主意。不給長輩請安，多好的罪名，沈薇呀沈薇，還以為變得多聰明，還不是跟以前一樣蠢？

「是我讓她不要來的。妳祖母體恤她才回府裡，免了她七天的請安，娘也跟著免了她的請安。」

沈雪臉上的笑容頓時凝固了，忿忿不平地問道：「那現在怎麼辦？反正女兒看不得她得意。」

劉氏看著女兒如花的容顏，想到繼女那似乎比女兒還要美的臉，心裡也極不舒服。

「走，咱們去給妳祖母請安去。」

「對呀，咱們告訴祖母去，祖母肯定還不知道這事呢。」沈雪拍手笑了起來，十分得意。

老太君確實不知道此事，聽沈雪一說，立刻就把世子夫人許氏給喊來了。

許氏是知道的，昨晚世子爺回房就跟她說了這事，她雖然有些詫異，倒也沒說什麼。畢竟這是侯爺的意思，侯爺看中薇姊兒，願意給她修院子誰也不能說什麼。

那風華院她也是知道的，又小又破還偏僻，根本無法住人，若依她的意思，早就該修了。現在侯爺出私房銀子給薇姊兒修院子，她沒意見，反正這打的又不是她的臉。

讓她詫異的是侯爺對薇姊兒的看重。許氏是尚書府的嫡長女，是侯爺親自上門求娶的兒媳，自然是極有眼力。她知道自己的相公雖然上進，但比公爹差遠了，又沒有帶過兵，撐不起忠武侯府；兒子還沒弱冠，她自然盼望侯爺能長命百歲，好為兒子鋪好路。

想起家中父親對公爹的評價，許氏若有所思。能得侯爺看重，那薇姊兒定有不凡之處，嗯，回頭要交代霜兒好好和薇姊兒相處。

所以一見到老太君派人來請，她就明白什麼事，吩咐院子裡的下人幾句，便跟著去了松鶴院。

「老大家的，我怎麼聽說薇姊兒的院子正大興土木，這是怎麼回事？」

許氏看到坐在一旁的劉氏和偎在婆婆懷裡的雪姊兒，還有什麼不明白的？笑著答道：「媳婦也是昨晚才聽世子爺說這事，正想跟母親您稟報呢。是這麼回事，龐先生奉侯爺之命送薇姊兒回京，他見那風華院太過逼仄，實在住不下人，又見風華院外頭空了好大一片地，就找世子爺商量，看能不能把薇丫頭的院子給擴一擴，好歹把人安置下去。」

「這麼說，是侯爺的意思？」老太君有幾分詫異。侯爺何時見過薇姊兒了？雖然詫異，老太君卻沒有懷疑，因為侯爺與薇姊兒外祖的私交不錯，對薇丫頭看顧幾分也是可能的。

沈雪窺了眼祖母的臉色，突然開口道：「祖母，祖父不是一直鎮守西疆嗎？大家都說祖父可厲害了，是咱們大雍的戰神，孫女都從來沒見過他老人家呢。」

天真的臉龐，撒嬌的話語……許氏眼含譏誚，都說雪姊兒是個聰明的，果然啊！

老太君很高興，和藹地在沈雪的背上拍了拍。「妳祖父呀，行軍打仗確實是把好手，妳爹跟妳大伯都沒他這份本事，所以聖上才放心把西疆交給他。」

忠武侯府也正因為侯爺才聖眷正濃，要說有什麼不好，那就是侯爺長年駐守在外，不能回京團聚，府裡的這些小輩幾乎都沒見過這位祖父的面。咦，對呀，那侯爺是怎麼知道薇姊兒的？

老太君是這樣想，也是這樣問的。「侯爺何時見過薇姊兒的？」還特意派龐先生送她回京，老太君心裡就有幾分不舒服。跟她那個死去的娘一樣，小小年紀就是個會蠱惑人的。

許氏不著痕跡地掃了一眼乖巧的五姪女，提醒道：「母親忘了兩年前嗎？侯爺奉密旨入京是要經過沈家莊的。」

兩年前，侯爺秘密入京，把府裡的幾位少爺都叫到跟前考校了一番，面露失望，之後把三個兒子拎到書房臭罵了一頓。這兩年，許氏一直不放鬆督促兩個兒子上進，因為大兒子沈謙回來跟她說了，祖父當時嘀咕了一句：兒孫這麼多，沒一個像老子的，還不如個小丫頭。

難道這小丫頭說的是薇姊兒？不會吧？那時薇姊兒才多大？也就十二、三歲，還能比自小就優秀的謙哥兒出色？許氏按下心底的疑惑。

「十有八九是那時見的。」沈老太君點點頭，對許氏吩咐。「既然是侯爺的意思，那妳就好生盯著吧，別再出什麼岔子了。」修就修吧，薇姊兒到底是嫡女，不像庶女，隨便塞哪個院子都行，若是外頭知道侯府嫡女的院子如此寒酸，那侯府的臉面往哪兒擱？

沈老太君是不在意，劉氏母女卻依舊忿忿不平。

「雪姊兒，妳要沈得住氣，妳看看妳現在的樣子，把娘的話都忘了。」劉氏看著走來走去的女兒有些無奈，雪姊兒向來沈穩大方，各府的夫人都讚規矩好，怎麼那死丫頭一回來，她就變得沈不住氣了？若早知道那丫頭對雪姊兒影響那麼大，在路上她就——劉氏微垂的眸中閃過一抹殺意。

「娘，我就是嚥不下這口氣。」沈雪氣呼呼地噘著嘴巴。「娘，那風華院建好之後比我的院子大上一半，她憑什麼住得比我好？」

她才是三房最受寵的嫡女，沈薇不過是個沒娘的病秧子罷了，全京城誰知道她？一提起侯府的嫡女，除了二姊就是她。

「嚥不下去也得忍著！」劉氏忽然提高聲音，見女兒一副委屈的樣子，心又軟了下來。「不過是個院子，建得再好，她還能在府裡住一輩子嗎？何況，即便是建好了，也不知道她有沒有命住……」劉氏嘴角冷凝，意味深長。

沈雪一下子坐直身子。「娘，您有了主意？」

對上女兒驚喜的目光，劉氏緩緩點頭。三房就是她的天下，在這後宅收拾一個小丫頭還不是易如反掌？

「娘，您真好！」沈雪歡喜地把頭埋進劉氏的懷裡。

劉氏點著女兒的額頭。「妳呀，就是個小魔星！」頓了頓又道：「收拾那丫頭自有娘出手，妳可不要和她起衝突。相反地，妳要溫柔大度，守本分，妳爹最希望妳們姊妹和睦相處了。」她對著女兒諄諄教誨。

「娘，女兒明白。」沈雪脆生生地答應。

下午，沈薇歇完午覺，正聽梨花回稟事情，水仙過來通報。「小姐，幾位小姐來看您了。」

沈薇微訝，隨即吩咐道：「快請。」自己起身迎了出去。

剛邁出門檻，幾位小姐就到了，領頭的是二小姐沈霜和五小姐沈雪。「這麼熱的天還煩勞各位姊妹們來看阿薇，真是罪過罪過，快請進屋。」

就見沈霜抿嘴一笑。「四妹多年未歸，本該昨日就來探望的，想著妹妹還要忙著歸整行李就改為今日了，希望沒有打擾到妹妹。」頓了頓，又道：「妳三姊偶感風寒，託我跟妳道聲不是，回頭等她好了再來看妳。」

沈霜和沈薇的年紀相差兩歲，自然十分相熟。沈霜記得這個四妹的性子最是膽小怯弱，整日垂著頭也不愛說話，跟眼前這個明朗大方的少女一點也對不起來。

「二姊說笑了吧？妹妹感激都還來不及呢。」沈薇笑著應道，引領幾人進了屋，有些不好意思地說：「院子簡陋，還望姊妹們不要怪阿薇怠慢。梨花，快，給幾位小姐上茶。」至於偶感風寒未來的三姊沈櫻，沈薇猜想才不是偶感風寒，不想來給她接風才是真。

幾人忙道不會，一雙雙眼睛不著痕跡地打量屋裡的擺設，臉上浮現驚訝的神色。

因為風華院正在擴建，所以幾人過來時看到的是滿地狼藉，本以為屋內也如外面一樣，尤其是沈雪，都做好了看笑話的準備。結果卻讓她們大吃一驚，沈薇這屋子雖不大，收拾得卻乾淨素雅，各種擺件看著也頗為不凡，不是說她是個窮的嗎？有那消息靈通的，心裡已經轉過了千般念頭。

「來，姊妹們喝茶。這是外頭的茶葉，比不得府裡的珍貴，大家可不要嫌棄呀！」沈薇落落大方地指揮丫鬟給幾位小姐上茶。

沈霜年紀最長，最先端起茶杯。「這是妹妹的一番心意，怎麼會嫌棄呢？」她輕輕抿了一口，眸中立刻滿是驚訝。「這可是著名的顧渚紫筍？」

「還是二姊見多識廣，一下子就嚐出來了。」沈薇的目光透著讚賞，隨即面上又有幾分不好意思。「大家是知道我的，哪懂什麼品茶？不過覺得喝著順口，這是祖父讓龐先生給我捎的，二姊若是喜歡，妹妹勻給妳一兩。」

沈霜是個愛茶的，便沒有推辭。「如此就謝謝四妹了。」目光裡多了幾分真誠。

顧渚紫筍產於顧渚山一帶，因為稀少，所以極其珍貴，每年宮中也不過得上兩斤。去年她爹差事辦得好，聖上賞了二兩，她爹寶貝得跟什麼似的，她死磨硬纏才要到兩小撮。

其他幾位小姐一聽是顧渚紫筍，紛紛端起茶杯品嚐，之後連連點頭讚好茶。穿杏色衣裳的六小姐沈萱道：「四姊可不能偏心，這麼好的茶葉只給二姊一人，也得勻我們一點。」

沈薇十分爽快地應了。「成，不過我也剩不多，一兩肯定不夠，這樣吧，每人半兩？」

大家自然都說好，有個半兩也是極有面子的事了。最小的沈月甜甜地對沈薇笑。「四姊真好。」

沈雪則是滿心嫉妒。顧渚紫筍，她只聽說過名字，而沈薇卻能一兩、半兩地往外送，憑什麼？

「姊姊的命可真好，能得祖父這般疼愛，哪像我等姊妹連祖父的面容都沒見過。」沈雪酸溜溜地說，話中帶著挑撥。

沈雪的話音一落，屋裡頓時安靜下來，幾人看向沈薇的目光閃爍起來。

沈薇莞爾一笑，認真說道：「五妹說得真對，我也覺得自己的命特別好，不然京郊的莊子那麼多，我怎麼偏偏去沈家莊養病呢？這才讓我見到了祖父他老人家。」

幾人頓時想起幾年前的事情，紛紛對沈薇生出同情，心裡那點嫉妒便消失得無影無蹤。

沈雪見狀，心裡又是氣個半死。

沈薇一邊和姊妹們說話，一邊不著痕跡地打量她們的容貌。侯府的姊妹容貌都不差，尤其是七妹沈冰，端的是一副花容月貌。

姊妹們說笑一番，很快便提出告辭，沈薇把她們送出院門，剛要轉身就見遠處跑來個小廝，邊跑邊喊：「四小姐，快、快點去救五少爺，老爺要打死五少爺！」

沈薇面無表情，梨花立刻喝道：「嚷嚷什麼？有事好生說。」

那個小廝十分狼狽，額頭破了一塊，嘴角烏青。「四小姐，您快去救救五少爺吧！再晚就真的來不及啦！」他的聲音非但沒有降低，反而因焦急拔高不少，引得四周做活的下人紛紛張望。

沈薇依舊無動於衷，小廝急了，跪倒在地不住磕頭。「奴才是五少爺身邊的四喜，奴才求求四小姐了，老爺真的會打死五少爺的！」

「喔，是嗎？」沈薇淡淡的聲音響起。

那小廝忙不迭地點頭。「五少爺在外頭跟秦相爺家的小公子因一位姑娘起了衝突，五少爺把人家的頭打破了，相府找上門來，老爺大怒，要打死五少爺呢！」

他口齒伶俐地交代了事情的前因後果，沈薇就見周圍的下人們搖頭，臉上帶著鄙夷。一道鋒芒從她眼中一閃而過。「五少爺做錯了事情，父親教導他是天經地義。」

小廝聽到四小姐這麼說，頓時更急了，他小心地瞧著四小姐的臉上，見她一點焦急都沒有，心裡也沒底起來。

四小姐和五少爺不是同胞姊弟嗎？聽到五少爺挨打，四小姐怎麼無動於衷？他心中有幾分沮喪，好似又想到什麼，臉上閃過害怕，咬了咬牙打起精神。今天無論如何得把四小姐請過去！

「四小姐，您就去幫五少爺求求情吧！」小廝頭磕得咚咚響，聲音淒厲。

「什麼？老爺要打死五少爺？小姐呀，您快去求求情吧！」從院裡奔出來的顧嬤嬤一聽，頓時嚇得沒主見了，只能抹著眼淚求小姐去求情。

沈薇心中嘆了一口氣，示意梨花扶起顧嬤嬤。「嬤嬤放心吧，我這就去看看。」她還沒見父親的面，現在卻要去觸怒他，這日子怎麼就不消停呢？

「謝謝四小姐！謝謝四小姐！」小廝大喜，心裡也鬆了一口氣。

「閉上你的狗嘴，小姐和五少爺乃同胞姊弟，哪裡要你一個奴才來謝。」梨花狠狠地瞪了小廝一眼。五少爺身邊都是些什麼人，這麼糊塗拎不清。

「是、是，姊姊教訓得是，是奴才疏忽了。」小廝陪著笑臉輕搧了一下自己的嘴巴。

「都是這張臭嘴不會說話！」邊打邊覷了四小姐的臉色。

「行了，趕緊前頭帶路吧！」梨花又斥了一聲。

第三十章

剛進外院的大門就聽到一個男子怒氣沖沖的聲音。「你這個逆子！不好生讀書，成天就知道惹禍，看我不打死你！」

接著是一個少年的聲音。「爹呀，真不是我先動手的，秦牧然那小子該揍，他調戲良家民女——」

「你還有理了？你今天不是在學堂唸書嗎？怎麼跑到街上去了？我打死你、打死你！」

然後就聽到劉氏的驚呼。「老爺，不要啊！珏哥兒還小，犯了錯您好生跟他說，要是把他打壞了怎麼辦？」

「妳讓開，今兒我非得好好教訓他不可！」三老爺的怒氣更盛了。「還小？都十一了連個三字經都背不全，奕哥兒比他還小都比他懂事。」

沈薇不由加快腳步趕過去，只見一個身穿寶藍袍子的中年男子正手持鞭子追打一個少年，劉氏跟著攔著。

那少年比較淒慘，頭髮散亂，臉上還流著血，正抱頭四下躲閃。

「少爺！」小廝四喜立刻就撲了過去。「奴才把四小姐請來了。」

那少年一點也不領情，一腳把他踹開。「要你多事！」

因為沈薇的到來，三老爺不再追打兒子。「妳怎麼來了？」眉頭皺著。

沈薇鎮定地上前見禮。「女兒見過父親和夫人。」

三老爺沈弘軒嗯了一聲，不再說什麼。此時，劉氏卻輕聲細語地勸道：「老爺，薇姊兒才剛剛回府，他們姊弟倆都幾年沒見了，您就消消氣，饒了珏哥兒這一回吧。」又回頭對沈珏慈愛地道：「珏哥兒，快給你爹認錯。」

沈珏卻梗著脖子，一副死不悔改的樣子。「不，我沒有錯，是秦牧然先惹我的。」

「你這個混小子！」三老爺的火氣又上來了。「不打不行，他才多大？就學會跟人爭女人，長大還得了？」

提起鞭子就要去打，被劉氏一把抱住了胳膊。「老爺啊，可不能打啦！若是打個好歹，我怎麼跟姊姊交代呀？」說著，她的聲音就哽咽了。「珏哥兒，你就低頭給你爹認個錯吧，認了錯他就不打你了。」

沈珏死抿著嘴不開口，眼裡卻在猶豫。

這是要把罪名定下來了？那可不行！怎能讓劉氏得逞呢？

「夫人的好意，我和弟弟心領了，只是還是得把事情弄清楚比較好，畢竟事涉相府，父親就是上門道歉也好有個說詞。」沈薇清冷的聲音響了起來。

三老爺一想也對，皺起的眉頭展了展，瞪向兒子怒喝道：「還不快把你做的好事交代清楚！」

沈玨被罵得縮了縮脖子，嘟囔著交代了事情經過，沈薇也想出了下面的情節。

今日，沈玨在學堂唸書，因為昨天的功課沒有完成，被夫子打了十下手心，並被要求站到學舍外頭反省。沈玨是個暴脾氣，一氣之下就出了學堂去街上玩耍。他在酒樓裡偶遇丞相府的嫡幼子秦牧然調戲賣唱姑娘，他是京中出了名的混世魔王，仗著自己爹是當朝丞相，同胞大姊是宮中的淑妃，慣常耀武揚威、欺男霸女。

而沈玨也不是什麼好鳥，但對秦牧然的行為十分看不上，見那賣唱姑娘可憐兮兮的，就上前管了閒事。但秦牧然哪是個會聽人勸的主兒，一言不合就把酒杯扔到沈玨的臉上，沈玨也不是個能受委屈的，就衝了上去。

沈玨雖然比秦牧然小了兩歲，但他自小習武，自然比秦牧然這個弱雞強多了，即便有家奴拉著攔著，他也把秦牧然的頭給打破了。當然混戰中，他也沒討到好，不知是誰把碗砸到他頭上，鮮血流了一臉。

秦牧然是秦相爺的嫡幼子，在府裡十分受寵，向來只有他欺負別人的，現在卻被沈玨打破了頭，府裡可炸開了鍋，連秦老太君都驚動了，摟著秦牧然心疼地直喊心肝，叫嚷著要嚴懲打人的凶手。

這不，沈玨還沒回到侯府，秦府的管家就上門來了。沈弘軒也在場，聽秦府管家夾槍帶棒地一番告狀，他心中的怒火就上來了，直接拎著鞭子到外院來堵這個惹禍的兒子。

「兒子是見義勇為。」沈玨這小子的脾氣可真倔。

「唉呀，我的玨哥兒，即使都是你有理，你也不能打秦小公子呀！秦老太君最疼這個小孫子，這可如何是好？玨哥兒，你就委屈委屈跟秦府認個錯，再有你爹從中說情，定不會把你怎麼樣的，老爺您說是不是？」劉氏一副擔憂不已的樣子。

聽她這麼一說，三老爺的臉上閃過猶豫，沈薇見狀立刻開口。「夫人這話就不對了吧？不是玨哥兒的錯，為何上趕著去認？只因為秦府勢大嗎？」

「薇姊兒，妳還小，不明白這其中的厲害。這位秦小公子是秦相的老來子，一府都寵著呢，而且他的胞姊是聖上最愛重的淑妃娘娘。」劉氏耐心地分析其中的利害關係，連三老爺都不住點頭。「你們母親說得對，咱們得罪不起淑妃娘娘。」

沈薇掃過沈玨垂頭喪氣的臉，心中忽然十分氣憤。她直視三老爺，道：「秦相府勢大，咱們忠武侯府又差嗎？祖父駐守西疆，您若真要上秦府賠禮，這不是打祖父的臉嗎？不過是兩個孩子打架，秦小公子破了頭，玨哥兒難道是好模好樣的嗎？兩家大人在一起說開就好了，難不成秦相爺和淑妃娘娘還會和一個孩子過不去？不看佛面也得看僧面吧。」

沈薇見父親沈思不語，便又道：「父親，此事您還是和大伯父、二伯父商議商議吧。喔對了，龐先生也在府裡，他是祖父身邊最信重的幕僚，您不妨也聽聽他的意見。」

說到這裡，她緩緩站起身。「父親，弟弟的頭上還流著血呢，女兒帶他回去包紮了。」

三老爺這才想起，朝兒子看去，見他頭上的血把半邊臉都蓋住了，心中又有幾分心疼，揮揮手道：「去吧、去吧，好生找個大夫給他瞧瞧。」後一句話是對劉氏說的。

沈薇行了一禮便帶著弟弟出去了。她走後，三老爺沈弘軒一臉欣慰。「薇姊兒長大了，懂事了。」模樣也越來越像阮氏。

望著相公陷入回憶的臉，劉氏的臉上閃過猙獰，只不過一瞬就消失不見，反倒微笑著附和。「是呀，薇姊兒出落得越來越漂亮了。」

沈弘軒點頭讚許，望向劉氏的眼神也愈加柔和。「她畢竟多年未在府裡，妳是她的嫡母，要好生教導她規矩。」

「妾身省得。」劉氏正色道。

出了院門，沈玨就一腳踢開扶著自己的四喜。「狗奴才，一點眼力都沒有，還不快滾回院子準備傷藥，在這兒磨蹭個什麼？」

四喜被踹了一腳也不惱，忙不迭地爬起來，諂笑著又去扶自家少爺。「奴才這不是不放心少爺您嗎？少爺您慢點。」

沈玨一點也不領情，又是一腳過去。「小爺我好著呢，滾！快滾！」

「少爺，您小心著傷啊，別、別踢，奴才滾還不成嗎？」四喜見少爺真的生氣了，偷偷瞥了眼四小姐，見她不準備管，決定還是先回院子報信。「少爺啊，奴才先回院子報信，您走慢些，小心傷口。」

沈薇以為這個弟弟支開四喜是有話要和她說，誰知他開口就是抱怨。「以後我的事妳不要管，顧好妳自己就行了。」

若不是聽到之後他還嘟囔了一句「妳若有事還不得小爺我救妳」，沈薇真的扭頭就走。即使沈玨是原主的弟弟，可和她有什麼關係？若是個拎得清的，她不介意姊友弟恭；若是個不識好歹的，對不起，姊不伺候。

不過現在看來，沈玨雖然暴躁魯莽衝動，但對原主這個姊姊還是有幾分感情。於是沈薇撇了撇嘴。「你當我想來呀，還不是你的小廝來求我的？」

沈玨便有些惱了。「那妳趕緊走吧，我回院子了。」說完就氣呼呼地小跑向前。

沈薇一伸手把他拽了回來。「你就消停點吧。」拿出帕子給他擦臉上的血，邊擦邊皺眉。「你傻啊？就不會在外頭醫館把傷包好了再回來？」

「欸欸，妳幹麼？男女授受不親，妳放開我！」沈玨直叫嚷。

沈薇充耳不聞，往他的耳朵狠狠擰了一下。「閉嘴，我是你姊姊。」傷口正處在額角，有三、四公分長，若是留疤肯定破相。

「疼、疼呀！放手啦！」沈玨大聲慘叫著，卻沒有把人推開。

沈薇沒好氣地道：「疼就對了，看你還跟人打架不？」手下的動作卻輕了許多，換了塊乾淨的帕子敷在傷口上。「自己捂著，別見了風。」

「女人就是麻煩。」沈玨小聲嘀咕著，手卻老實地捂在頭上，好看的嘴角微微上翹。

一踏進沈玨的院子，就有個小廝被人攙扶著迎過來。「少爺，您可回來了，您沒事吧？

老爺沒打您吧？奴才是傷得狠了，若不然肯定替少爺挨鞭子。」

這人看起來可慘了，一條腿瘸著，頭上纏著一圈白布，白布上透著殷紅的血，臉上也是鼻青臉腫的，一看就是傷得很重。任誰看了都忍不住動容，沈玨也不例外。「小爺知道你是個忠心的，行了，你下去養傷吧，爺不會忘了你的。」

「奴才謝謝少爺，奴才還撐得住，奴才要看著少爺包紮好傷口再去休息。」三喜忠心地說。「少爺，大夫已經在廂房等著了。」

「好奴才！」沈玨大聲讚了一句，悄悄地瞥了瞥自己姊姊，嘴角忍不住得意地上翹。

進了屋，留著兩撇鬍子的大夫揹著藥箱進來了。「給少爺請安了。」放下藥箱就要揭沈玨頭上的帕子。「草民要先看看少爺的傷口。」

「慢！」沈薇喊道：「這大夫是哪裡請的？府上不是有大夫嗎？」大戶人家誰府上沒有府醫呢？忠武侯是武將，府上更是備著大夫，還不止一個呢。

「四、四小姐。」四喜有些慌亂，受傷頗重的三喜搶過話頭。「回四小姐，這大夫是外頭醫館請的，夫人嫌府裡的大夫醫術不夠精湛，就從外頭的醫館請了專治外傷的大夫。」

隨著三喜的應答，那大夫的頭昂得高高的，一副高人的模樣，不耐煩地說道：「府上請草民瞧傷，那是看得起草民，既然小姐瞧不上草民，那就另請高明吧。」作勢就要揹著藥箱離開。

三喜、四喜可急了，忙攔著。「大夫、大夫，我們少爺還指著你看傷呢，你怎麼能走呢？四小姐，這真是名醫，還是趕緊給少爺瞧傷吧。少爺，您看？」一副左右為難的忠僕樣子，倒反襯出沈薇的刁蠻不講理。

沈玨本就沒什麼耐性，不耐煩地揮揮手。「看吧，看吧，隨便包包就成，哪就這麼麻煩？不都是大夫嗎？」他也覺得自己姊姊有些小題大做了。

沈薇無動於衷，冷冷地斜睨著三喜、四喜這兩個膽大包天的奴才，出口的話就更冷了。「我倒不知何時外頭隨隨便便一個野大夫，就比忠武侯府裡的大夫高明了？既然夫人如此嫌棄，梨花，妳一會兒去龔大夫那兒說一聲，就說咱們夫人嫌他醫術不精，以後夫人的事就不煩勞他了。」

「是，奴婢一會兒就去。」梨花響亮地應著。

三喜、四喜慌了。「這、這……奴才不是這個意思，這不是醫館的這位大夫更好一些嗎？」若是夫人知道他倆壞了事，定不會饒了他們的，於是又撲通一聲跪到自家少爺跟前。「少爺，奴才的心日月可鑑啊，奴才真的都是為了少爺好呀！」涕淚橫流，呼天喊地。

沈玨對姊姊也有了幾分不滿，剛要開口就聽姊姊身邊的丫鬟站出來。「放肆！小姐是五少爺的親姊姊，還能害了他不成？」

沈玨一想也對呀，到嘴邊的話又嚥了下去。記憶中，姊姊的形象愈加清晰起來，自己這姊姊是個膽小的，但對自己卻極好，有什麼好吃的都巴巴給自己留著。不過現在姊姊的膽子似乎變大了，都敢擰他耳朵了！

「小姐不過是想知道這大夫是在哪兒請的，你們就找了一堆藉口，不是心虛是什麼？」梨花跟在小姐身邊日久，漸漸也有了威勢，一番話問得三喜、四喜啞口無言，只一味對著少爺哭喊表忠心。

「這位更好一些的大夫到底是哪家醫館的？正巧我也帶回一位大夫，已經讓人去請了，等會兒倒要跟這位大夫討教討教。」沈薇的臉上掛著淡淡的笑，似笑非笑地望著沈玨。「弟弟呀，你姊姊我來這兒半天，連杯茶都還沒喝上呢，不知道的還以為弟弟多不待見我這個姊姊呢，弟弟院子裡的規矩可不太好呀。」

何止是不太好，簡直是差極了，一進院子就沒見著幾個下人，只有兩、三個小廝懶洋洋地拎著掃帚；進了屋，更是沒見到丫鬟，她都坐這麼一大會兒了，也沒人送杯茶上來。

沈玨只覺得臉上火熱，一股壓不住的邪火燒了起來。「沈魚跟落雁呢？死到哪裡去了？」一腳把凳子踹出老遠。「你倆是死人？還不去給小姐泡茶！」

四喜趕緊爬起來，小跑著去尋丫鬟了。三喜心中暗暗叫苦，若是他剛才沒想著在少爺跟前露臉，哪裡有這無妄之災？

那個大夫則站在那裡走也不是、留也不是，尷尬極了。

就在此時，張柱子引著柳大夫來了。「老朽見過小姐和五少爺。」

沈薇的頭微微點了一下。「柳大夫，五少爺的傷就煩勞你了。對了，這位大夫是我那好繼母請來的，聽說醫術精湛呢，你們是同行，不妨切磋切磋。」

柳世權是個人精，頓時明白了小姐的意思，謙遜地一抱拳。「老朽才疏學淺，還要跟這位神醫討教一二。」

那人一張臉脹得發紫，憤怒至極。「小姐何必如此羞辱草民，既然貴府已經請了大夫，草民還是告辭的好。」一拂袖大踏步而去。

「這……」柳世權望著遠去的背影，臉上的驚訝表現得無懈可擊。「倒是老朽的不是。」

「不過是個江湖遊醫，還到侯府坑蒙拐騙來了，膽子可真大！」沈薇斜睨了三喜一眼，此時他早縮在一旁不敢出聲了。

「柳大夫，快給五少爺瞧瞧。」耽擱了這大半天，也不知道有沒有妨礙。

柳世權給沈玨處理傷口，門外響起了環珮的響聲，一前一後，兩個荳蔻少女小跑著進了屋，草草地給沈薇行了禮便圍在沈玨身邊。

「少爺，您這是怎麼傷的？早上走時不還好好的嗎？」桃紅衣裳、杏眼桃腮的那個眼裡滿是擔憂。

鵝黃衣裳、瓜子臉的那個也不示弱。「這傷口好生嚇人，少爺肯定很疼吧？是哪個不長眼的壞胚子把少爺打成這樣？三喜、四喜幹什麼吃的？」整個人都快貼到沈玨身上了。

沈薇定睛細瞧，兩個丫鬟均是十五、六歲的樣子，身段柔軟、胸脯高聳，長得也水靈，穿戴打扮都不俗，比那小戶人家的小姐還要強上幾分。再聽聽這兩個丫鬟的名字，沈魚落雁，劉氏在沈玨院子裡放上這兩個尤物，是何居心？

沈薇瞧了又瞧，也沒見她們誰手上有茶杯。她的手指敲了敲桌子，笑了。「看來姊姊我今兒是喝不上弟弟的一杯茶了。好了，傷也包紮好了，你好生養著吧，姊姊我還是回風華院喝茶去吧。」

沈玨早就被兩個丫鬟吵得心煩，現在聽姊姊這麼一說，臉上頓時掛不住了，怒喝道：「茶呢？不是讓妳們泡茶嗎？身上抹什麼那麼難聞？走開、走開！」

沈玨才十一，壓根兒就沒開竅，兩丫鬟也是瞎子點燈白費蠟了，又被少爺嫌棄，不由覺得委屈。「少爺，人家不是擔心您嗎？四小姐肯定會體諒的。」合著兩人是一點都沒把沈薇放在眼裡。

沈薇覺得該看的都看到了，該知道的也都知道了，便不想再留下去。她看了梨花一眼，梨花會意，上前說道：「你們都下去吧，小姐要和五少爺說會兒話。」

三喜、四喜有了剛才的教訓，很順溜地就出去了，兩個美貌丫鬟卻磨磨蹭蹭不願出去。

沈薇也不生氣，只拿眼看沈玨。

沈玨被看得臉掛不住。「沒聽見嗎？滾，滾出去！」

這兩個丫鬟才不情不願地退出去，那一步三回頭的含情模樣，又惹得沈薇笑了一場。

「你現在長大，也懂事了，別的我就不說了，你這院子要好生整治一番，這一個個的比主子的譜還大，太沒規矩了。」沈薇開門見山。

沈玨的臉訕訕的。都被姊姊看到了，他很不好意思。「三喜、四喜還好吧！」這兩個小廝跟在他身邊好幾年，對自己很忠心，難得的是明白他的心思，使喚起來順手。

沈薇冷笑一聲。「我要說的就是這兩個小廝。那個叫三喜的傷根本就沒這麼重，他的腿好好的，頭上不過是抹了雞血，只有臉上的傷是真的。」一入眼，她就瞧出來了，別人辨不出人血和雞血，她還分不出嗎？

「不會啊，姊姊妳肯定弄錯了，打起來時三喜一直護著我呢。」沈玨不相信，也有些不高興姊姊懷疑自己身邊小廝的忠心。打起來時，三喜撲在他身上，替他擋了好幾下，怎麼就是假的了？姊姊肯定是亂說的。

「信不信由你，話我說在這兒了，你也長長心，免得將來吃虧。對了，我記得你有個奶嬤嬤的，怎麼沒見？」

「姊姊是說魏嬤嬤嗎？三年前她摔傷了腿，被兒子接到莊子上養老去了。」

又是三年前，怎麼這麼巧？沈薇眼睛閃了一下。「反正你別吃了虧，至於你的學業，等你頭上的傷好了再說吧。」

直到沈薇已經離開許久，沈玨還坐在椅子上沒動。雖然沒相信姊姊的話，但懷疑的種子卻在心底發了芽——

第三十一章

沈薇一回到風華院，就見顧嬤嬤在廊下走來走去，心裡不由浮起一抹溫暖。她快步走去，輕聲喊道：「嬤嬤。」初臨異世，是這個婦人給了她溫暖。

「小姐回來啦。」顧嬤嬤轉身，臉上帶著驚喜，下一刻便轉為擔憂。「小姐，五少爺沒事吧？老爺可是打了他？」

顧嬤嬤沒有兒女，這輩子最掛念的就是先夫人阮氏的一雙兒女，聽說五少爺在外頭闖了禍被老爺鞭打，她嚇得腿都軟了。老爺也真是的，五少爺還是個孩子，做錯了事情，好生教著就是，怎能用鞭子打呢？若有個好歹，可怎生是好？

劉氏也是個不賢的，怎麼不攔著老爺？到底不是從她肚子裡爬出來的，就是不一樣，若是六少爺看她急不急？

也不知道小姐過去能不能把情求下來？老爺若是連小姐一起怪罪，可怎麼辦？

這一會兒工夫，顧嬤嬤心裡已經轉過無數念頭，為五少爺擔心，也為小姐擔心。這時見小姐好端端回來了，心底悄然鬆了一口氣。

迎上顧嬤嬤關切的眼神，沈薇抿嘴一笑。「嬤嬤就放心吧，弟弟自小就是個皮猴，父親一拿鞭子他就躲出老遠，一下都沒打著。就是他在外頭跟人起了衝突，打破了頭，不過也沒事，柳大夫都看過了，仔細養著不會留疤。」她簡單交代了。

「謝天謝地，佛祖保佑。」顧嬤嬤聽到沒挨打，心裡的那口氣也放鬆下來，隨即又聽小姐說頭被打破了，頓時大驚。「頭破了？頭上的血最旺了，指不定得淌多少血呢，柳大夫真說沒事？不行，老奴得去問問。」

慌裡慌張地就要去尋柳大夫，沈薇拉住她的胳膊。「嬤嬤，妳聽我把話說完。弟弟的傷倒不要緊，但是他那院子裡烏煙瘴氣的，下人偷奸耍滑沒點規矩。身邊的小廝賊眉鼠眼，兩個大丫鬟妖妖嬈嬈，都不是什麼正經人。我在那邊待了這麼大會兒連個上茶的人都沒有，平日弟弟還不知受了多少委屈。」

依沈玨那個暴脾氣，還真不會受什麼委屈，但沈薇還是把他的處境說得很淒慘，因為她發現顧嬤嬤這兩日精神有些恍惚，總是憂心忡忡的，她想著除了自己也就沈玨能令她這樣了，與其讓她這樣擔心，不如給她找點事做。

顧嬤嬤頓時急了。「還有這等事？肯定是那劉氏不安好心，這不是勾著五少爺學壞嗎？爛心肝啊，五少爺才多大？她的心思怎這麼狠毒？」

沈薇便道：「弟弟身邊的魏嬤嬤也被打發出去了，他那院子裡連個可靠的老人都沒有，所以我想讓嬤嬤去弟弟院子幫我看護他，好生整治整治，有什麼事情我也好及時知道。」

「行，老奴去！小姐放心吧，老奴一定會把五少爺照顧好的。」顧嬤嬤立刻爽快地答應了，渾身又重新燃起鬥志。「不過還得等幾日，等小姐這邊收拾完、安生下來，老奴再去。」小姐是自己奶大的，她得看著小姐安頓好了才能走。
說起來沈薇的東西真不少，整整堆了三間屋子，這只是一部分，還有一部分是一入城門就載去另一個方向。
她本就沒打算把東西全運進侯府，畢竟進來容易，出去可就難了，尤其是那一箱箱的金銀。所以她安排張雄、曲海提前來京城，在路上她儘量拖著行程，就是為了給他們時間，畢竟要買宅子置產業不是一天半天就成的。
即便是這樣，沈薇帶進府的東西要收拾出來也要三、五天。
卻說幾位小姐回去後，沈霜直接去許氏的院子，許氏正和心腹嬤嬤說話，見女兒來了很高興。「霜姊兒回來啦，去看過妳四妹了。」
沈霜點點頭。「娘，四妹很好。」長得好，不作偽，沒那麼多小心思。沈霜自己是個清高的，最不喜那搬弄是非要手段的人。
「喔？就見這麼一回妳就喜歡她了？」許氏詫異，難得見女兒喜歡一個人。
沈霜又點頭。「娘，四妹是個聰明人呢，跟以前一點都不一樣。」然後就說了在風華院的事情。「四妹大氣，又好相處。」
能讓沈霜這般評價，已經很難得了。許氏挑眉。「就這麼一點茶葉就把妳給收買了？」
許氏好笑地看著女兒。「娘是缺了妳的還是少了妳的？」

後一句話調笑的成分居多，許氏的嫁妝豐厚，又會經營，所以手裡不缺銀子，她的兒女吃用都是最精緻的，沈霜又是么女，許氏更偏愛幾分，每年光是首飾就打上十多套。

「娘，這哪是一點茶葉？是顧渚紫筍，千金難得，四妹勻給我一兩呢。」沈霜反駁道。「等爹回來了我非得饞饞他，誰讓他那麼小氣？」還記恨她爹呢。

許氏不禁啞然失笑，手指在女兒額頭上指了一下。「妳呀，都是要出嫁的人了，還這麼孩子氣。」

沈霜皺了皺秀氣的鼻子。「反正表哥又不會嫌棄我。」

沈霜的未來夫家便是許氏的娘家，夫婿是她大舅家的二表哥，兩人一起長大，青梅竹馬，感情不錯，最主要是兩人都愛書愛茶，能說到一塊兒去。

許氏一想也是，嶸哥兒的確性子寬厚。許氏對這門親事很滿意，她本來就和娘家大嫂相處得好，舅母做婆婆，肯定不會刁難女兒，嶸哥兒也是自個兒打小看大的，脾氣秉性都好，跟女兒最般配了。

自己這個女兒聰明是聰明，就是太目下無塵了，眼裡容不得沙子，不是做宗婦的料，嫁個嫡次子最好，輕鬆自在。她不是那等勢利人，只盼望兒女能過得好。

至於二房的沈萱，一進院子就被她娘逮住了。「手裡拿的什麼？」她一眼就看到女兒手中小心翼翼地捧著個盒子。

沈萱對自家娘親的秉性非常了解，無奈地道：「是四妹送我的茶葉。」

趙氏一聽是茶葉，頓時嘴癟了下來，不滿地說道：「薇姊兒可真小氣，就給妳這麼點茶葉，我昨兒還給了她一支金釵呢。」

「是顧渚紫筍。」

「妳說什麼？顧什麼？」趙氏沒注意聽，不知道女兒在說什麼。

沈萱嘆了一口氣。為什麼別家夫人都端莊優雅，自己娘親卻那麼喜歡銀子呢？喜歡銀子也不是錯，但也別一天到晚掛在嘴上呀！

「我說四妹送我的茶葉是顧渚紫筍，這茶葉可難得了，比妳那支金釵值錢多了。」

「真的假的？」趙氏雖沒啥見識，但娘家做生意，對顧渚紫筍還是知道的。「這茶葉可貴了，薇丫頭從哪兒得來的？」她一下子就問到了關鍵。

「祖父給的。」沈萱道。

趙氏一聽是侯爺給的，心裡就不大高興。同樣是孫女，怎能這麼偏心？一個主意在她心中形成。「萱姊兒，妳要多和薇姊兒走動走動，她那裡指不定還有許多妳祖父給的好東西，妳和她處好了，定能跟著沾光。」

沈萱正想點頭，就聽到娘親的小算計，整個人都不好了。「娘，您歇著吧，女兒還有個荷包沒有做完，就先回去了。」

說完帶著丫鬟就回院子了，留下趙氏氣惱地跺腳。「這個死丫頭，越大越不聽話，我還不是為了妳好？一個個的嫌棄我銅臭，老娘要不銅臭，你們吃什麼喝什麼？」

便有心腹嬤嬤上前勸慰。「小姐還小，等大些定會明白夫人的苦心。」

趙氏仍舊氣呼呼的，心裡卻打起主意。今兒冰姊兒也去了風華院，肯定也得了顧渚紫筍，她一個庶女哪配喝這麼好的茶葉，回頭就要過來。

而沈雪回去自然大發了一場脾氣，把屋裡的東西都摔了，滿院的丫鬟嚇得戰戰兢兢。

沈月是三房的庶女，她姨娘是個窮秀才的女兒，被出遊的三老爺瞧上了納回府裡，人稱秀姨娘，為人老實本分，只生了沈月一個女兒。

隨著時光逝去，秀姨娘也不復往日容色，寵愛也大不如前了，便守著女兒安生過日子，因她不爭不搶，劉氏倒也沒怎麼找她麻煩。

「月姊兒回來啦。」秀姨娘正在給女兒做衣裳，見女兒回來忙招手。「過來試試，這是今年流行的新式樣，月姊兒穿上肯定好看。」她臉上氤氳著滿滿的慈愛。

秀姨娘知道自己這個女兒是個愛俏的，她只是個姨娘，又不得寵，手裡沒有多少銀子，便只能在細節處作文章，儘量把衣裳做得精緻些。

往日早就歡喜試穿的沈月此刻卻意興闌珊，她望著姨娘手裡那件裙子，淺藍的底子上繡著精緻的花朵，極襯她的膚色，可料子只是一般。

她想起四姊身上那件梨花青雙繡輕羅長裙，那料子輕薄又柔軟，穿在身上幾乎沒什麼重量，好看又飄逸。

對比之下，自己這件淺藍裙子頓時黯然失色了，她不由惱怒地把裙子一扔。「穿什麼穿？難看死了！」

同樣都是爹的女兒，憑什麼四姊可以穿那麼好的料子？還有那一屋子的擺設，隨便一件都比她所有家當都值錢，憑什麼呀？只因為祖父疼愛嗎？四姊以前還不如她呢！

「月姊兒這是怎麼了？」秀姨娘被女兒的脾氣嚇了一大跳。「可是妳五姊又欺負妳了？月姊兒，五小姐是嫡女，咱不能和她爭執，將來妳的婚事還握在夫人手裡呢，忍忍就過去了。乖，聽話，晚上姨娘給妳做好吃的。」

秀姨娘的苦心，沈月根本無法體會，心底的委屈一下子爆發出來。「忍忍忍，妳除了會叫我忍還有什麼用？這個也怕、那個也怕，都怪妳！若是妳爭氣些，得了爹爹的寵愛，我哪會這般寒酸？比不上五姊我認了，可現在我連四姊都不如，都怪妳！」

沈月大吼著，抹了眼淚飛快地跑回自己屋裡。

「月姊兒！」秀姨娘的聲音噎在嗓子裡。她怔怔地望著女兒消失的方向，眼淚如兩股小溪嘩嘩地向下流。「月姊兒怨我，她怨我沒用……」

還有什麼比被親生女兒嫌棄怨恨更讓人難過傷心的？

大丫鬟細柳趕緊勸慰。「姨娘莫哭，小心傷了眼睛。八小姐還小，再過兩年就能體會姨娘的苦心了。」

細柳跟在秀姨娘身邊五、六年了，主僕感情極好，此時心裡也對沈月埋怨起來。八小姐太不懂事了，姨娘的月錢全都補貼給她了，自己都好幾年沒做過新衣裳，有點好東西都緊著她，現在好了，八小姐還嫌棄姨娘沒用，這後院哪是那麼簡單的？姨娘沒有靠山，若是再不安分，以夫人那性子，怕是連命都保不住。

「月姊兒的想法可要不得啊，會出事的。」饒是這樣，秀姨娘還是忍不住為女兒擔心，心底全是不安。

顧嬤嬤不放心五少爺，就去他院子瞧了瞧，這一瞧差點沒氣暈。頭上受傷的五少爺正在屋裡大吃大喝，桌上擺滿了大魚大肉，還有幾樣海鮮。

柳大夫都交代了，近期要清淡飲食，最忌葷腥和辛辣食物，易上火且不利於傷口的癒合，還有可能會留疤。偏偏五少爺身邊那小廝還信誓旦旦地說五少爺受傷，要好生補一補。照這樣補下去，五少爺的傷別想好了。顧嬤嬤不淡定了，不行，她得立刻來五少爺這兒盯著，不然哪能放心？

夜晚，三老爺沈弘軒踱進內室，只見劉氏正坐在床頭抹眼淚。「怎麼了這是？」沈弘軒很詫異，之前不是還好好的嗎？

「沒、沒什麼。」劉氏背過身，慌張地用帕子擦了擦，轉過來對著沈弘軒強笑。「妾身就是一時觸景生情，看著薇姊兒就想起了以前……咳，看我，都一把年紀了還這麼多愁善感，倒讓老爺看笑話了。」

沈弘軒一聽是這樣便放下了心，挨著劉氏也坐在床頭，感慨說道：「是呀，一晃都過這麼多年，薇姊兒都十五了，我也老啦。」都是好幾個孩子的爹啦，最小的月姊兒今年也有十歲了吧。

「老爺才不老呢，老爺這年歲正當年，倒是妾身是真的老啦！」劉氏把頭靠在自家相公肩上，語氣酸溜溜的。

這話是真的，沈弘軒三十出頭，這年歲的男人身上多了一股沈穩和深邃，沈弘軒又是讀書人，一身儒雅溫潤的氣質更是令人難忘。

而相同歲數的女人就不成了，一過三十真的就是半老徐娘，保養好的還能稱一句風韻猶存，但怎麼也比不得那十七、八歲的小姑娘水嫩鮮亮。

沈弘軒不由啞然失笑。「妳還比我小上兩歲呢，何況妳哪裡老了？這臉蛋還跟以前一樣嫩滑。」他調笑著，手不規矩地在劉氏身上掐了兩把，惹得劉氏低聲驚呼。

「老爺！」她嬌嗔著，軟軟的腔調，含情的雙眸，看得沈弘軒心底癢癢的。

劉氏心中得意，忽然黛眉輕蹙，像想起什麼似的說：「老爺，你說薇姊兒是不是怨恨妾身呀？」

沈弘軒微怔。「這從何說起？可是薇姊兒說了什麼？」他的神色鄭重起來。

劉氏微微搖頭。「許是妾身想多了，可是——」她遲疑了一下才道：「妾身總覺得薇姊兒這次回來跟以前不一樣了，薇姊兒都沒喊妾身一句母親，她肯定是在怨恨妾身把她送到祖宅養病。」

說著說著，劉氏的聲音低了下去，聲音也有些哽咽。「都怪妾身，若是妾身不聽高僧的話就好了，或者當初妾身該把雪姊兒送出去的。」

三年前的事，沈弘軒也知道。當時薇姊兒和雪姊兒不知怎的都高燒不醒，劉氏六神無主，請來高僧推算，說這兩個丫頭衝撞了什麼邪物，若要生命無憂必須送出去一個；雪姊兒年紀小些，便把薇姊兒送去祖宅，這是他也同意的。

「薇姊兒懂事，能體會妳的苦心。她是姊姊，讓妹妹一些也是應該的。」沈弘軒輕聲安慰著劉氏。

至於薇姊兒以前是什麼樣子，他一點都想不起來，那時自己也忙，一年也難得見這個女兒幾回。

「薇姊兒還小，妳好生待她，她能明白的。」姑娘家的難免有些小心思，這無傷大雅，時間長了，心裡的怨氣出了也就好了。沈弘軒壓根兒沒把這當一回事。

「這還用老爺說？」劉氏嬌嗔著飛了沈弘軒一眼。「妾身待薇姊兒、玨哥兒的一片真心，老爺還不知道？說句大言不慚的話，就是雪姊兒、奕哥兒也比不上他倆，妾身一想到阮姊姊去得早，就忍不住多疼這兩孩子幾分。」說著又低頭拭淚。

「要不怎麼說嬌嬌是我的賢內助呢？對了，薇姊兒已經及笄，婚事也該操持起來了，永寧侯府沒有上門嗎？」沈弘軒對女兒的這門婚事也是很滿意的，家風清貴，衛瑾瑜那孩子也爭氣，在京中頗有才名，是個可靠的。

劉氏垂下閃爍的眸子。「沒呢，妾身也正疑惑，他家是不是不知道薇姊兒回來？」頓了下又道：「老爺放心，妾身明兒就遞帖子過去瞧瞧。」

一般說來都是男方上女方家門，這樣顯得姑娘家金貴，現在劉氏為了薇姊兒的婚事卻豁出臉面去登男方的家門，沈弘軒心裡有些動容，執著她的手，動情地道：「難為妳了，為夫替薇姊兒謝謝妳了。」

繼母難當，這麼些年，劉氏一直溫柔賢慧地幫他打理好後院，讓他從無後顧之憂，真是難為她了。

「妾身還不是為了表哥你嗎？」劉氏幽怨地瞅著沈弘軒，眼波流轉，媚態橫生。

一句「表哥」勾起了沈弘軒無數美好回憶，他把劉氏抱進懷裡，意有所指地道：「那今晚為夫就好生謝謝表妹！」

床帳抖動，被翻紅浪，窗外明月躲進雲層，好似害羞了一般。

第三十二章

同樣的晚上，桃花悶悶不樂地走過來，也不說話，就挨著沈薇的腿邊蹭。

「怎麼了？」沈薇撫摸著桃花的頭，心裡很納悶。

「小姐，咱們什麼時候回沈家莊？」桃花把頭擱在小姐的膝蓋上。她最喜歡小姐的手輕輕地撫摸自己的後背，她覺得這個時候的小姐對她最好了。可是自從回了這個什麼侯府，小姐都沒空和她說話，更沒空陪她練武功，她一點都不喜歡這個地方。

「桃花不喜歡這裡嗎？」沈薇輕聲問。

桃花搖頭。「不喜歡，這裡一點都不好，沒地方騎馬，沒地方練武，小姐還很忙，她們還說我是傻子！」她的心情很低落。在沈家莊，大家都喜歡她，可這裡的人都遠遠地指著她叫傻子，她好難過，小姐明明都說她不是傻子的。

沈薇心裡有些愧疚。自她醒來，桃花一直陪著她，為她出生入死，而她明知道她和正常人不一樣，還是疏忽了她……

聽到桃花最後一句話，沈薇渾身氣勢陡然一變，平靜的眼底醞釀著風暴，整個人凌厲又冷峭，連屋裡的溫度彷彿也下降了不少。

「誰說妳傻子的？」沈薇耐心地問桃花。

桃花對於小姐的變化一無所覺，還兀自傷心著。「是大廚房的人，我餓了，去找東西吃，她們不給，還罵我。」

沈薇深吸一口氣，左手攥緊又鬆開。「別聽她們瞎說，桃花聰明著，她們才是傻子呢。桃花是不是饞肉了？我讓歐陽師傅到大酒樓給妳買去，保管比大廚房的還要好吃。」

「真的？」桃花驚喜地抬頭。

沈薇的嘴角翹了翹，還是高興的桃花比較可愛。「自然是真的，小姐什麼時候騙過妳？梨花，妳去和歐陽師傅說一聲，讓他親自去街上給桃花買一份紅燒肘子回來。」回過頭來繼續對桃花許諾。「等天不那麼熱了，小姐帶妳出去騎馬，中午咱們就在外頭的酒樓用飯，全點桃花愛吃的。」

「小姐真好！」桃花高興地蹦起來，所有的傷心難過全都消失無蹤。

沈薇淡笑地望著她跑出去的背影，好半天才收回視線。

「小姐，可是要看會兒書？」荷花小心翼翼地問，小姐有睡前看書的習慣。

「今兒不看了。」沈薇沒心思看書，瞧了瞧沙漏，時辰還早，一點睡意都沒有。嗯，去沈玨的院子走走吧，瞧瞧顧嬤嬤去，順便看看那小子怎麼樣了。

沈薇帶著荷花、水仙兩個丫鬟，打著燈籠出了風華院，到了二門上，喊來守門的婆子。「陳婆子，我們小姐要去外院瞧瞧五少爺去，煩勞妳給開個門。」荷花客氣地遞過去一個荷包。

那陳婆子就著燈籠的火光，瞇著眼睛瞧了瞧沈薇主僕。「喲，是四小姐呀，奴婢給四小姐行禮了。」

嘴上說著行禮，身子卻沒動，渾濁的老眼中閃過一道精光。她沒有去接荷花手裡的荷包，而是正色道：「夫人規定到了時辰二門就要落鎖，四小姐，對不起了，要開門必須得有夫人的手令。」

她陰惻惻地瞅著荷花和水仙這兩個丫頭，心想四小姐身邊這兩個丫鬟倒是水靈，四小姐慣是個沒用的，只要她一心幫著夫人，到時跟夫人求了這個大些的丫頭回去做兒媳，兒子定然歡喜。一想到這兒，她的腰板挺得直直的，一副公事公辦的模樣。

荷花幾時受過這個委屈，剛要發火，身後的水仙搶先出手，抬手一巴掌搧在陳婆子臉上。「讓妳開門就開門，說那些沒用的幹什麼？妳個老貨倒是拿著雞毛當令箭，剛剛六少爺才從這門過去，妳怎麼不跟他要夫人手令？以為我們小姐好欺負？妳不開是吧，鑰匙拿來，我開！」

潑辣的水仙趁著陳婆子被打懵，索利地解下她腰間的鑰匙，一下就把門打開了，恭敬地退到一旁。「小姐，請。」

沈薇目不斜視地邁過門檻，水仙見小姐走過，才把鑰匙扔在陳婆子身上。「以後眼睛睜大點，見了我們小姐恭敬點。小姐性子好，不和你們這些奴才計較，姑奶奶我可不是好惹的。」水仙居高臨下，頭揚得高高的。

沈薇的唇角彎了彎，無聲地笑了。

陳婆子捂著臉，臉上滿是不敢置信。四小姐的丫鬟打了她，那個怯弱膽小沒用的四小姐的丫鬟居然打了她一巴掌，還搶了鑰匙開了門……

陳婆子好半天才回過神，心中的震驚慢慢褪去，瞅著大開的門眼底陰晴不定。好個四小姐，這可是妳自找的，別怪我陳婆子不講情面。她一跺腳，鎖上門轉身朝三夫人劉氏的院落走去。

水仙追上小姐，荷花讚了一句。「水仙好樣的，就該好好治治她。」看她以後還敢不敢對小姐不敬？

水仙心中卻有幾分忐忑。「小姐，那陳婆子會不會找夫人告狀？」若是夫人追查起來，她雖然有自己的小心思，但也不希望給小姐惹禍。

小姐身邊有四個大丫鬟，桃花是擔個名分，月季姊姊嫁了人，這樣一來等於空出一個名額，她就想著爭上一爭，侯府嫡出小姐身邊的大丫鬟，以後無論是放出去還是配個小管事都是十分榮耀的。

據她所知，院子裡好幾個丫頭都眼巴巴地盯著，還有那個桃枝也虎視眈眈。她比不了梨花姊姊聰慧、荷花姊姊伶俐，只好往潑辣上使勁，小姐身邊總得需要一個這樣扮黑臉的人吧？

沈薇看了水仙一眼，水仙只覺得小姐似乎早看穿了自己的心思，不由不安起來。「小姐，奴婢是不是替您惹禍了？」她吶吶地開口，一顆心不住往下沈。

沈薇輕笑一聲，道：「無礙。」

那陳婆子去告狀又能奈她何？反正她是在外頭長大的，沒學過規矩，而且這分明沒到落鎖的時辰，即便到了，那也只是針對下頭的奴才，哪個主子若是有事還不能出二門了？

水仙的心才放了下來。

到了沈玨的院子，守門的婆子好半天才來開門，見是四小姐不由一愣，隨後才堆出笑臉。「這麼晚了，四小姐怎麼有空來咱們院子？四小姐稍候，奴才去通傳。」

她剛要轉身，就被荷花喊住了。「小姐來看望五少爺還需要通報嗎？」說完扶著小姐越過那婆子就往裡面走。

留在後頭的水仙見那婆子欲跟著，便笑著說道：「我們小姐跟五少爺可是親姊弟啊！」

那婆子抬起的腳又收了回來，水仙滿意地哼了一聲，掏出一個荷包遞給她。「拿著吧，這是小姐賞妳喝茶的，以後我們小姐過來，妳動作麻利點。」

五少爺不是個受寵的，他院裡的下人自然拿不到賞賜，那婆子一看到荷包眼睛都亮了，大喜道：「多謝四小姐，多謝姑娘。」

沈薇沒有驚動任何人就來到沈玨的屋子，一靠近便聽到裡頭傳來的讀書聲。

荷花高興地說：「小姐，五少爺好用功。」

沈薇嘴角勾了勾沒有說話，目光輕掃了水仙一眼，水仙會意，揚聲喊道：「五少爺，我們小姐來看您了。」

就聽屋裡一聲驚呼，然後是砰的一聲，好一會兒才響起沈玨的聲音。「你這個奴才真是沒用，去開個門也能撞到頭，還不快點去給姊姊開門。」

沈薇的嘴角又勾了勾。

「四小姐，您來啦！」四喜的臉上帶著幾分討好。

對上四小姐那雙了然一切的眼睛，四喜的心又提了起來。「四小姐請進，奴才給您泡茶去。」心裡已經在想，若是四小姐知道他慫恿五少爺做的那些事，肯定饒不了他。他不比三喜，是夫人從娘家帶過來的，即便出了什麼事，夫人也會保他的。

自己就不一樣了，不過是個普通的家生子，沒關係沒背景，膽子還小，不敢違抗夫人的命令，也不敢把事情做絕，頂多也就幫少爺做做功課，替少爺尋尋話本子，那些慫恿少爺玩樂的主意都是三喜出的，三喜還常罵他膽小窩囊廢，活該一輩子沒出息。

沈薇進了屋，就見沈玨正靠在床頭，手裡捧著一本《論語》看得正歡，見沈薇進來才抬起頭，不高興地嘟囔。「都這麼晚了妳來幹什麼？打擾我唸書。」

沈薇眉一揚。呵，這小子還嫌棄她了？她坐在床邊，不動聲色地抽過他手裡的書翻了翻。「在看《論語》啊？我剛才在外頭聽你讀的彷彿不是這個。」

沈玨的臉上帶著心虛，眼神亂瞟，卻還嘴硬。「哪有？我一直在看《論語》，不信妳問四喜，肯定是妳在外頭聽錯了。」

沈薇心中暗笑。以為誰不知道他把書塞枕頭底下？不由起了逗弄的心思。

「不能啊，我分明聽到你讀『那敵將使著一把長槊，打馬就直奔沈侯爺而來，沈侯爺怒目圓睜，提著長槍就迎了上去』，這似乎不是《論語》中的句子吧？」

沈玨的臉上閃過慌亂，心裡把滿院的奴才罵了個遍，一個個的都是死人？也不知道通稟一聲，害他看話本子差點被當場抓住，幸虧他動作快，塞進了枕頭底下。

「一定是妳聽錯了，我今天一天都老老實實在屋裡用功呢。」沈玨不承認。

「喔，許是我聽錯了吧，既然你在看《論語》，那姊姊就考考你，看你學得怎麼樣。」

沈薇也不用看書，張嘴就提了一個問題，沈玨卻面帶難色，一句也答不上來。

「喔，是不是太難了？那換個簡單的。」沈薇又提了一個簡單些的。沈玨依然答不上，一連提了七、八個問題都是如此。

沈薇看著耷拉著腦袋的沈玨，也不生氣，只淡淡地說：「那你把論語背一遍我聽聽。」

這回沈玨張嘴了。「子曰：學而時習之，不亦悅乎？有朋自遠方來，不亦樂乎？人不知而不慍，不亦君子乎？有子曰——」開始還挺熟練，背到一小半的時候就磕磕巴巴了。「子貢曰：如有、如有博，施於民，而、而能濟眾，何、何如？何如——」聲音越來越低，直至再也背不出一個字。

侯府的男孩子五歲啟蒙，沈玨今年都已經十一了，卻連一部《論語》都背不全，可想而知這些年學得怎麼樣。

沈薇也不動怒，只是看著他，直看得沈玨惱羞成怒，梗著脖子嚷道：「那麼多的字誰能背下來？祖父也不會背論語，不照樣當大將軍打勝仗？」

每個男孩子的心中都有一個當大將軍的夢，沈玨也不例外，若說府裡誰最令他欽佩，那無疑就是他們的祖父了。

他們祖父出身微末，卻是用兵如神，數次救主於危難之中，他的傳奇故事被編成了話本子，在市井街頭流傳，那些說書人也最愛說沈侯爺的故事了。沈玨是百聽不厭，立志要當一名像祖父那樣的大將軍，且在身邊小廝有意挑撥下，沈玨尤愛舞槍弄棒，最不喜讀書了，一看到書本就打瞌睡，功課也都是小廝代勞。

在沈玨的怒視中，沈薇朗聲背道：「子貢曰：如有博施於民，而能濟眾，何如？可謂仁乎？——子曰：不知命，無以為君子；不知禮，無以立也；不知言，無以知人也。」

不高不低的聲音清晰地響在每一個人的耳邊，沈薇從沈玨斷掉的句子一直背到最後。

「很難嗎？就這麼幾個字很難嗎？還是你承認自己愚笨，連我這個女子都不如？」

沈玨咬著嘴唇，呼吸急促，張嘴想說什麼，卻又忿忿地轉過頭去。

沈薇的聲音又響了起來。「祖父不會背論語那是因為他小時候沒那個條件，而且你又怎麼知道他現在不會？說不準祖父看過的書比父親還多呢。」

沈玨張嘴想說不可能，祖父就是個大老粗，怎麼會比父親還有學問？可對上姊姊的眼眸，他又氣呼呼地把頭扭向一邊。書呆子有什麼好？弱不禁風的，還不夠他一拳呢！

「你以為帶兵打仗就那麼容易？連兵書都看不懂，談何打勝仗？」

「我識字！」沈玨不以為然，他只是不會背那些之乎者也，又不是不識字。

「光識字就行了嗎？」沈薇反問，見沈玨仍是不服氣的樣子，她也有些生氣了。這傻小子一看就是被劉氏照著廢物的目標養著，她就偏不讓她如意了。「你枕頭下的話本子，我只當沒看見，今天之前你是草包也好，不學無術也罷，都一筆勾銷。從明兒起，我親自監督你唸書，趁著養傷這些時日把功課補一補。天不早了，你歇著吧，明早卯時我一準到。」說罷就帶兩個丫鬟走了，連顧嬤嬤都沒心情去看。

沈玨望著姊姊的背影張口結舌。她、她怎麼知道自己的話本子藏在枕頭底下的？隨即又想起姊姊要監督自己讀書，不由哀號一聲倒在床上。姊姊還是在外頭好了，回來幹麼？管東管西的，煩死人了！

第二日一早，劉氏坐在鏡子前望著鏡中嬌豔的容顏，不由開心地笑了起來。女人是花，就需要時常澆灌，否則就要枯萎了。

丫鬟端來溫水和洗漱用品服侍劉氏夫妻二人洗漱更衣，紅香便進來了，在劉氏耳邊低聲說了幾句。

劉氏神情微訝。「還有這事？」

紅香點頭。「千真萬確，是二門上的陳婆子昨夜親自來說的。」她望著自家夫人，等待下一步的命令。

劉氏嘴角翹了翹，沈吟了一下便對紅香招招手，紅香會意，身子前傾。「夫人您吩咐。」

劉氏低聲飛快說了幾句，紅香點點頭，輕輕退了出去。

三老爺沈弘軒從內室出來，一臉的神清氣爽。

「老爺，早飯已經擺好，出去用飯吧！」劉氏殷勤地給他理理衣領。

沈弘軒緩緩點頭，兩個人移步到外面的廳中。

夫妻多年，劉氏對相公的口味瞭若指掌，所以這一餐沈弘軒吃得十分滿意，在劉氏的相勸下還多喝了一碗小米粥。

就在此時，院子裡傳來一陣喧譁聲，沈弘軒的眉頭立刻皺了起來，劉氏見狀忙吩咐身後的紅香。「紅香出去看看，這大清早的吵什麼？太沒有規矩了。」一邊扭頭對相公賠不是。「定是下頭的奴才又淘氣了，都是妾身的不是，擾了老爺的興致。」

沈弘軒望著劉氏臉上的歉意，想起昨夜身下那具火熱的身子，緊皺的眉頭鬆開了。「無事，這也不是妳的錯。」

正說著話，紅香進來了，福了一禮，道：「回稟老爺夫人，是二門上的陳婆子，哭著喊著要找夫人給她作主，說是、說是和四小姐有關。」紅香窺了窺老爺的臉色，到底沒敢把陳婆子的原話說出來。

「喔，和四小姐有關？」劉氏吃驚不已，臉上帶著薄怒。「這刁婆子就會胡說，四小姐才回來兩天，能有她什麼事？打出去、打出去！」

「慢著，還是問清楚的好。」沈弘軒攔住了劉氏，心裡也很生氣。薇姊兒才回來，這不省心的奴才就把髒水往她身上潑，若是不問緣由打出去，她到了外頭亂說，定會影響薇姊兒的名聲。

「沒聽見老爺的話？還不快把她喊進來。」劉氏義憤填膺。

片刻，一個渾身狼狽的婆子撲了進來，跪倒就哭喊。「夫人啊、老爺啊，您可得替老奴作主啊！昨夜老奴上差，四小姐非要出二門，老奴好言解釋已過了落鎖的時辰，不能再開二門，可四小姐不聽，非要出去，不僅搶了鑰匙，還打了老奴一巴掌。」

「陳婆子，妳說的可是真的？妳也是府裡的老人了，若是讓本夫人知道妳誣陷四小姐，哼，別怪本夫人不給妳留臉面。」劉氏板起臉喝道。

陳婆子慌忙揚起右臉，詛咒發誓般地哭道：「夫人啊，給老奴一百個膽也不敢誣陷四小姐呀！您瞧瞧老奴臉上的巴掌印，老奴要是說謊就讓老奴不得好死。」臉上赫然是一個紅紅的巴掌印。

劉氏瞧了瞧，眼裡閃過憐憫。「可憐見的，怎麼也不敷敷。紅香，快點帶陳婆子下去找些冰給她敷敷臉。」一字不提四小姐，就好似這事和四小姐無關。

沈弘軒卻壓著怒火沈聲吩咐。「去把四小姐請過來。」這個薇姊兒，才說她懂事又惹出這事，教訓奴才可以，可哪家小姐像她那麼狠辣？那婆子的半邊臉都腫起來了。

「老爺，這樣不好吧？」劉氏眼裡有著擔憂。

沈弘軒道：「有什麼不好的？快去，把四小姐喊過來。」他楊高了聲音。

劉氏見相公動了怒，忙對紅香道：「快去請四小姐。」隨後又對自家相公喋喋不休。「老爺，薇姊兒是姑娘家，您可得給她留些臉面，一會兒您可不能生氣，好生和薇姊兒說。她還小，難免會犯錯，改了就行了，您可別大聲訓她。」

沈弘軒見劉氏這麼替薇姊兒擔心，心裡浮上幾許內疚。「辛苦妳了。」

劉氏眼圈一紅。「只要老爺明白妾身的心，妾身就不苦。」

而本要下去敷臉的陳婆子則順勢站在一旁，嘴角得意地上翹，垂下的眼珠子直轉。

第三十三章

紅香到風華院時，沈薇也正在用早飯，她瞥了一眼桌上的飯菜，嘴角鄙夷地彎了彎，隨意福了福身道：「四小姐，老爺請您過去一趟。」

沈薇已經猜到所為何事，嗯了一聲繼續用飯。身後的水仙臉上浮現擔憂，只是礙於紅香在場，不好吱聲。

紅香本就沒把沈薇放在眼裡，此刻見她不動，心中更是不滿了，催促道：「四小姐，您快些去吧，老爺和夫人都等著呢。」

沈薇眼皮子都沒抬一下，淡淡地道：「妳急什麼？老爺可有吩咐不許本小姐用完早飯？」

紅香一窒，道：「不是奴婢著急，是老爺一會兒還要去衙門呢。」心中的鄙夷更濃了。這四小姐連這點規矩都不懂，還不如她這個奴婢。

「是嗎？妳操心得倒挺多，夫人知道嗎？」沈薇抬眸，意味深長地看了她一眼，仍舊慢條斯理地用飯。

紅香被四小姐眼風一掃，只覺得遍體生寒，整個身子都動不了。片刻才回過神來，想到四小姐的話，心中不由驚慌起來，若是被夫人知道了自已的小心思，還不得撕了她？老實站在一旁，不敢再催促了。

沈薇不著痕跡地搖搖頭。這紅香什麼都表現在臉上，膚淺！在後院，這樣貌美又心思高、還沒腦子的丫鬟下場幾乎是可以預見的。

一盞茶的工夫，沈薇才放下筷子，從容接過清水漱了口，站起身道：「走吧。」又抬高聲音喊道：「桃花，跟小姐出去見見世面。」

進了劉氏的院子便有丫鬟迎過來。「紅香姊姊怎麼去了那麼久？老爺和夫人都等急了。」

沈薇的嘴角勾了勾，她吃半頓飯能用多久？這就等急了？

進到廳堂，沈薇一眼就看到站在一邊的陳婆子，她眼中帶著得意，半邊臉腫得老高。沈薇訝異，隨即就明白過來，不免覺得好笑。不找死就不會死，說的就是陳婆子這樣的人吧？

「見過父親和夫人，不知父親招女兒前來所為何事？」沈薇緩緩行禮。

沈弘軒看了身邊的劉氏一眼，劉氏便和善說道：「也沒什麼大事，就是這個二門上的陳婆子說妳昨夜非要去外院，還打了她，老爺招妳來，就是想把事情弄個清楚，別是這婆子冤枉了妳。」

沈薇揚了揚眉，不以為然地道：「這事倒是真有。女兒昨夜是去了外院，這婆子不願意開門，女兒就教訓了她一巴掌。怎麼，這婆子把狀告到父親這裡了？」絲毫不當一回事。

沈弘軒憋著的怒氣終於找到出口。「薇姊兒，妳怎麼如此歹毒？太讓為父失望了。」

「歹毒？父親說女兒歹毒？就因為女兒打了這個奴才一巴掌？」沈薇的眼中滿是不敢置信。

沈弘軒就更氣了，指著沈薇的手直抖。「薇姊兒，妳做錯事情還不知悔改，這是一巴掌的事嗎？妳看看這個奴才的臉，都一夜了還腫著，妳一個姑娘家出手這麼重，不是歹毒是什麼？」

沈薇朝陳婆子望去，左右打量著，突然噗哧一聲笑出來，轉過頭來看著父親，正色說道：「父親，您就沒有想一想嗎？女兒一個姑娘家能有多大的手勁？一巴掌就能把她打得傷成這樣？而且女兒明明記得那一巴掌是打在她的左臉上，怎麼左臉沒事，右臉倒腫了呢？」

見那陳婆子想要開口分辯，沈薇冷冷地望過去。「妳不要說本小姐記錯了，當時本小姐站妳對面，本小姐的右手只能打在妳左臉上。妳也不要說本小姐是用左手打的，因為本小姐的左手前兒就傷著了，使不上勁。」

轉過頭來，她繼續說道：「父親，這事分明是陳婆子朝女兒身上潑髒水、誣衊女兒，後院的這些齷齪事您不懂，夫人可是翹楚，這麼低劣的把戲怎能瞞過她的慧眼？夫人就沒有提醒父親一聲嗎？還是夫人看我不順眼，巴不得我倒楣？」

那幽幽的雙眸望向劉氏，劉氏只覺得滿心的話被堵在喉間。沈薇根本不給她開口的機會，喝住慌亂喊冤的陳婆子。「妳閉嘴，這兒沒妳說話的分。冤不冤妳自己清楚，當然，夫人也很清楚……父親，您說女兒令您失望，可您知不知道女兒心中的失望？女兒回府第一次見父親，是您責打弟弟，第二次見您，您指責女兒歹毒。您不問緣由就直接定了女兒的罪名，寧願相信一個奴才的話也不信任自己的女兒，您可知女兒心中是何感受？」沈薇的雙眸泛起薄霧，聲音也哽咽起來。

她咬了咬唇，把眼淚逼回去，微微揚著頭，倔強無比。「父親，您差事忙，顧不上管教弟弟，女兒又多年不在府中，回來才發現弟弟的功課一塌糊塗，女兒擔心他給您丟臉，想著女兒是長姊，要多督促弟弟讀書，趁著他養傷的這些時日幫他把功課補一補，等回了學堂也好能跟上進度，這有錯嗎？」

她一指陳婆子。「這個婆子故意刁難女兒，明明未到落鎖的時辰偏不給開門，還把夫人搬出來，女兒教訓她一巴掌，這有錯嗎？」

沈薇的眼淚就在眼眶中打轉，揚著頭不讓它掉下來。「就為了這點小事，父親大張旗鼓把女兒叫來問話，和一個奴才對質，這讓下人怎麼看女兒？女兒還有什麼臉面？女兒知道我們娘親死得早，我們姊弟在這府裡就是討人厭的，可、可、可您是我們的親爹啊！」

她再也說不下去了，低頭掩著嘴朝門外奔去。

出了院子的沈薇也鬆了一口氣。再演下去，自己就要露餡兒了，她還是喜歡快意恩仇，苦情戲真不是她的菜。

沈薇擦了擦本就不存在的眼淚，帶著桃花高高興興地朝沈玨的院子走去。

「薇姊兒……」屋裡的沈弘軒被女兒的一番控訴說得內疚無比。

是呀，他總嫌棄玨哥兒不爭氣，不好生唸書，可從小到大，他何時有空教導過他？還有薇姊兒，小小年紀就被送到千里之外的祖宅，自己何時想過她會害怕得想家？就說今兒這事吧，自己光顧著生氣，何時替薇姊兒著想過？

望著女兒傷心而去的身影，沈弘軒心中五味雜陳。薇姊兒是他的嫡女，是他的第一個嫡出孩子，雖不是兒子，但他仍是十分高興。

小時候的薇姊兒粉粉嫩嫩的，一雙大眼睛烏溜溜、濕漉漉，乾淨清澈，一逗就咯咯直笑。那時候，髮妻阮氏還在世，他抱著女兒，妻子就在一旁做針線笑著看他們，那時候他們一家多幸福呀……

從何時起，自己和這個女兒疏遠了呢？沈弘軒仔細回想，卻怎麼也想不起來薇姊兒五歲之後的模樣，記憶中多是雪姊兒對他撒嬌，向他討要東西。然後他又想起今日的事情，自己又不是傻子，怎會到現在還不明白這事的貓膩？

於是他看向劉氏的目光就複雜起來。「一個奴才都敢誣衊主子，妳是怎麼管家的？」狠狠地瞪了一眼找死的陳婆子，拂袖而去。

劉氏慌了。「老爺——」她伸手去抓老爺的衣袖，卻抓了個空。

她本想藉機給繼女一點顏色瞧瞧，誰知會搬石頭砸自己的腳，反倒讓老爺對自己起了不滿。

劉氏深恨繼女的同時，對陳婆子這個始作俑者也沒了好臉色。「都是這老貨作妖，拉出去打十板子。」

「夫人，冤枉啊！老奴冤枉啊，老奴可都是聽紅香姑娘的，按您的吩咐行事的呀！」陳婆子一聽要打板子，頓時不管不顧地喊起來。她都這麼大年紀了，十板子下去都能去半條命了。

這還得了？劉氏又氣又急。「居然還攀扯上主子了？打，給我狠狠地打，堵上嘴打！」

只聽得院子裡響起一聲一聲的悶哼，等十板子打完，陳婆子早就出氣多進氣少了。

「錯了，重背！」

「不對，重來！」

「又錯了，再重背！」

沈薇手裡拿著戒尺，緊抿的雙唇無情地吐出一個個「重來」，沈玨簡直要被氣瘋了。他好好地睡覺，姊姊非把他揪起來背書。他都十一了，還背什麼《三字經》，這是小娃娃讀的書好不好？

不僅要背書，背錯了就打，背錯一句打一下，戒尺打在手心上，就這麼一會兒，沈玨的手就紅腫得跟饅頭似的。

他何時受過這種罪？終於，他再也忍不下去了，把書本往桌上一甩。「小爺我不背了！」一上午都重背了幾十次，有這樣折騰人的嗎？他從小到大何時被誰打過？打一、兩下，他忍了，還上癮了是吧？再是親姊也不行！

「你是誰的小爺？」沈薇面沈似水。「把書本撿起來。」

沈珏不幹了。「妳憑什麼管我？爹都不管我，妳憑什麼管我？」他高揚著頭，如一隻倔強的小獸。

「憑什麼管你？你說我憑什麼管你？」沈薇的目光極冷，一雙眸子如深井寒潭。「我以為你只是被劉氏養歪了而已，沒想到你原來就是個蠢貨！我還費這個勁幹麼？隨你去好了，哪怕你爛到泥裡成一隻癩皮狗，又與我何干？」出口的話無情又凜冽。

「妳！」沈珏臉色大變，脖子上的青筋爆出，大吼一聲把椅子踢出老遠，撞在牆上摔得七零八落。「我才不是癩皮狗，我才不會爛到泥裡！」

推翻了案桌，踹倒了屏風，沈珏如一隻被激怒的野獸發洩自己的怒火。

「怎麼，你還想要來打我？」沈薇冷冷地望著他，目光中充滿了嘲諷。

沈珏動作一滯，一拳狠狠地打在牆上，扭頭就朝外跑去。

沈薇喊：「桃花，把他抓回來。」

沈珏的腳還沒邁過門檻，就被桃花一把抓住腰帶拎了回來。「五少爺，我們小姐不讓你走。」

「放開，放開我！妳這個死丫頭快放開我！」沈珏使勁掙扎，憋得臉通紅也沒掙扎出半分。

「小姐。」桃花把沈玨往小姐跟前一放，見小姐對她讚許地點頭，高興極了。

沈玨還要往外跑，沈薇冷喝道：「沈玨，今兒你敢出了這間屋子，信不信我能打斷你的腿？」

聲調不高，透著疲憊，也不知怎的，向來天不怕地不怕的沈玨愣是沒敢抬腳走一步。

沈薇見狀，心中略感安慰，緩了緩聲音，說道：「你剛才不是問我憑什麼管你嗎？現在我告訴你，就憑我是你姊姊，憑我和你是親姊弟，憑你我的娘親都是阮嫣然。」

最後一句，她說得沈重有力。她真替阮嫣然感到悲哀，那麼美好的女子，結局那般淒慘，留下的兩個孩子，女兒已經沒了，唯一的兒子也被劉氏養廢。

沈玨一直背對著自己，沈薇敏銳地發現他的肩膀輕微地聳了一下，她柔聲說道：「玨哥兒，過來。」

沈玨沒動，沈薇就耐心地等待著。好半天，他才慢慢轉身，撿起地上的書本放在案桌上，低垂著頭站在沈薇跟前。

沈薇勾了勾嘴角，柔聲道：「好了，我們接著來背《三字經》。」

這一回，沈玨明顯用心多了，錯得也少了。沈薇也明白張弛有度的道理，只讓他背了兩刻鐘就停止。「好了，今兒就到這裡吧，以後每天早上我都過來看著你背誦一個時辰的書，直到你傷好去學堂。」

自此沈玨就過上了水深火熱的日子，背書、練字、練字、背書，錯了就要挨打，窄長的戒尺打在手心上，鑽心地疼。

三喜跪在地上跟劉氏彙報少爺的近況。「……四小姐是真打，那戒尺打在手上啪啪響，奴才看了都覺得疼。」

「當真？玨哥兒就由著她打？」劉氏不大相信，玨哥兒可是個霸王性子，只有他打人的，哪會容忍別人打他？想到這裡，她斜睨了地上的奴才一眼。「別是你沒說實話吧。」

「奴才哪敢呀？就是給奴才一百個膽也不敢欺瞞夫人呀！」三喜喊起冤來。「夫人您不知道，四小姐身邊有個醜丫頭，一身的怪力氣，少爺只要稍有動作，她一隻手就能把少爺拎起來。」就跟拎隻小雞仔似的，少爺想反抗也反抗不了。

「還有此事？」劉氏眸中訝然。「這薇姊兒也夠胡鬧的，玨哥兒年紀還小，怎麼能這般狠打呢？罷罷罷，回頭我跟薇姊兒好生說說，心思是好的，可不能太過了，可憐見的，玨哥兒也遭了大罪了。」

三喜附和。「可不是嗎？少爺的手都腫得拿不住書，人都瘦了一大圈。」

劉氏臉上的疼惜更甚，對著地上的三喜吩咐。「一會兒你帶些補品回去，好生給你們少爺補補。你是你們少爺身邊得用的人，要好生勸勸他，薇姊兒也是為他好，萬不可和薇姊兒離了心，可懂？嗯？」

一個「嗯」字轉了九曲十八彎，三喜會意，恭敬道：「夫人放心吧，奴才會好生勸勸少爺的。」

劉氏對此十分滿意，頷首道：「那就好，好生服侍你們少爺，少不了你的好處。」

「是，奴才記著夫人的恩典呢。」三喜機靈地拍著劉氏的馬屁，劉氏滿意地笑了。

顧嬤嬤捧著少爺腫得跟豬蹄似的手，心疼得直掉眼淚，一邊抹眼淚一邊幫他搽藥膏。「少爺呀，你可莫要怨小姐心狠，小姐也是為了你好。就因為她和你親才會嚴管你。少爺也用點心讀書吧，這樣小姐也能少打你一些——」她絮絮叨叨地說著，生怕少爺因此怨恨上小姐。

沈玨疼得直抽氣。「嬤嬤，我知道。」他又不是真的笨蛋，怎麼會不明白姊姊是為了自己好？

「少爺明白小姐的心思就好。」顧嬤嬤十分欣慰，小姐的心思總算沒有白費。

顧嬤嬤是這番說詞，三喜卻不是這樣說的。他一邊伺候少爺穿衣一邊埋怨。「少爺，四小姐也未免太狠了吧？看看把少爺給打得……這手沒個十天半月也好不了。」

這話就有些誇張了，沈玨的手當時看著嚇人，但抹了藥膏，第二天就好得差不多了。

「少爺，四小姐憑什麼打您？連老爺夫人都沒捨得打您一下呢，少爺——」

「閉嘴！」沈玨瞪了憤憤不平的三喜一眼。「你好大的膽子，倒嚼起主子的舌根了！」

三喜趕忙討饒。「少爺，奴才還不都是為了您嗎？奴才看著四小姐那麼打您，奴才心疼啊！」他低下頭抹起了眼淚，一副為主子著想的樣子。

沈玨臉色的怒容平緩了些。「知道你忠心，但也不能非議主子。」他也知道好歹，姊姊雖是打得厲害，但打過之後會給他送來上好的藥膏，抹上去一會兒就不疼了。

三喜窺著少爺的臉色，滿腹的話卻不敢再多嘴了。

其實沈玨也想反抗，或者乾脆不學來著，可他不敢啊！桃花那死丫頭在一旁盯著，那丫頭下手是沒有輕重的，一腳就把碗口粗的樹踹斷了，若是踹在他身上，還不把他的骨頭踢散？

而且自從見識了桃花的功夫，他就起了小心思，他想把桃花從姊姊身邊要過來，以後帶著這丫頭出門多威風呀，打起架誰也不是他的對手。

可姊姊似乎挺看重桃花這丫頭的，怎樣才能讓姊姊答應呢？沈玨尋思了半天，姊姊好像挺著緊他的功課，若是他好生背書練字，姊姊一高興是不是就會答應了呢？

所以不管心裡怎麼不情願，沈玨仍是耐下性子背書練字。只是他本就是個浮躁性子，哪裡坐得住靜得下心來？不過短短兩天就急得一嘴疱，頭一回盼望著快點傷好回學堂，至少學堂的夫子不像姊姊那麼嚴厲。

第三十四章

沈弘軒和大哥在書房商議了大半個時辰，第二日遞了帖子去秦相府拜訪。不是賠禮道歉，而是把此事說開，總不能因為兩個孩子影響兩府的關係吧？

秦相爺倒也通情達理，先是把自己的兒子痛斥了一番，又關切地問詢沈玨的傷勢，一點怪罪的意思都沒有。

兄弟倆這才鬆了一口氣，心道難怪秦相被稱為仁相，胸襟就是不一樣。

秦相爺送走了沈氏兄弟，回到外院的書房，夫人董氏就接了消息匆匆趕來。「老爺，沈家那兩人來幹什麼？」她一臉不高興。

把然哥兒打成那樣還有臉登門？就該把他們打出去。

秦相爺卻渾不在意地道：「不過是兩個孩子打架，有什麼大事？人家都登門道歉了，這事就到此為止，妳也不要老揪著不放，娘年紀大了，她那裡妳也多勸一勸。」

董氏一聽不樂意了。「這還不是大事？老爺的心怎就那麼大呢？你怎麼不看看然哥兒頭上那傷，光是血就流了有一大碗。我可憐的然哥兒呀！若不是奴才護得緊，然哥兒指不定就沒了命。」董氏抹著眼淚，一副不甘休的樣子。

秦相爺被夫人一鬧，也有些動怒了。「妳還有臉說，然哥兒不都是妳慣壞的？都十三了，光知道玩，遠哥兒像他這麼大都已經是秀才了。」

提起才華橫溢的大兒子，秦相爺一臉驕傲。大兒子從小就懂事，三歲開蒙，五歲就把《論語》背完，十三上頭就中了秀才，不到弱冠就考了庶起士進了翰林院，從不用他操心。

小兒子倒好，足足到六歲才開蒙，在學堂也不好生唸書，搗蛋生事，捉弄夫子，都十三了一筆字寫得像狗爬，連那才開蒙的小兒都不如，哪個月夫子不得告上幾回狀？

每一次他狠下心管教，夫人和娘就死命護著，尤其是他娘，嚷嚷著誰敢動她的寶貝孫子就跟誰拚命。

幾回之後，他也懶得再管了，想著反正相府有遠哥兒撐著，然哥兒沒出息就沒出息吧，有遠哥兒這個親哥哥看著，他怎麼也能富貴一生。

董氏也為大兒子驕傲，但更疼愛這個小兒子，這可是自己掙命生下的老來子，真是含在嘴裡怕化了，捧在手心長大的。

「然哥兒怎麼了，要你這麼嫌棄？我的然哥兒乖著呢，懂事、孝順，心思純良。咱們相府家大業大，哪裡需要然哥兒辛苦讀書，掙什麼功名？有遠哥兒和娘娘看著，我的然哥兒只要平平安安的就好。」董氏才捨不得小兒子像大兒子那樣辛苦讀書，每天起三更睡半夜的，人都熬瘦了。

「反正我不管，我的然哥兒不能平白無故受這麼大的罪，老爺身為一朝之相，還不能給兒子出口氣了？」董氏一屁股坐在椅子上，不依不饒起來。

秦相爺見狀，臉就沈了下來，把茶杯往桌上一頓，正色道：「我再說一遍，這事到此為止。妳一婦道人家身在後宅、沒有見識，我不怪妳，可妳當忠武侯府是那些不入流的小官，隨妳拿捏？別的不說，就說忠武侯沈侯爺，那是聖上都敬重信任的人，在聖上心中的地位比老爺我還重，和忠武侯府只能交好，不能得罪。」

見夫人臉上不以為然，秦相爺氣得把茶杯又頓了一下，厲聲道：「我說的妳聽到沒有？難不成妳想給遠哥兒和娘娘招禍?!」

董氏被相公臉上的厲色嚇得一個激靈，吶吶地道：「知道了，你那麼大聲做什麼？」嘴上說著知道了，心裡仍是把忠武侯府恨上了。

「娘，您真的要去永寧侯府？」沈雪匆匆進了劉氏的院子，連通傳都等不及就自個兒掀開門簾進了內室。

劉氏靠在床頭正頭疼呢，自那天老爺拂袖而去，就再沒來過她的院子，她想著老爺正在氣頭上，等過兩天他氣消了些，自己再過去賠個不是，即便老爺歇在外院，她也很放心。

誰知卻被那芝姨娘鑽了空子，芝姨娘是老爺上峰所贈，長得妖妖嬈嬈，顏色極好，還懂詩書，自進府就極受寵愛，雖說生的女兒三小姐都已經十六了，但芝姨娘的容顏卻絲毫不見衰老，這也是劉氏深恨的地方。

昨兒夜裡，那芝姨娘打扮得花枝招展，端著補湯去了外院，半個時辰後，老爺和她一起回了她的院子，夜裡還要了兩回水。

一聽奴才回稟，劉氏帕子都要撕碎了，把芝姨娘咒罵了半宿。女兒都十六、七了還穿成那樣，也不嫌臊得慌！

劉氏氣得一宿沒有睡好，直到雞叫才瞇了一會兒。今兒一早請安，那芝姨娘就來晚了，趾高氣揚、惺惺作態地說什麼服侍老爺累著了，氣得她腦子都疼了，草草打發幾人，連早飯都不想用了。

「娘，您怎麼了？」沈雪見娘親有氣無力地靠在床頭，還以為她病了。「您哪裡不舒服？紅袖還不快去請龔大夫。」

劉氏抬了抬手。「不用，我沒事，就是有些累了，歇會兒就好了。雪姊兒來找娘可是有事？」

沈雪一聽娘問起，頓時想起了來意，嘴巴都嘟了起來。「娘，我聽她們說您往永寧侯府遞了帖子，是不是啊？」

劉氏點點頭。「是呀，明兒娘去永寧侯府拜見衛夫人。妳是知道的，薇姊兒和他們大公子有婚約，薇姊兒都回來好幾天了，永寧侯府都沒人過來問問。妳爹急了，讓娘去永寧侯府瞧瞧，看永寧侯府是個什麼意思？」劉氏倒是沒有瞞女兒，她想著女兒大了，多知道一些也是好事。

「娘，她的婚事為什麼要您操心？」沈雪一點也不希望娘去永寧侯府。「她那般粗鄙，哪裡配得上永寧侯世子？」

衛瑾瑜在京中頗有才名，加之生得好，為人謙遜有禮溫潤，很受眾多閨中少女的仰慕，沈雪也不例外。自那年見過一回後，滿心滿眼便都是他了。但她一想到那個處處不如自己的姊姊和心上人有婚約，便嫉妒得發瘋，巴不得永寧侯府永遠不要上門才好。

「雪姊兒！」劉氏一下子喝住了女兒。她是過來人，自然覺察到女兒的心思。「雪姊兒，那永寧侯府的衛世子是薇姊兒的未婚夫，娘不許妳胡思亂想。」

衛世子是好，但自小就和薇姊兒訂了婚約，妹妹妄想姊姊的未婚夫，侯府肯定不會允許這樣的醜事發生，老爺能打死雪姊兒的，劉氏覺得必須掐斷她的念想。

許是劉氏的語氣太嚴厲，沈雪被嚇懵了，劉氏見狀又十分心疼。「雪姊兒放心，娘肯定會給妳挑一個比衛世子更好的夫婿。」自己女兒這般優秀，值得更好的。

「娘。」沈雪偎在劉氏懷裡，心中十分委屈，滿心不情願。在她看來，沒有比永寧侯府的瑾瑜哥哥更好的人了，只是礙於娘親的態度，她不敢再提一句。

風華院內。

沈薇看著父親差人送來的紅珊瑚盆景，嘴角勾了勾。這什麼意思？打一巴掌給個甜棗？還得好生地接著？不過這紅珊瑚聽說很值錢，既然父親送給她，那她就不客氣地笑納了。

「煩勞李管事給父親帶句話，就說女兒很喜歡父親送的禮物。」沈薇對恭敬站著的中年管事道。

李管事絲毫不敢托大。「四小姐言重了，替主子做事是奴才的本分，四小姐的話，奴才一定幫您帶到。」

而三小姐沈櫻的消息也十分靈通，不僅知道嫡母去了永寧侯府，還知道父親把那盆金貴無比的紅珊瑚盆景送給四妹，氣得把鏡子都摔了。

那盆紅珊瑚是父親花了大錢才尋到的，一共有兩盆，一盆大些的送到祖母的院子，這一盆小些的一直擺在父親的書房。她眼熱很久了，卻沒敢開口討要，沒想到父親卻送給四妹，她心裡頓時不平了。

憑什麼呀？她才是父親的長女，好東西應該自己先挑才對。

她一點都沒把這個嫡妹放在眼裡，小時候沒少和沈雪一起欺負她，搶她的首飾東西，而這也是沈櫻討厭沈薇的另一個原因，一直被自己欺壓的小可憐搖身一變，成了無法欺負的人，尤其這人還比自己長得漂亮，更加罪不可恕。

「跟妳說了多少次？不要摔東西，這樣不好。」芝姨娘進屋就看到地上的銅鏡，好看的籠煙眉蹙了蹙。

「姨娘，我不甘心嘛。」沈櫻咬著嘴唇。

「不甘心？妳憑什麼不甘心？」芝姨娘眉一挑，反問道：「她是嫡，妳是庶，她是正室夫人生的，妳是從姨娘肚子裡爬出來的，她出嫁了，有五少爺這個親弟弟撐腰，妳出嫁了就是一盆潑出去的水，妳憑什麼不甘心？」

「姨娘……」沈櫻被姨娘這麼一訓，眼圈一下子就紅了，小聲道：「我、我怎麼說也是父親的長女啊，長幼有序。」

芝姨娘都要嘆氣了。怎麼就生了個這麼蠢的女兒呢？平時看著挺伶俐的人，怎麼連這點都看不透？

「是，長幼有序，這話說得沒錯，可妳別忘了還有嫡庶之別。妳見過哪個府裡嫡庶是一樣對待的？妳也經常出門，那些規矩嚴苛的府裡，庶出什麼樣妳沒看到嗎？」

這若是個不相干的人，芝姨娘真懶得管，可櫻姊兒是自己的親女兒，是自己後半輩子的依靠，再失望也得管呀！

「櫻姊兒，姨娘早就和妳說過了，不要和四小姐爭，她的婚事已訂，她和妳沒有分毫衝突，妳和她有什麼好爭的？」芝姨娘苦口婆心地勸女兒。「妳不僅不要和她爭，還要主動和她交好。姨娘看四小姐這幾年可是長進多了，連夫人都在她手裡吃了暗虧，以她現在的手段，嫁到哪家都能站穩腳跟，妳和她處好了也是一分助力，更何況還有五少爺呢。」芝姨娘心裡一片酸楚，自己沒能給櫻姊兒生個弟弟，櫻姊兒將來若是在夫家受了委屈可怎麼辦？

芝姨娘對夫人是如何惹惱老爺的心知肚明，要不然也不會被她鑽了空子，把老爺留在自個兒的屋裡。四小姐憑著幾句哭訴就能讓老爺對夫人心生不滿，可見是個厲害的。

「姨娘想多了，五弟慣是個沒出息的，聽說連《論語》都背不全，比六弟差遠了。」沈櫻不以為然。

「那是以前。」芝姨娘的嘴角勾出一抹嘲諷的冷笑。五少爺身邊的丫鬟小廝都是夫人一手安排的，哪個不是拚命勾著他玩樂？哪會容他學好上進？

後院婦人這些歹毒的手段她最清楚不過，夫人分明就是要養廢五少爺，這樣她親生的六少爺才有機會。

若是沒有四小姐，或是四小姐晚兩年回府，說不定夫人就得逞了。可現在四小姐回來了，一回來就把五少爺的功課嚴管起來，夫人此時不定怎麼懊惱生氣呢！

「以前五少爺沒出息，那是因為沒人約束，現在四小姐回府就不一樣了。聽說四小姐每天都去監督五少爺讀書，五少爺進步可大了，連老爺都誇四小姐有長姊風範。照這樣下去，誰更有出息還不一定呢！」

芝姨娘話裡話外都是對四小姐的讚賞，見女兒仍是滿臉不以為然，她的語氣不由嚴厲起來。「櫻姊兒，妳給我記住了，姨娘不會騙妳的。妳是庶女，嫁個好人家才是正經，哪怕家裡貧寒一些，只要人懂得上進，最重要的是能做正室，不要走了姨娘的老路。與人為妾，一輩子都低人一等，連帶著兒女都是庶出。櫻姊兒，姨娘跟夫人不對盤，她定不會讓妳嫁得好的，所以姨娘才在妳父親身上使勁，就是想求他能過問妳的婚事，不至於被夫人坑了。妳都十六，不能再耽擱下去，打明兒起妳哪兒都不要去，就待在院子裡做針線活。」她真怕女兒再出去惹了禍事，老爺雖然寵她，但自己到底只是個妾呀！

「是，女兒知道了。」沈櫻見姨娘真的生氣了，忙答應道，心裡卻是忿忿不平。

芝姨娘見女兒口不對心的樣子，在心底嘆了口氣，想著以後多拘著女兒在院子裡，這樣總不會有事了吧？

那紅珊瑚盆景被沈薇擺在廳堂最顯眼的位置。既然收了人家的禮物，怎麼也得讓人家知道自己很珍惜重視呀，擺在廳堂，任誰進來一眼就看到，這可是濃濃的父愛！

不久，龐先生要回西疆了，沈薇出府相送，順便帶著桃花出去放放風。上次答應帶她去騎馬、吃好吃的還沒兌現。

沈玨一聽姊姊要放一天假，雖然沒有高興地跳起來，但眼中的亮色騙不了人。沈薇不由啞然失笑。不過是背個書，不知道的還以為她怎麼虐待他呢。

送走了龐先生，沈薇就跟著歐陽奈去了自己在北大街的綢緞莊。一進鋪子，正招呼客人的曲海微怔，慢了一拍才揚聲喊來夥計。「領貴客到二樓瞧瞧。」

過來的夥計是李大勇，見到自家小姐十分高興，恭敬地引領小姐上了二樓，這才鄭重行禮。「小姐您怎麼來了？曲叔還說您過段日子才能出來。」

沈薇笑道：「曲掌櫃說得可沒錯，今兒若不是出來送龐先生，我還真沒空出來。你們怎麼樣？在京城可還住得慣？」

李大勇憨厚地摸摸頭。「習慣，在哪兒不是一樣開鋪子做買賣？只是現在才剛開始，曲叔說再過幾個月才能全面鋪開，不比咱們在沈家莊差。」

沈薇點頭表示明白。「不著急，慢慢來，重要的是要穩。少賺些銀子也沒什麼關係，只要人平安就好。」

「那可不成。」李大勇認真地反駁。「小姐，屬下們都發過誓，要幫小姐賺好多好多的銀子。」自家小姐心善，有個愛撿人的習慣，指不定哪天就撿一大堆人回來，沒有銀子怎麼養得活？

沈薇嘴角翹了翹，心情很好。「好呀，那我就等著數銀子嘍！」

不一會兒曲海就上來了，對著沈薇一抱拳。「小姐。」

沈薇微一頷首，道：「曲叔，我出來時辰有限，你帶我去別院看看吧。」

「成，小姐這邊請。」曲海引著她從後門出了鋪子，邊走邊彙報事情。「別院是座二進的院子，地段挺好，周圍住的大多是六、七品的官員，花了五千兩銀子。買下之後，屬下就自作主張找人修整了一下，小姐若是看著不滿意，屬下再找人重修。」

頓了頓，他又道：「這間綢緞鋪子盤下來花了一千三百兩銀子，本來賣家要價一千五百兩的，見屬下願意買下鋪子裡的存貨，就主動給讓了二百兩。喔，還有咱們的揚威鏢局也開張了，張雄他們全都守在那裡。雖是才開張，但生意也還行，屬下想著等綢緞莊的生意穩定了，打算再開家胭脂鋪子。京中幾家較大的胭脂鋪子，屬下都看過了，他們的胭脂也不比咱們的好，價格卻比咱們貴上一倍，咱們若開上一家，肯定掙錢。」一說起生意，曲海就有了精神。

沈薇邊聽邊點頭。「行，這些事情曲叔看著辦吧，你是行家裡手，我相信你。」

一刻鐘後來到了別院，真如曲海所說，環境幽靜，裡頭的佈置也十分優雅。尤其是主院，跟她在沈家莊的院子很像，一看就是用了心的。沈薇十分滿意，大大地誇獎了曲海一回。

曲海卻十分謙虛。「小姐喜歡就好。」

沈薇看了看天上的日陽，這天氣出城跑馬也不切實際，又看了看眼巴巴望著自己的桃花，便決定用好吃的堵上桃花的嘴。

中午一行人在酒樓用了中飯，桃花吃得滿嘴流油，果然一句不提跑馬的事了。

吃罷午飯，沈薇回別院歇了午覺，下午又帶著幾個丫鬟逛了會兒街，才戀戀不捨地回府。

一進府門，就見祖母院子的畫眉迎上來。「四小姐，您可回來了，老太君請您過去一趟。」

而留守院子的梨花和顧嬤嬤則一臉焦急地站在邊上，沈薇心中咯噔一下。這是出了什麼事？

第三十五章

一路上，沈薇言語試探，畫眉都笑而不語，沒有吐露老太君因何事找她。

她想起剛才梨花的暗示，她的嘴形是一個「五」字，而且顧嬤嬤也在，和她有關，又帶個「五」字的，那就只有五少爺沈玨了。八成是那小子又闖了什麼禍事，殃及池魚。

沈薇心中有了底，便從容坦然地跟在畫眉身後，畫眉反倒有幾分詫異了。

進了松鶴院，丫頭掀開門簾，沈薇一眼就瞧見地上跪著的沈玨，心道果然。

老太君沈著臉，繼母劉氏也在場，讓沈薇詫異的是沈雪居然也在，正伏在劉氏懷裡，似乎還哭過了。

「薇姊兒去哪裡了？怎麼這麼晚才回來？」沈薇的禮才行到一半，祖母老太君就發難了，語氣十分嚴肅。

劉氏也跟著說：「可擔心死人了，老太君都等了妳半下午，薇姊兒這是去哪兒玩了？下回可不能這樣啊！」

成功地讓老太君的不滿又添了三分。

沈薇不急不躁把禮行完。「回祖母的話，孫女今兒去送龐先生了。他是祖父身邊倚重的人，又護送了孫女一場，他回西疆，於情於理孫女都該去送送他。這事孫女跟夫人報備過的，怎麼夫人沒告訴您嗎？」

沈薇的眼底滿是詫異，目光看向劉氏，老太君也看向劉氏，目光裡有明晃晃的不滿。

劉氏一窒，隨即鎮定下來。這個繼女出門前確實跟她說過，她也是同意的，剛才老太君問起，她故意裝作不知，不過是乘機多上些眼藥罷了。

「母親，兒媳想起來了，是有這麼回事。今兒事多，兒媳一時把這事給忘記了，咳，看我這腦子。」劉氏懊惱地拍了一下自己的額頭。「只是薇姊兒怎麼去了那麼久？我還以為妳送了龐先生就回來的，可是遇到了什麼事情？」

劉氏的話提醒了老太君。「是呀，妳一早就出門了，怎麼到現在才回來？姑娘家要有規矩，哪有在外頭亂跑的？」

「回祖母，孫女離京三年，對京中都陌生了，難得出門一趟便逛了逛，置辦幾身衣裳、幾樣首飾，等明兒出門作客也不落侯府的臉面。」沈薇從容以對。「好在祖父以前給的銀兩還剩了點，不然孫女還真囊中羞澀了。」她的臉上浮現幾許羞赧。

來而不往非禮也，劉氏對她落井下石，沒道理她不回敬一二。

「妳沒給薇姊兒置辦衣裳嗎？」老太君的臉又沈了幾分，自己不喜這個孫女不假，但也不會苛待她。薇姊兒到底是三房的嫡女，若是穿戴寒酸，也給侯府丟臉，她這輩子最看重的就是侯府的臉面。

「哪沒置辦啊！」劉氏做出委屈的樣子，牙都咬碎了。「兒媳早就交代針線房，許是針線房這陣子事忙，一時耽誤了，回頭兒媳再催催她們。」她恨不得這個繼女永遠不回來才好，哪會給她置辦衣裳。

老太君的臉色緩了緩。「若實在忙，就先做兩身穿著，侯府的小姐穿這麼寒酸像什麼樣子。」她瞥了眼沈薇身上半舊的衣裳，一臉嫌棄。

「是，兒媳聽母親的。」劉氏只得恭敬回答。

沈薇也好似鬆了一口氣。「謝謝祖母，謝謝夫人，其實只要不給侯府丟臉，孫女穿什麼都行。」

「嗯，是個懂事的孩子。」老太君點點頭，難得讚了一句。

沈薇眼睛一閃，乘機問道：「祖母，玨哥兒怎麼在這兒跪著，他頭上還有傷呢，祖母您讓他起來吧。」一副擔憂不已的樣子。

不提沈玨還好，這一提，老太君的火氣就上來，指著跪在地上的沈玨怒道：「就讓他跪著，這個小畜生再不好生管教都要無法無天了。薇姊兒可知道這小畜生做了何事？」

「祖母，玨哥兒又闖了什麼禍？」沈薇也很好奇。

一直耷拉著腦袋的沈玨卻猛然抬起頭來，倔強地嚷道：「我沒有錯。」

「你還沒有錯？」老太君氣得渾身發抖。「前幾天才把秦相小公子的頭打破了，你爹、你大伯說了多少好話，賠了多少笑臉才把此事平了。本指著你能安生在府裡養傷，你倒好，跑到雪姊兒院子裡發瘋，把她的屋子砸了，你、你——」老太君氣得說不出話來。

沈雪適時地嗚咽一聲，把臉埋進劉氏的懷裡。

劉氏心疼地攬著女兒，看向地上的沈玨，眼裡就好像淬了毒，只是一閃便消失不見了。「母親，玨哥兒性子急，雪姊兒是當姊姊的，讓讓弟弟也沒什麼。玨哥兒已經知錯了，您就不要再生氣了，當心身體呀！」嘴上求情，心裡卻巴不得老太君的怒火再大些。

「那也不能砸姊姊的院子！」對這個頑劣不堪的孫子老太君同樣不喜。「妳看他是知錯的樣子嗎？」頭昂得比誰都高，是認錯的態度嗎？

砸了沈雪的屋子？沈薇一時沒反應過來。

要說沈玨衝動了些、魯莽了些，這她信，但無緣無故砸了沈雪的屋子？這不大可能吧，除非沈雪做什麼觸了他的痛處。

於是沈薇看向沈玨，目光一接觸，沈玨就彆扭地轉開了，只嚷嚷著：「我沒錯，我就是沒錯。」卻死活不說自己為什麼要砸沈雪的屋子。

老太君氣得直拍椅把。「你還不認錯？你個小畜生是要氣死我不成？好好好，我管不了你，讓你老子親自抽你。」

「玨哥兒，快點給祖母認錯，看你把祖母氣的。」劉氏柔聲勸著沈玨。沈玨頭一撇不理她，劉氏張了張嘴，只好尷尬地垂下視線。

這一番又把老太君氣得夠嗆，捂著胸口直咳嗽。

「祖母莫氣。」沈薇趕忙搶上前給老太君順氣，一隻手在她的穴道上不著痕跡地按了按。可不能讓老太君氣出個好歹，不然罪名又要落到他們姊弟身上了。

「祖母先消消氣，珏哥兒不懂事，您別和他一般見識，回頭孫女替您抽他。」沈薇柔聲勸著，等老太君的情緒平復了一些，才又道：「您還不知道珏哥兒嗎？就是個愣頭青，若沒點原因，他會跑到雪姊兒的院子裡撒野？雪姊兒有沒有跟您說他們是因何起了衝突？」把這事弄清楚才是關鍵。

劉氏一聽這話不樂意了，這不是把罪名往雪姊兒身上推嗎？「薇姊兒，妳這是什麼意思？妳妹妹乖巧聽話，能和珏哥兒起什麼衝突？」

沈雪則又傷心地哭了起來。

沈薇淡淡一笑，道：「夫人急什麼？我也沒說雪姊兒的不是呀，只是一個巴掌拍不響，無緣無故的珏哥兒怎麼就跑去雪姊兒院子裡鬧事？他性子是衝動了些，但這事他還幹不出來，您教養他十幾年，還不了解他嗎？」

劉氏被堵了回來，一時無話反駁。

沈薇又轉向老太君。「祖母，還請您問清楚事情的原由。」

老太君看著跪在自己面前的孫女，一想也是，府裡住著好幾個姊兒，怎麼就單砸了雪姊兒的屋子？之前光顧著震怒，還真沒想起來問清楚原由。

「好，珏哥兒、雪姊兒，你們說說到底是怎麼一回事。」

可沈珏和沈雪兩個人，一個死抿著嘴唇不說話，一個只是埋頭哭泣。眼瞅著老太君又要動怒，沈薇衝沈玨喝道：「玨哥兒，沒聽到祖母問話?還不快從實招來，還是你等著用家法？」一邊給他遞眼色過去。

可那沈玨卻把頭一扭，高傲無比的樣子。沈薇氣呀，若是換個地方，她早上去一腳把他踹翻了，還容他耍橫？

此時跪在一旁的四喜戰戰兢兢地抬起頭說話。「老太君，四小姐，事情是這樣的。」他心裡掙扎了半天，還是決定說出實情。這些日子他也看明白了，少爺是聰明的，在四小姐的監督下，那些詩書少爺很快就會了。以前總是不會，是因為沒人約束，如今四小姐回府，少爺肯定會有出息，他不想再跟著三喜做傷天害理的事了。

「今兒歇過午覺，少爺帶奴才出院子遛達，走到五小姐院子附近，見她正在賞花，少爺就說要悄悄過去嚇她一嚇。誰知走近卻聽到五小姐正跟丫鬟說四小姐的壞話，少爺不樂意了，就和五小姐吵起來，沒吵過，這才氣沖沖地衝進五小姐院子，把屋子給砸的。」

「你、你說謊！」沈雪抬起頭氣憤地指責。「祖母，您要給孫女作主啊！」一張臉梨花帶雨，煞是心疼人。

四喜卻直磕頭。「奴才剛才說的都是實話，若有一句假話，就讓奴才天打雷劈不得好死。」他詛咒發誓著。「這事不光奴才知道，五小姐身邊的倚翠姊姊也知道，當時還有世子夫人院裡的兩個嬤嬤打附近經過，她們都看見了。」

「雪姊兒，是不是這樣？」老太君望向沈雪。

沈雪的身子僵了一下，哭著抬起頭，眼中的慌亂一閃而過。「祖、祖母，孫女只是和倚翠說起四姊而已，哪裡有說她的壞話？」沈雪怎麼可能承認，若不是聽這奴才說還有大伯母院裡的兩個嬤嬤經過，她連這都不會承認的，不由把這奴才恨上了。

「妳就有！妳說我姊姊是個病秧子，是鄉下長大的粗丫頭，無才無德，根本配不上永寧侯世子瑾瑜哥哥，還說我姊姊怎麼不死在外頭，回來做什麼！」沈珏突然開口。

沈雪冷不防被揭了底，臉上一陣慌亂。「你、你……你胡說！」捂著臉又嚶嚶哭起來了。

「我沒有胡說，我一句都沒有胡說！若妳不說我姊姊的壞話，我也不會砸妳的屋子。」沈珏的眼底全是憤怒。

沈薇震驚，看向沈珏的目光複雜無比。她猜測了千百種原因，唯獨沒想到是因為這個，只因為沈雪說了自己的壞話……她沒想到沈珏會如此維護自己。

沈薇覺得鼻子酸酸的，想著以後要對這小子好一點，少打他一些。

而沈珏卻懊惱地把頭一扭。

「五妹，原來妳這般恨我呀！」沈薇泫然欲泣，一臉深受打擊的樣子。

「薇姊兒，雪姊兒只是——」劉氏也慌了。她之前也不知道原因，只是看到被砸得亂七八糟的屋子，火氣就上來了，直接帶著雪姊兒來找老太君作主。若知道是因為這事，她哪能不做一點準備？

老太君怎不明白事情的真相是什麼，看向沈雪的目光不由失望幾分。

劉氏急了。「母親，雪姊兒不是故意的——」迎上老太君的目光，她的話怎麼也說不下去了。

老太君按了按太陽穴，開口道：「雖說事出有因，但玨哥兒也不該砸了雪姊兒的屋子，罰你去跪祠堂反省。至於雪姊兒——」她抿了抿嘴才道：「雪姊兒約束下人不力，禁足半月，抄《女誡》百遍，身邊的丫鬟倚翠打五板子，罰三月月錢。」

老太君對沈雪到底有幾分疼愛之心，把罪名推到奴才身上，但願雪姊兒能明白她的苦心。

劉氏和沈雪都鬆了一口氣。

沈薇也是心中了然，知道只能如此了。她上前說道：「祖母，玨哥兒做錯了事情，是我這個長姊沒有管教好他，他頭上還有傷，孫女願替他跪祠堂。」

「我不要妳替！」沈玨直接嚷嚷起來了。

「閉嘴！」沈薇回頭瞪他一眼，轉過身，堅定地望著老太君。「還望祖母垂憐。」

老太君打量著沈薇半晌，嘴角彎了彎。「也好，他頭上有傷，就由妳這個當姊姊的替他跪祠堂吧，以後要好生地教導他。」

「是，孫女遵命。」說著屈膝行禮，帶著沈玨退出去了。

一到外面，沈玨就甩開姊姊的手。「說了不要妳管，多事！」他一個男子漢怎能讓個女人替他出頭？他成什麼了？「一人做事一人當，妳別管。」

「你以為我想管呀？」沈薇閒閒地道：「在外人眼裡，我和你早就綁在一起了，一榮俱榮，一損俱損，明白嗎？」

斜了沈玨一眼，她揚長而去。真是個不可愛的小孩！

「四小姐，請跟老奴走吧。」兩個身材魁梧的執法婆子奉命前來帶沈薇去祠堂。

梨花等人的臉上閃過氣憤。她們肯定是故意的！再過一刻鐘就到用晚飯的時辰，她們選擇這個時候來，分明是想讓小姐餓著肚子跪祠堂，這可恨的老貨。

沈薇不以為意。「有勞兩位嬤嬤了。」

左邊的那個婆子一臉橫肉。「四小姐請吧！」她輕蔑地看了沈薇一眼。哼，得罪了三夫人還想有好日子過？想得美！

「小姐。」梨花滿臉擔憂地追了兩步，跪上一夜怎生受得了？梨花恨不得自己去替小姐跪祠堂。

沈薇轉過身，見幾個丫頭均是一臉擔憂，心頭溫暖，笑了笑，道：「沒事，明早就回來了，妳們看好院子。」

不就是換個地方睡覺嗎？沈薇可沒打算真跪上一夜，又沒有人看著，就是有人看著，她也有的是辦法。

看守祠堂的是個姓柳的婆子，因之前就得了消息，見執法的兩個婆子過來，忙小跑過去陪笑。「見過四小姐，兩位老姊姊辛苦啦！」

她是個沒關係、沒背景的，所以才被打發來看祠堂，誰也不敢得罪。

執法婆子點點頭。「我們把四小姐送過來了，還不快把祠堂的門打開，讓四小姐進去反省。」

柳婆子轉身掏出鑰匙開祠堂的大門，那兩個執法婆子看向沈薇。「四小姐，老奴們的任務完成了，您進去吧，明早老奴再來接您。」臉上的橫肉也跟著動呀動的。

沈薇心中明白，哪裡是來接她，不過是來看她有沒有老實跪祠堂罷了。

不過沈薇依舊從容。「多謝兩位嬤嬤了。」反倒讓兩人心中詫異不已。

執法婆子走遠了，柳婆子小心地看了一下沈薇的臉色，小心翼翼地說：「四小姐，實在是得罪了，您看……」剩下的話不言而喻。

沈薇一笑，也不讓柳婆子為難，徑直邁進祠堂，那柳婆子悄然鬆了一口氣。

祠堂裡本就陰暗，加之又臨近黃昏，光線就更暗了。好一會兒，沈薇的眼睛才適應過來，打量起祠堂的佈置。

哇，好多牌位！從高到低，密密麻麻地排了好幾排，沈家有這麼多祖宗？沈薇十分懷疑。她只知道他們這一支在沈家莊是四房，再往上就不知道了。估計就是祖父也知道得不多，畢竟莊戶人家誰在意這個？

不過自從祖父封了侯就不一樣了，祠堂裡若還只有寥寥幾個牌位豈不是太寒酸，哪個高門大戶人家的祠堂裡牌位不是滿滿當當？這樣才顯得有底蘊，子孫旺盛。

草根出身的沈侯爺也附庸風雅了一番，硬是從前朝找了一個姓沈的大儒，奉為自家祖先，於是沈家搖身一變，成了書香世家的後人。

沈薇拖出一個蒲團，拍打幾下灰塵，盤腿坐下來，一個個仔細辨認牌位上的名字來打發時間。

也不知過了多久，祠堂裡的光線完全暗下去，更顯得陰森森的。若是一般的姑娘早就嚇哭了，可沈薇不是一般姑娘，除了餓，她沒有任何不適。

沈薇按了按咕嚕叫的肚子，苦笑，後悔之前沒有偷偷帶一塊點心。這一夜可怎麼熬呀？果然是被養得嬌慣了。

沈薇站起來四下瞧了瞧，又找到兩只蒲團，接在一起打算在這上面湊合一夜。可是飢餓如一隻小手，拽得她腸子都疼了，哪裡睡得著？

沈薇埋怨起來，沈玨那個死小子良心大大地壞了，自己都替他跪祠堂了，他咋就想不起來給自己送點吃的過來？等出去了，一定要好好虐虐他出氣。

第三十六章

正埋怨著呢，就聽外面傳來一陣腳步聲，隨後是沈玨惱怒的聲音。「妳這老貨，小爺讓妳開門沒聽見？囉嗦個什麼！找打是吧？」

沈薇精神頓時一振。好了，終於不用挨餓了！

「五少爺，不是老奴囉嗦，實在是沒有老太君的命令，這門得明早才能開，您就不要為難老奴了。」柳婆子陪著笑臉解釋著，心頭卻在打怵。這五少爺最是個渾不吝的，惹了他不高興說不定真要整治自己呢，不由心頭發苦。

「少給小爺找藉口，小爺說開就得開，妳開不開？不開小爺踹啦！」

「五少爺，可使不得啊！」這是柳婆子的驚呼。

接著，沈薇就聽到門被踹了一下，之後沈玨似乎被人拉住了勸說，她聽到了顧嬤嬤的聲音，也聽到了梨花、荷花的聲音。

沈薇的心一下子就放到了肚子裡。

也不知她們是怎麼交涉的，片刻後，祠堂的門打開了，柳婆子端著油燈在前頭引路，後頭跟著沈玨幾人。顧嬤嬤手裡提著一個食盒，梨花、荷花和四喜手裡抱著被子鋪蓋什麼的。

顧嬤嬤一看，偌大的祠堂裡小姐孤零零一人坐在地上，鼻子不由一酸，眼淚差點就掉下來了。小姐何時受過這個罪呀？

梨花、荷花早就放下東西撲過去了，急切地詢問。「小姐沒事吧？」一個人待在這黑漆漆陰森森的祠堂，小姐肯定是害怕的。梨花看了一眼挨挨擠擠的牌位，只覺得頭皮發麻。

「我能有什麼事？」沈薇不以為意地揮揮手。「有吃的吧？快拿來，我都快餓死了。」她盯著食盒，兩眼發光。

「顧嬤嬤，快點把食盒拿過來。」沈玨得意洋洋地吩咐。「我就知道妳肯定會餓。」沈薇撇撇嘴，也不想想她是替他跪祠堂，給她送點吃的不應該嗎？

顧嬤嬤又是一陣心疼，忙打開食盒把裡頭的飯菜端出來。沈薇接過筷子就大口大口地吃了，顧嬤嬤在一旁說著慢點，她點頭，手裡的筷子卻是不停，顧嬤嬤眼睛又是一熱，忍不住埋怨起五少爺來。若不是五少爺惹禍，小姐能受這罪？

而梨花、荷花早就忙開了，把帶來的蓆子、被子在地上鋪了一個簡易的床鋪，為了讓小姐睡得舒服點，光是下面鋪的被子就有兩床。

柳婆子在一旁看著，不由咋舌。這四小姐真到這兒來睡覺的？也太不避諱了吧？可摸了摸手上的金鐲子，她到底沒說什麼。有了這金鐲子，兒子的湯藥銀子就有著落了。

「四小姐您看，這……時辰也差不多了。」柳婆子搓著手，有些為難地瞅著顧嬤嬤和梨花幾人。這又是送吃的，又是送被子的，還是趕緊快走吧，若是驚動別人，告到上頭，她可吃罪不起呀！

沈薇吃飽了，心滿意足地放下筷子，也沒有為難柳婆子，爽快地對顧嬤嬤和梨花說：「妳們都回去吧，明早來接我就行。」她瞅了一眼地上的「床鋪」，嘴角翹了翹。

顧嬤嬤也知道輕重，拉著小姐的手交代又交代。梨花卻不願意走。「小姐，奴婢留下來陪您。」有個作伴的，小姐才不會害怕。

顧嬤嬤臉上一喜。「對對，讓梨花留下來。」她和梨花想到一塊兒去了，都擔心小姐會害怕。

沈薇卻見柳婆子面露難色，便知這行不通。「不用，梨花也回去，都是自家祖宗，有什麼好怕的？」

「小姐——」梨花還想再說，被一旁的沈玨打斷了。「我留下來陪姊姊。」

沈薇詫異，顧嬤嬤詫異，梨花、荷花詫異，就是柳婆子也詫異。這小霸王何時懂得替別人著想了？

沈玨被眾人看得羞怒，不高興地衝柳婆子發脾氣。「怎麼，妳這老貨有意見？告訴妳，小爺我留定了。」

為表決心，他一屁股坐在沈薇還沒來得及享用的床鋪上，心中暗想，自己做的事可不能讓個女人頂著。

「少爺。」四喜苦著臉喚道。少爺留在祠堂陪四小姐，那他可怎麼辦？

「行了，你自己回去吧。跟三喜說一聲，我留在祠堂陪姊姊了，明早再來接我。」沈玨不耐地對著幾人揮揮手。「趕緊走吧，別打擾小爺我休息。」

沈薇眼睛眨了眨，道：「也行，就按玨哥兒說的辦，你們趕緊走吧，一會兒被人看到了可就不好了。」又從頭上拔下一根金釵遞給柳婆子。「柳嬤嬤，還望妳擔待一二。」

柳婆子眼睛一亮。難怪梨花姑娘手面那麼大，這當主子的更大方。以她毒辣的眼光來看，這根金釵若是換成銀子，都夠兒子兩年的湯藥費了。

柳婆子反倒不敢接了。「四小姐，這、這……剛才梨花姑娘都賞過老奴了。」眼睛卻盯著金釵移不開視線。

沈薇心中了然，笑了笑，道：「這是本小姐賞妳的。」

梨花也勸。「嬤嬤拿著吧，以後妳就明白了，我們小姐是個大方的主子，只要妳上心伺候，賞賜是不會少的。」

這話柳婆子倒是相信，從梨花、荷花身上的穿戴就看出來了，這身上穿的，頭上戴的，可是府裡的頭一份，連世子夫人身邊的大丫鬟都稍遜一籌。她不由豔羨起來。

柳婆子緊緊握著手裡的金釵，臉上的笑容越發討好。「幾位放心，我肯定伺候好四小姐和五少爺。」

顧嬤嬤幾人走後，柳婆子對沈薇道：「四小姐，您和五少爺安心歇著吧，老奴在外頭替您守著。」

「煩勞嬤嬤了，守著就不用了吧，忙了一天，妳也去歇著吧。」

柳婆子嘴上道著不煩勞不煩勞，輕輕退了出去。心中已經打定主意，回去找件厚衣裳披著，就靠在門邊守著，說不準四小姐有事召喚呢。

她這守祠堂幹的就是得罪人的活兒，難得遇到個大方的主子，她把四小姐伺候好了，賞賜還會少嗎？想到躺在床上的兒子，她頓時渾身充滿了力量。

祠堂裡安靜下來，燭火跳躍，偶爾爆出一個燈花，在寧靜的夜裡顯得十分清晰。

沈薇盤坐在蒲團上，悠閒自在，反觀坐在地鋪上的沈珏，卻是坐如針氈，總覺得屁股底下有一股火燒。

「幹麼這麼看著小……嗯，我？」沈珏終於忍不下去，衝姊姊嚷道，「小爺」兩字差點就脫口而出。

「我看你了嗎？你不看我怎麼知道我看你？」沈薇要多無辜有多無辜。

沈珏瞠目結舌，不是都說他姊姊變得優雅大方了嗎？

「哼！」沈珏氣呼呼地把頭扭向一邊。

噗哧！沈薇笑出聲來，她從前是個獨生女，沒有兄弟姊妹，所以沒有和這麼大的男孩子相處的經驗。不過沈珏這小子倒挺可愛的，這是一種奇妙的體驗。

「妳笑什麼！」沈珏鼓著臉，像一隻胖蝦蟆。

「我笑了嗎？哪有？你聽錯了。」沈薇眨著眼睛，笑得像個邪惡的女巫。

「妳！」沈珏的肺都要氣炸了，他明明聽到笑聲的，哼，一定是在笑他！

沈珏撲通一聲倒在鋪上，把頭埋了起來。

真是個彆扭的男孩子！沈薇輕笑一聲，柔聲道：「怎麼，生氣了？姊姊和你開玩笑呢。」

被子裡的沈珏沒有吭聲。

她繼續道：「真生氣了？男孩子可不能這麼小氣喔！」

這回沈珏有反應了，重重地哼了一聲，轉了個身，心中腹誹：我才不小氣呢，好男不跟女鬥，我不和妳一般見識！

沈薇憋著笑。「好啦，別生氣了，快起來，咱們說說話。」

沈珏還是不動，反倒傲嬌上了。

「真不起？那我過去拉你啦。」沈薇作勢要起身。

「起啦，起啦，妳不要過來！」沈珏一下子爬起來。男女授受不親，他才不要她過來拉自己。一抬頭，正對上姊姊含笑的眼眸，沈珏一怔，隨即羞惱起來，又把頭扭向一邊，留給了她一個後腦勺。

沈薇一點也不介意。「珏哥兒，陪姊姊說會兒話呀！」

「有什麼好說的？」沈珏粗聲粗氣地說，女人就是麻煩。

「就說一說我不在府裡的這三年，你過得好不好吧！他們對你好不好？」

「什麼過得怎麼樣，每天不是在府裡，就是去學堂，還不是都一樣。」沈珏無精打采地道。

沈薇一想也是，其實不用問也知道沈玨在府裡不會過得很好，沒有親娘，親爹事忙，繼母居心叵測，身邊的奴才也各有心思，唯一忠誠的奶嬤嬤還被打發出去，沒人疼沒人愛，他的日子能好過嗎？

「算了，咱們還是來背書吧，從《三字經》背起。」沈薇果斷地轉移話題。

「不會吧？還背？我還是睡覺吧！」沈玨哀號一聲又倒在地鋪上，任沈薇怎麼喊他都不理會了。

沈薇不由氣結。背個書就那麼可怕嗎？跟要了他命似的，一點都不像她沈薇的弟弟。

「玨哥兒，你不是好久沒出府了嗎？你好生背書，姊姊過兩天帶你出府去玩。」沈薇開始利誘。

「不要！」沈玨一口拒絕。「妳出府還沒有我方便呢。」況且讓女人帶著出去多掉面子。

沈薇不由一窒。「那你說想怎樣吧！」很大方地任由他提條件。

沈玨眼睛一亮。「姊姊，妳把桃花那丫頭給我吧。」他早就眼饞那丫頭了，帶出去一定特有面子。

「不行！」沈薇一口拒絕。桃花能隨便送人嗎？就算是她親弟弟也不行，桃花可是要跟著她一輩子的。

沈玨的嘴巴頓時癟了下來，臉上滿是失望，沈薇見狀忙許諾。「你不就是看中桃花力氣大嗎？桃花不能給你，不過姊姊可以給你兩個小廝，拳腳功夫相當不錯的喔！」

「真的？」沈玨狐疑，有些不大相信。

沈薇拍胸脯保證。「當然是真的，明天就送到你院子裡，功夫好不好，你可以親自檢驗，而且——」說到這裡，她故意停了一下。「你不是很羨慕大伯父那匹大黑馬嗎？等你生辰時，姊姊也送你一匹好馬，一點不比大伯父那匹差，是祖父從西疆送給我的喔！」

「妳說的喔，可不許反悔！來來來，背書！《三字經》是吧？」沈玨一躍而起，一張臉興奮得通紅。

沈薇高興地笑了。

安靜的祠堂裡響起了少年稚嫩的背書聲，倚在門上的柳婆子聽到了，心中滿是羨慕。五少爺背書可真好聽呀！自己的兒子也曾是主子身邊的書僮，跟著唸過幾年書，自從身子不好就——

柳婆子的眼淚一下子就掉了下來，打濕身前的衣襟。

寂靜的夜裡，朗朗書聲高高低低地響起，燭火跳躍，勾出一幅溫馨的畫面。

不知不覺，三更的梆子已經響起，沈薇見沈玨都打起了呵欠，便道：「好了，今兒就到這兒，睡吧！」

提到睡覺又遇上問題，地鋪只有一個，誰睡好呢？沈薇正想說她睡蒲團，讓沈玨睡床鋪，就見沈珏主動躺到蒲團上，把舒服的地鋪留給她。

沈薇又是一怔，忽而笑了。她的聲音十分柔和。「珏哥兒，你睡這邊吧。」怎麼說自己也是姊姊呀！

「不要，我是男人。」沈珏不同意，怎能讓女人睡地上呢？

沈薇又笑了，抱起一床被子走過去。「起來，鋪在下面。」又扔了一條毯子給他，這樣兩人都有得鋪、有得蓋，不用擔心著涼了。

許是累了，沈珏不一會兒就睡著了，發出輕微鼾聲。燭火中，沈薇望著他那張稚嫩而乾淨的臉，心頭一片寧靜，不一會兒也沈入了夢鄉。

四合居，世子夫人許氏的院落。

「昨晚珏哥兒真的在祠堂陪了薇姊兒一夜？」許氏撇茶葉沫子的手頓了一下，臉上帶著驚訝。

珏哥兒個性什麼樣，她最清楚不過，好好一個孩子被劉氏給養歪了，成日就知道惹禍。

「是真的，夫人，下頭的小丫頭瞧得清清楚楚的，今兒一大早五少爺才從祠堂裡出來。」大丫鬟落霞輕輕給夫人捏著肩。

「呵呵，有意思。」許氏抿了一口茶，露出意味深長的笑。這才幾天，珏哥兒跟薇姊兒的關係就這麼好？

薇姊兒是個聰明的，懂得這府裡只有玨哥兒才是她的依靠，所以一回府就花大力氣管教玨哥兒，為了籠住玨哥兒的心，不惜替他跪祠堂。

看吧，心思沒有白費，玨哥兒待她到底是不一樣的，劉氏肯定氣壞了吧？許氏覺得心情十分舒暢。

「聽說三夫人去了永寧侯府？」許氏垂下眸子轉移話題。

「嗯，奴婢也聽說了，好像是為了四小姐的婚事。」落霞輕語道。「不過，聽說回來時三夫人臉色不大好。」

「喔？」許氏有幾分詫異，隨即便好似明白了，輕輕頷首。「薇姊兒也是個有福的，永寧侯府雖沒落了，但永寧侯世子卻是個好的，薇姊兒嫁過去早晚能熬出頭。」

許氏對和自己兒子並稱京城佳公子的衛瑾瑜很有好感，那孩子她見過，長得一表人才，品行脾氣都好，讀書也很有天分，小小年紀就頗有才名，和薇姊兒特別相配。女人麼，不就圖嫁個好夫婿嗎？

「等薇姊兒的婚期定了，記得提醒我去給她添妝，我記得庫房裡還有套藍寶石點翠頭面？」許氏愜意地喝著茶。

「回夫人，是有這麼一套頭面。」落霞的眼底露出遲疑。「夫人，這是不是太貴重了？」那套頭面，夫人連二小姐都沒捨得給。

許氏笑了，說了句意味深長的話。「貴重？薇姊兒值得。」

永寧侯府的當家夫人郁氏送走劉氏後卻不大高興，心中無比後悔。怎就早早定下兒子的婚事？忠武侯府是簡在帝心不假，可聽說和兒子定下婚約的四小姐是個膽小粗鄙的病秧子，在鄉下老宅長大，能有什麼規矩？這如何配得上自己玉樹臨風的兒子？這麼上不得檯面的兒媳怎麼擔得起宗婦的職責？

想想郁氏就頭疼不已，又不敢主動提退婚，畢竟忠武侯府勢大得罪不起呀！而且侯爺為人最信守承諾，定是不會同意退婚的。

當初訂下親事也是看在阮家、沈家權勢大，能拉拔侯爺一把，誰能想到阮嫣然是短命鬼，早早就撒手人寰，阮家那麼榮盛的將軍府死的死、亡的亡，一夕間，只餘個雙腿殘疾的阮老將軍帶著稚齡孫子孫女艱難地支撐。自家一點助力沒得到，反倒賠上個優秀的兒子，郁氏每每想起就悔恨得睡不著覺。

沈薇那丫頭回來，她不是不知道，也明白按照禮數，她該主動登門拜訪商議兩個小兒女的婚事，可她心中膈應，硬是裝作不知。

可躲就能躲得了嗎？這不劉氏上門了，想起劉氏那高傲的態度，冷嘲熱諷的話，她的頭又疼了起來。

第三十七章

「小姐。」這日，荷花拎著食盒氣呼呼地進來，把食盒往桌上一放，嘴巴噘得老高，一臉憤怒。「小姐，她們太欺負人了！」

「怎麼了，誰給妳氣受了？」沈薇詫異地看過來。荷花這丫頭機靈、眼色活、會說話，和誰都能處得來，加之出手大方，短短幾日就和侯府各房的丫頭婆子們混得很熟。

「小姐，您看看這都是些什麼東西？這飯食是一日不如一日，這不明擺著欺負小姐您嗎？」荷花氣沖沖地把食盒蓋子打開，露出裡面幾盤清湯寡水的菜色。

一盤炒青菜，青菜一看就不新鮮，老葉子占了一半，這樣的青菜在沈家莊是用來餵豬的。一盤青椒炒肉，幾乎全是青椒，看不見肉；一盤據說是紅燒魚，兩條還沒巴掌大的小魚可憐兮兮地臥在盤子底。還有一盤豆腐，上面澆著一層紅紅的辣油，看著就沒有胃口，真難為大廚房能整治出這麼別出心裁的菜了。

沈薇一下子就笑出來。前兩天的飯菜雖然不是多好，但也能過得去，自從她被老太君罰了跪祠堂，大廚房送來的飯菜就成了眼前這樣，世態炎涼啊，古人誠不欺我！

「小姐您還笑得出來？奴婢都氣死了，奴婢都看見了，幾位小姐身邊丫鬟的飯菜都比您的好，那個張寶家的忒可惡，非說小姐的分例就是這樣，奴婢跟她理論，她還推奴婢，還說就是到老太君跟前她也不怕，這不是欺負人嗎？」荷花氣得直跺腳，別的丫鬟也都義憤填膺。

沈薇也不生氣，氣定神閒地吩咐。「去，看看桃花在哪裡，把她找過來。」

「小姐，這些菜桃花也不吃呀。」荷花脫口而出，桃花的胃被小姐養得可刁著呢，小姐每天都吩咐人去外頭的大酒樓給她買好吃的。

沈薇斜了荷花一眼。「誰說要吃？小姐我要去砸大廚房，除了桃花，妳們誰有那個力氣？」

「砸大廚房？小姐您說真的？」不說荷花了，就是梨花、水仙等人都驚疑不定。也不怪她們驚疑，實在是回府之後，小姐的脾氣就軟了許多，受了委屈也是一笑而過。

「怎麼？不相信？」見丫鬟們臉上的表情，沈薇好氣又好笑。「妳們真以為本小姐改了性子？走吧，今兒心情好，咱們去大廚房轉轉。」之前她有意示弱，不過是想看看誰最先跳出來，果然沒辜負她的期待，她剛跪過祠堂，大廚房就急不可耐地跳出來給她難堪了。

嗯，好吧，那就拿大廚房立立威吧，之前欺負桃花的那筆帳還攢著呢，正好一次清算了。

「太好了，小姐早就該拿出雷霆手段了。」

「走走走，奴婢也去。哼！老虎不發威，都當小姐是病貓呢，這下讓她們瞧瞧厲害。」

「還有奴婢。小姐您等著，奴婢拿個趁手的傢伙，這次奴婢一定要把大廚房砸個稀巴爛。」

屋裡的幾個丫鬟興奮極了，一個個摩拳擦掌，好似要去抄誰家似的，跟她們的主子一樣，都是鬧事不怕大的主兒。

怕什麼，大不了回沈家莊，那才更自在呢。

沈薇帶著丫鬟浩浩蕩蕩地朝大廚房走去，路上，桃花興奮地握緊雙拳。「小姐，是不是桃花砸得好，以後就有好吃的了？」剛才水仙姊姊是這麼偷偷跟她說的，還告訴她要把大廚房砸得一個完整的碗都不留。

沈薇看了看幾個低頭竊笑的丫頭，心中了然，點點頭。「對，桃花好好砸，以後就有好多好吃的了，也不會有人再笑話桃花。」

「那太好了，小姐，我肯定會把這事辦好的。」桃花頓時眉飛色舞。

一行人來到大廚房，大廚房的大管事張寶家的幾人正張羅著準備吃午飯，沈薇對荷花、水仙示意了一下，便停住腳步。

荷花會意，揚著一臉笑容就進了廚房。「喲，大管事吃飯呢，還擺了兩桌啊，我看看都有啥好吃的。」邊說邊朝桌子走去。

張寶家的見是四小姐身邊的荷花、水仙，一點都沒把她們放在心上，使了個眼色，就有粗壯的婆子過來攔住荷花、水仙。

「二位姑娘，妳們身嬌體貴，還是莫要進這骯髒的地方好。」張寶家的冷笑道。不過是個不得寵的小姐身邊的丫鬟，何懼之有？

「我們不過是和大管事一樣的下人奴婢，哪裡就身嬌體貴了？這菜還挺多的，也讓我這個鄉下來的丫頭長長見識唄？」水仙瞅個空就鑽到桌前，看著滿桌的雞魚海鮮，滿腔的憤怒直往外冒。「東坡魚、板栗燒雞、水晶肘子、雙味蹄筋、南煎丸子……一二三四五六——一共十二道菜。大管事，妳們的午飯可真豐盛呀，比我家小姐吃得都好，這是何道理呀？」水仙的表情非常誠懇。

張寶家的瞪了一眼那個攔人的婆子。真是個廢物，連個丫頭都攔不住。雖然被水仙當面揭了出來，她卻不怕，扯了扯嘴角，冷笑道：「我老婆子不懂什麼道理，我這大廚房都是按照老太君的吩咐來的，水仙姑娘對此有意見嗎？」她可是老太君的陪房，就是世子夫人也要給她幾分面子的。

水仙臉上的笑容更盛了。「大管事，既然是老太君的意思，我等哪敢有意見？不過為人奴婢的就得替主子著想，我只知道我家小姐吃不到這些東西，那就誰都別吃。」雙手猛一使勁就把桌子給掀了，只聽嘩啦一聲，盤碗全掉在地上，站得近的人還被濺了一身的菜湯。

而荷花趁她們愣怔之際，快步朝另一桌走去，把另一桌也給掀翻了。

張寶家的大怒。「好、好，妳們兩個賤蹄子，造反是吧？給我拿下送給老太君發落！」隨著她的話音，便有好幾個婆子朝荷花、水仙走來。

此時就聽門外一聲嬌斥。「誰敢！」沈薇邁著沈穩的步子走進來。「是我讓她們掀的。」

「喔，原來是四小姐的意思。您是主子，老奴等是不能把您怎麼樣，只是四小姐無緣無故砸了大廚房，老奴卻要斗膽和您到老太君跟前辯駁一番。」張寶家的眼裡全是輕蔑，絲毫沒把這個才回府的四小姐放在眼裡。

「大管事說得很對，本小姐是要把這事回稟祖母，只是在這之前，本小姐要先把氣出了。」沈薇慢條斯理地說。「大管事問出什麼氣？一群奴婢吃得都比本小姐好，本小姐能不生氣嗎？妳剛才都說我是來砸大廚房的，我若是不砸一砸，豈不是對不起妳？桃花、梨花，妳們給我使勁砸，總得讓大管事的話落到實處不是？」

「奴婢們遵命！」幾個丫頭大聲應著，舉起手中的大棒就四下砸起來，只聽一陣唏哩嘩啦的聲音，大廚房裡片刻狼藉一片。

大廚房的所有人都目瞪口呆，半天才回過神來，慌亂地朝張寶家的望去。

張寶家的氣急敗壞。「一個個的都杵著做什麼，還不快攔住她們？許瑞家的，還不快去稟告老太君，就說四小姐發瘋砸了大廚房。」她沒想到四小姐會真的砸了大廚房，鍋碗瓢盆都壞了，灶也塌了，主子怪罪下來可怎麼辦？不行，一定要拿住四小姐，不然這事可真沒法交代過去。張寶家的想到這裡就要去撕扯沈薇。

沈薇怎容她近身，一腳把她踹開，水仙已經叫嚷開了。「好呀，妳個挨千刀的老殺才，居然敢打小姐？我看妳是吃了熊心豹子膽！姊妹們，使勁打、使勁砸，為咱們小姐出口氣！」

這一喊不要緊，本來還只是砸廚房的棍子立刻落在大廚房幾人的身上、打得她們抱頭亂竄。尤其是桃花，抓住要去通風報信的那個婆子往旁邊一甩，正好撞在牆上，吭都沒吭一聲就暈過去了。

桃花兩三步來到沈薇跟前，瞪大圓眼。「誰欺負我家小姐的？是不是妳這個老婆子？我打死妳，打死妳，打死妳！」掄著大棒就要朝張寶家的頭上砸去。

張寶家的肝膽俱裂，這一大棒要是砸在頭上還有命在？想躲，腿卻一點都不聽使喚，哆嗦了半天也沒挪動一寸。

「小姐，妳幹麼攔我？」桃花的聲音裡滿是不滿。

而張寶家的卻鬆了一口氣。好了，好了，不用死了。

就聽四小姐溫柔的聲音響起。「桃花，妳手太重，一棒子把她打死了，咱們有理也變沒理了。」

「嗯，知道了，我不會把她打死的。」桃花立刻領會，抬腳就往張寶家的身上踢，一邊踢還一邊嘟囔。「讓妳欺負我家小姐，讓妳不給我好吃的，壞人、壞人，踢死妳、踢死妳。」還專往肉多的地方踢。小姐說了不能打死，那就給她留口氣吧。

張寶家的疼得唉唷唉唷直叫喚，在地上滾著爬著，跟個乞丐婆子似的。別的人都自顧不暇，哪裡還能來幫她？

此時，眾人心中無比後悔，怎麼就招惹了四小姐這個殺神呢？都怪張寶家的，都是她說四小姐是個不得寵的，又是膽小沒用，即便受了委屈也只會自個兒忍著，不敢張揚出來。現在何止是張揚出來，四小姐都快要了她們的命！

「四小姐，奴婢知錯了，求小姐住手吧，別再砸了！」有人求饒起來，連鍋灶都砸了，耽誤了主子們的晚飯可怎生是好呀？

接著求饒的人就更多了。「奴婢也知錯了，都是大管事吩咐的，四小姐明鑑，奴婢只是聽令行事啊！」大廚房的人縮在角落或是蹲在地上，不敢上來阻攔，生怕落得和大管事一般下場。

「好了，都停手吧。」沈薇終於發了善心，看著縮在角落裡的一群人和滿地狼藉的大廚房，滿意地點點頭。她扭頭對著半靠在牆上的張寶家的說：「大管事，今兒我的氣算是出了，本小姐回風華院等著祖母的傳喚，大管事知道怎麼告狀吧？」哼了一聲便帶著丫鬟們就回去了。

沈薇揚長而去，留下滿地狼藉和一群狼狽不堪的人。好一會兒，大廚房的人才相扶著從地上爬起來，有那機靈的顧不上拍身上的塵土，而是跑過去討好地先把大管事扶起來。「大管事沒事吧？」這個婆子姓王，平日對張寶家的頗為拍馬逢迎，兩人沒少狼狽為奸。

張寶家的死死抓住王婆子的胳膊借力站起來，狠狠地吐了一口血水。「這會兒跑得倒快，剛才幹麼去了？」當她沒看見嗎？剛才四小姐的丫鬟一動手，她就躲到邊上去了。

王婆子也有些心虛，即使胳膊生疼也只好咬牙忍著，臉上還得帶著討好的笑容。「看大管事說的，剛才我一直想過來，可四小姐的丫鬟攔著，我也過不來呀。大管事，妳看現在可怎麼辦呀？」其他人也都紛紛看過來。

「怎麼辦？還怎麼辦?!」張寶家的又狠狠吐了一口血水，使勁喘了一口氣。「李虎家的、趙大家的，扶我去求見老太君。」她特意點了兩個最狼狽的，就該讓老太君看看她們受的委屈。她就不信邪，四小姐砸了大廚房還有理了？

「小姐，咱們砸了大廚房不會有事吧？」剛才砸得很高興，現在冷靜下來，梨花不免十分擔憂。府裡是小姐的大伯母主持中饋，這麼一砸，不是掃了世子夫人的面子，平白得罪當家夫人嗎？而且聽說大廚房的大管事張寶家的是老太君的人，她若是往老太君跟前告小姐的狀，小姐難免會被訓斥。

「會有什麼事？分明是大廚房那起子刁奴欺負咱們小姐，咱們占著理呢，怕什麼？」荷花不以為然。她現在出了一口氣，渾身舒坦，雖然身上有兩處被那些婆子掐得生疼，可絲毫不影響心情。「梨花姊姊就是愛自己嚇自己。」

「可是——」梨花的眉頭還是緊蹙。大宅門裡哪是這麼簡單的，可不是誰有理誰就對的。老太君本來就不怎麼待見小姐，現在小姐又砸了大廚房，豈不是——她不敢想下去。

沈薇揚了揚眉。「放心吧，沒事的，我是老太君的親孫女，她還能為個奴才責難我？都累了吧，趕緊都吃點，一會兒老太君該來喚人了。」早在去大廚房鬧事之前，她就吩咐人去外頭酒樓買了飯菜，這會兒還溫熱著。

「呀，太好了。」桃花一見到這麼多好吃的，立刻歡呼一聲撲過去。有了她帶頭，別的丫頭也都圍上去。

看著丫頭們興高采烈的樣子，沈薇莞爾一笑，也拿起筷子用餐。一會兒還有一場硬仗要打，不吃飽怎麼行呢？

侯府雖然是大伯母掌家，但府裡到底住了三房兄弟，再加上老太君這個婆婆，勢力複雜。沈薇早打聽好了，大伯母對張寶家的不滿已久，早就想換上自己人，只是礙於張寶家的是婆婆的人，她又十分精明，一直沒抓住她的大錯，不好動她罷了。

侯府說大很大，說小，其實也很小，四小姐打砸了大廚房的事很快就傳到各房主子的耳中。

就如沈薇想的那樣，世子夫人許氏聽了下人的稟報，驚得一下子站起來。「當真？」

「不敢欺瞞夫人，這是奴婢親眼所見，四小姐不僅砸了大廚房，還打了張寶家的，現在張寶家的去了老太君的院子。」下頭站著的是個中年婦女，微垂著頭，頭髮散亂，身上有些狼狽。

她是許氏安插在大廚房的心腹，曾是許氏的陪嫁丫鬟，夫家姓戴，人稱戴進家的，伺候得一手好湯水。因為前頭有個張寶家的，所以她一直屈居大廚房二把手，和張寶家的分庭抗禮。

想起剛才的混亂，戴進家的還是心有餘悸。四小姐太可怕了，四小姐的丫鬟也太可怕了，尤其是那個叫桃花的小丫頭，打起人來簡直不要命，太凶殘了，幸虧她機靈躲得快，不然也得和張寶家的那個蠢貨一樣慘。

「喔，這樣呀！」許氏慢慢坐下來，嘴角上揚，笑了起來，意味深長地道了一句。「薇姊兒還真讓人意外。」

戴進家的見夫人不怒而笑，心裡十分疑惑，卻又不敢多問什麼，遲疑了一下，猶豫著道：「那張寶家的肯定是去找老太君告狀了，夫人您看——」四小姐也太囂張了，稍不對心思就打砸大廚房，若不好生收拾一回，以後還有她們這些奴才的活路？

許氏卻擺擺手。「不用，這事和我們不相干，讓咱們的人都老實點。」她是掌家夫人，還能不知道大廚房苛待薇姊兒？她冷眼瞧著，等的就是薇姊兒鬧起來，這不，薇姊兒果然沒令她失望。

戴進家的雖然心中不解，卻也不敢質疑夫人的決定。

不僅世子夫人許氏冷眼旁觀，就是得了消息的劉氏也是冷笑。找死拉倒，還省得自己出手呢。

第三十八章

而此時，沈薇也等來了松鶴院的傳喚，來的依然是畫眉，眉眼低垂，十分恭敬。「四小姐，老太君請您過去一趟。」

沈薇站起身。「辛苦畫眉姊姊了，走吧。」

畫眉心中詫異。四小姐這作派就好似早就等著自己一樣。好在她沈穩，念頭只是一轉，沒有表現出來。

進了松鶴院，沈薇看都沒看坐在一旁小杌子上的張寶家的，徑直對著老太君福身請安。只見老太君的臉繃得緊緊的，一點笑意也沒有。

「薇姊兒，剛才張寶家的說妳打砸了大廚房，可有此事？」之前張寶家的一把鼻涕一把淚地哭訴薇姊兒打砸了大廚房，她是又驚又怒。張寶家的是她的陪房，給她沒臉就是打自己的臉呀！加之張寶家的一起帶來的兩個人都鼻青臉腫一身狼狽，老太君心裡已經信了七、八分，不過是想著到底是親孫女才問上一句。

沈薇坦然道：「回祖母，是有這麼回事。」

話音才剛落，就見一只茶杯朝沈薇飛來，沈薇微一側身，茶杯擦著她的胳膊飛過摔在地上，滿地的水漬和茶葉末子。「妳、妳這個——」老太君氣得說不出話來，身邊服侍的人忙上前給她順氣。

沈薇看了看老太君，又看了看地上摔得粉碎的茶杯，忽而笑了。她本以為老太君怎麼也會先問問她為什麼打砸大廚房，沒想到她什麼都不問，直接就朝自己身上扔茶杯。誰家長輩會這樣對待家中嬌養的姑娘？這是一點臉面都不給留呀，這哪是親祖母，仇人還差不多。

沈薇十分心寒，也為占了身體的小姑娘不值。

既然都到這分兒上，沈薇反而放開了，回頭對荷花示意。「祖母就不問問孫女為何打砸了大廚房？荷花，把食盒提上來，讓老太君瞧瞧她孫女吃的是什麼東西。」

荷花也異常氣憤，老太君怎麼可以不分青紅皂白就發落小姐？她爽利地把食盒往地上一放，掀開盒蓋。「老太君您請看，這就是我們小姐的飯食，是奴婢中午親自從大廚房拎回來的，我們小姐氣不過才去找張大管事理論的。」荷花也伶俐，三言兩語就把事情說清楚了，她只說理，壓根兒就不提打砸的事。

張寶家的沒想到四小姐把食盒都拎來了，不由有幾分慌亂，但很快又鎮定下來。「冤枉啊老太君，這事跟老奴可沒關係，定是下頭的婆子弄錯了，老奴就是有天大的膽子也不敢苛刻主子呀。」

沈薇冷笑。「弄錯？一次是弄錯，還能次次弄錯嗎？大管事是怎麼管大廚房的？是不是祖母這裡的飯食也常弄錯呀？」沈薇都要佩服這老貨的狡辯了。「年紀大了，腦子不好使那就別死占著地方。祖母可能不知道吧，孫女去大廚房理論的時候，不巧她們正準備用飯，荷花妳記性好，給老太君說說她們桌上都有哪些菜？」

荷花一點都不怵，張嘴報了一大串菜名，而老太君的臉也越來越黑，張寶家的則越來越慌亂。

「祖母，您聽見沒有？一群奴才吃得都比您孫女好，您瞅瞅孫女吃的是什麼？」沈薇把食盒朝老太君眼皮底下移了移。「這哪是人吃的？豬食還差不多，這個老殺才如此犯上，孫女還不能出口氣嗎？還是說做主子都這麼憋屈？」

沈薇誠懇且認真地看著老太君，老太君被問得啞口無言，心裡知道這事不能怪薇姊兒，可被個小輩如此質問，臉上又掛不住。「那妳也不能打砸大廚房，妳看看妳把張寶家打的，姑娘家的，怎麼跟外頭市井潑婦一般？還有沒有規矩了？」

老太君越說越覺得理直氣壯。一個侯府千金，動輒打打殺殺的，成什麼樣子？張寶家的再不對，那也是祖母的人，連祖母的人都敢動，是不是連長輩都不放在眼裡了？

想到這裡，老太君愈加覺得薇姊兒不對了。之前她還埋怨張寶家的苛待主子，現在就覺得都是薇姊兒的錯了。

「喔，祖母的意思是這事是孫女的錯嘍？」沈薇一本正經地問。

老太君惱羞成怒，罵道：「還冤枉妳了嗎？」

沈薇點頭。「孫女委屈。」說到這裡，她的眼淚唰地就出來了。「祖母，我爹是您的親兒子嗎？我爹是您在外頭抱來的吧？不然，您親兒子的親閨女怎麼還比不上一個奴才體面呢？爹啊，您還不如不接女兒回來，就讓女兒死在外頭好了，回了府裡還不是要受奴才搓磨……娘啊，您怎麼去得那麼早？您可知道這府裡的人個個都瞧不起女兒，連個奴才都能爬到女兒頭上作威作福，您在天有靈，晚上可得去找她聊聊天啊！」

這又是死又是活的，氣得老太君差點一口氣沒上來。「妳個小畜生給我閉嘴！」

沈薇哪會閉嘴，喊得更起勁了。「祖母啊，我是您的親孫女，咱們流著一樣的血脈，這個老奴是個什麼玩意兒，她怎就比您孫女金貴了？祖母，這樣欺主心大的奴才可不能要啊！孫女也沒有活路了，侯府小姐還比不上個奴才，孫女沒臉出門了……祖母發發慈悲吧，可憐可憐您孫女吧！爹啊，快來救救您的閨女吧！」

拖著調子的哭訴如同魔音般在老太君耳邊縈繞，吵得她腦子疼。眼見著沒完沒了了，老太君忍無可忍，又摔了一只茶杯。「說吧，妳到底想怎樣？」這句話幾乎是從牙縫裡擠出來的。

沈薇心中暗樂，裝作被嚇了一大跳，戛然停住聲音，只是還抽抽噎噎的。「孫女只求祖母主持公道……」

「行了，行了，張寶家的以下犯上，革去廚房大管事職務，罰三月月錢。」老太君扶著頭說道，絲毫不理會張寶家的哀求喊冤。

沈薇繼續抽噎。「孫女謝謝祖母垂憐，祖母您真好，您真是我的好祖母。」好話不要錢地往外砸。

老太君卻提不起一絲力氣。「去吧，回去吧。」

「是，孫女告退，祖母您好生歇著，等過兩天孫女來給您請安。」沈薇又恢復了乖巧模樣。

這回老太君只擺擺手，連話都懶得說了。她算是看明白了，這個薇姊兒是個渾不吝的，壓根兒就是不講理，多跟她說一句話都能把自個兒氣死，又不能把她打死，算了、算了，權當侯府多了雙筷子。

侯府沒有秘密，松鶴院的事很快就傳了出去，世子夫人許氏驚得把茶都噴出來，隨即卻呵呵笑起來。張寶家的被革去大管事之職，頂上來的就是她的人，能把大廚房牢牢抓在自己手裡，她怎麼能不高興？

而劉氏母女則恨得牙癢。這小賤人的運氣也太好了吧，怎麼就讓她逃過一劫了？對沈薇卻十分不屑，好好的千金小姐卻學了一身潑皮作派，丟人！

沈薇呢？出了松鶴院就去外院書房找她爹，跟她爹嘀咕了半個多時辰，走時還抱走她爹心愛的玉石筆筒。

當晚，沈弘軒就去了松鶴院，也不知怎麼和老太君交流的，總之，老太君的氣消了，也不找這個孫女的麻煩了，直接漠視過去。

經過沈薇這麼一鬧騰，全府上下都知道四小姐是個不好惹的，說打人就打人，說砸東西就砸東西，打了砸了還沒處說理，沒見張寶家的都被革職了嗎？

轉眼七天已過，沈薇免請安的日子過完了。老太君那裡是逢五逢十請安的，但劉氏那裡卻逃不掉，誰讓她擔了個嫡母的名呢？

一早，沈薇就起來去給劉氏請安。她打聽過了，劉氏的請安時間是每日的卯時，還好現在天亮得早，卯時天已經亮好一會兒了。

清晨的空氣十分清新，似乎還帶著股花草的芬芳，路過小花園的時候，沈薇見裡面的月季開得正豔，紅彤彤的花瓣上滾著露珠，十分惹人喜愛。

到劉氏院子裡，四下仍是靜悄悄的，只有兩、三個小丫頭打著呵欠在掃落葉。

「四小姐您來這麼早？夫人還沒起身呢。」紅袖聞聲從屋裡出來，恭敬地行禮，卻不提請她進去。

「那我在外頭等會兒吧！」沈薇笑笑地說道，外頭還很涼爽，離太陽完全升起還好久，她倒不介意在外頭等。

「奴婢進去看看夫人醒了沒有？」紅袖屈了屈膝便轉身進了屋。

「四小姐來請安了？」劉氏端坐在鏡子前，由紅香給她梳頭。

「是，奴婢跟四小姐說您沒醒，四小姐就在外頭等著了。」紅袖恭敬地答道。

「那就讓她等吧！」劉氏抿了抿紅唇，漫不經心地道。不過是個丫頭片子，仗著有幾分小聰明，就敢跟她叫板，等著吧，怎麼不能收拾？

一刻鐘過、兩刻鐘……半個時辰過去，進屋去看劉氏醒了沒醒的紅袖一去不復返，主屋靜悄悄的，無聲無息。

沈薇便明白了，這是劉氏在給她下馬威，於是她輕扯嘴角，笑了。以為經過打砸大廚房的事之後，她的威立起來了，沒想到有些人還是沒把她當一回事。

本以為劉氏聰明，怎麼也會多裝幾天慈母，現在就急不可待地要收拾她了……

紅袖從窗戶看到院子裡的四小姐一直規矩地立在那裡，扭頭說給劉氏聽。劉氏嘴角翹了翹。

接著就聽院子裡傳來一聲驚呼，隨後，梨花驚慌的聲音響了起來。「不好啦，快來人呀，四小姐昏過去啦！四小姐給夫人請安，累暈過去啦！荷花，快點扶小姐回去找柳大夫瞧瞧。」

都沒等紅袖、紅香出來，兩個丫頭便扶著沈薇出了劉氏的院子，一路嚷道：「這可怎麼好呀？四小姐給夫人請安累暈過去了。」

閉著眼睛裝暈的沈薇回到風華院，快快用完早飯就虛弱地躺在床上補眠。劉氏想讓自己罰站，曬太陽？才不會讓她得逞呢，不是都說她身子骨不好嗎？那她就弱給他們看看。

不到半個時辰，全府都知道四小姐頭一回跟夫人請安就累得暈過去。呵，這話可真有意思，請個安都能累暈，是四小姐身子骨太差，還是劉氏——不過想起那時四小姐跪了一夜祠堂都神清氣爽，看向劉氏院落的目光就曖昧起來。

劉氏氣得臉都綠了。「我就知道這小賤人慣會耍手段！才站了多大會兒她就暈了，裝的，肯定是裝的！」可有人信嗎？她現在是百口莫辯，不僅沒整治到人，還得捏著鼻子去風華院探望。

不過之後她到底不敢在請安一事上為難沈薇了。

今兒是去松鶴院給祖母請安的日子，有了上次在劉氏那裡的經歷，梨花幾人如臨大敵，一早就起來用小爐子給小姐弄吃的，就怕老太君責難，小姐挨餓。

沈薇想說完全不需要擔心，老太君又不是劉氏那眼皮子淺沈不住氣的，上次打砸大廚房的事，她爹都幫她擺平了。

不過到底是幾個丫頭的心意，沈薇還是老實地用過早飯才出發。

「給祖母請安！」沈家的小輩們一字排開給老太君請安。

沈薇也是頭一回見到大伯父家的大堂哥沈謙，二伯父家的二哥沈松，三弟沈柏，四弟沈年。

大堂哥沈謙身姿如松，一表人才，完全繼承了大伯母的好相貌，聽說才學也好，是京中少年的楷模。

二堂哥沈松和三堂弟沈柏有幾分相像，眉眼間都帶著幾分二伯母的相貌，只是二堂哥文氣些，而三堂弟則英氣些。

四堂弟沈年就遜色多了，不只相貌上的，而且氣質舉止間帶著股拘束和小家子氣，這大概和他庶子出身有關係吧！

老太君望著滿屋的孫子孫女，笑容滿面。「好、好，都是好孩子。謙哥兒，你們不是還要去唸書嗎？帶幾個弟弟出去吧！」老太君看著自己的大孫子，越看越滿意，臉上的笑容也深了三分。

「那孫兒們就先告退了，等下了學再來陪祖母。」沈謙笑著轉身，走到沈薇身旁的時候，停住腳步。「這是薇妹妹吧，自妳回來，為兄還未給妳接風，為兄給妳準備了禮物，回頭送到妳的院子裡去。」

心中卻詫異，難怪母親念叨四妹變了，這變化倒真是挺大。

沈薇也有些詫異，不明白這個大堂兄怎麼無緣無故就對自己示好，但也愉悅地接受了。「謝謝大哥。」

少年們走後，沈府的幾位小姐就陪著老太君說起話來。這個說：「祖母您今兒精神真好。」那個說：「祖母您今兒這衣裳可真好看。」

這個捶腿，那個捏肩，沒撈著的就乾脆鑽進老太君懷裡撒嬌，爭相奪起老太君的寵愛。

沈薇則坐在一旁充當木頭。她算是看出來了，在眾多孫女中，老太君最喜歡的是二姊沈霜和沈雪，對二伯家的沈萓、沈冰不過是面子情，對八妹沈月也有幾分喜愛，對三姊沈櫻就差上一些，但跟自己比算是好多了，自她進屋，老太君就沒分一個眼神給她。

沈老太君被嬌花一般的孫女包圍著，心情特別舒暢，揚聲喊來大丫鬟琥珀。「昨兒不是送了幾疋料子來？拿過來讓夫人小姐們挑挑，姑娘大了，就要好生打扮起來。」

眾人皆喜，齊齊道謝。「謝謝祖母賞賜，祖母真是活菩薩。」

老太君一指沈雪的額頭。「妳這隻猴兒，得了祖母的東西，才說祖母的好吧？」

沈雪愛嬌地扯著老太君的袖子，不依地嘟嘴。「祖母就會冤枉人，在孫女心中，祖母就是那蓮花臺上的菩薩。」一邊嬌笑著滾到老太君的懷裡。

老太君摟著沈雪，笑得直打跌。「我看妳才是那長尾巴的猴兒呢。」

「所以才翻不出祖母您的手掌心呀！」沈雪俏皮地接話，引得老太君又一陣大笑。

其他人也跟著笑。沈薇注意到三姊眼中一閃而過的嫉妒，斂眉想了一下，立刻便明白了。芝姨娘和劉氏不大對盤，劉氏又是老太君的親姪女，老太君能對芝姨娘生的三姊沈櫻好才怪呢。

不過這沈雪也是個人才，一個貼心的孫女，哪裡還有面對她時的冷嘲熱諷？想到這兒，沈薇心中微微一凜，絲毫不敢小瞧沈雪了。

不大一會兒，幾個丫頭就抱著料子過來，輕輕放在桌上。

沈薇看到料子明顯分成兩堆，一堆顏色鮮亮些，一看就是年輕姑娘穿的。另一堆的顏色則要老成許多，一看就是給幾位夫人的。

「這是妳們姑姑孝敬給我的，這麼鮮亮的顏色正適合妳們小姑娘穿，都去挑一疋吧！」老太君發話了。

大家看著那漂亮的顏色，眼底露出渴望的光芒，卻沒有一個人上前。

誰先挑？這可是個大學問，一不小心便惹了人厭。

「都還愣著幹麼？去挑吧！喜歡什麼顏色就挑什麼顏色。」老太君催促道，十分和藹地望著一眾孫女。

沈薇依舊垂著眸子不動。反正無論怎麼挑，她都不會是第一個，她慢慢等就是。

身為大房嫡女的沈霜說話了。「月姊兒最小，月姊兒先挑吧！」然後她朝自家娘親望去，見娘親讚許地望著自己微微點頭。

沈月慌忙地連連擺手。「不行，不行！我怎能先挑？還是姊姊們先挑吧！」她戀戀不捨地看了一眼那疋鵝黃色的料子。

「妳們就別謙讓了，我看月姊兒說得對，還是霜姊兒先挑吧。」老太君發話了。

第三十九章

沈霜不缺衣裳穿，走過去直接選了疋草綠色的。

接著輪到沈櫻，她的目光在那疋大紅刻絲的料子上流連好一會兒，手卻伸向那疋淺湖藍的料子。「祖母，孫女選這疋。」

「嗯！」老太君微微頷首，眼中似乎閃過滿意。沈櫻一見，心中頓時輕鬆起來。

輪到沈薇時，沈霜先說話了。「四妹皮膚白，穿那疋紅色的最好看了。」她直接就把那疋大紅刻絲的料子拿給沈薇。

沈薇一怔，接了過來。「那就多謝謝二姊了。」既然二姊都幫她挑好了，她也不能拂了人家的好意不是？

沈薇抱著那疋大紅布料，感覺到好幾道目光似要把自己射穿。她嘴角扯動一下，才不在意，能因為一疋布料就恨上她，這樣的姊妹情不要也罷。

沈雪也看中了那疋大紅的布料，只差一點點就拿到手。她垂下眸子，斂去其中的憤恨和不甘，隨手挑了那疋鵝黃的料子；而沈月隨著她的動作，下唇都差點咬破了。那是她先看中的料子啊！

還剩下二房的沈萱、沈冰及沈月沒有挑，布料也只剩下亮紫、月白、靛青三色，最後沈萱選了靛青，沈冰選了亮紫，沈月只好挑了那疋月白色的料子了。她抱著布料，眼淚差點沒掉下來。她才十歲，哪裡穿得起月白這種顏色？望著五姊手中那疋鵝黃的布料，只覺得委屈極了。

同樣不甘心的還有沈櫻。她咬著牙，心裡直後悔，若知曉那疋大紅料子落入四妹手中，她早挑走了。她的膚色也十分白皙，紅色衣裳會給她增色不少。之前她想著五妹喜歡紅色，就沒敢選，誰知最終卻落在四妹手中。

「四妹，聽說前天妳在夫人院中暈倒，現在可是大好了？」沈櫻眼睛一閃，忽然開口說道。

她的話音一落，室內的氣氛頓時古怪起來，大家都想起沈薇去給劉氏請安累暈的事情，看向劉氏的目光就帶上幾分異樣。

劉氏氣結，望向沈櫻的目光就凌厲起來。這小賤人想挑事是吧？才幾天沒敲打就張狂成這樣了。

沈薇卻十分坦然，大方道謝。「謝謝三姊關心，妹妹好多了。其實這事是個誤會，這也不能怪夫人，我身子骨向來就弱，不能久站，所以上次才——休息上兩天就好多了。」適時露出一個羞赧的笑容。

連老太君臉上的笑容都淡了許多，瞥了沈櫻一眼，道：「行了，說這些沒用的幹麼？薇姊兒身子骨弱，就多養養，切不可硬撐著。」一句話，就把事情扭過來了。

「昨天長公主府送了帖子，說是小郡主回來了要宴客，哪天來著？」老太君轉頭詢問世子夫人許氏。

許氏忙上前答道：「回母親，是這個月二十六。」

「喔，算算日子該是七天後。」老太君心中合計著，微微頷首。「給丫頭們都再打一套首飾，切不可丟了府裡的臉面。」頓了下又道：「那天妳把幾個丫頭都帶去，月姊兒也十歲了，該出門見見世面了。還有霜姊兒，她和長公主府上的小郡主關係好，也一起去吧！」

按說沈霜定了婚期，就不該出府作客，可她和小郡主是閨中密友，老太君便特別允許她出門。

「謝謝祖母！」沈霜和沈月都十分高興。

「妳們到了長公主府可要聽妳們大伯母的，切不可淘氣。」老太君鄭重告誡。

「是，孫女明白了。」眾人高興地應道。能去長公主府作客，誰不高興？

沈薇也高興，成天憋在府裡，都快悶死了。

從老太君那裡出來，沈薇和沈霜約好午後下棋，便拐上了不同的方向。

「四妹可真有手段，這才幾天就攀上了二姊，不過這靠山可不大穩當，二姊還有幾個月就要出嫁了。」沈櫻從後頭趕上來，臉上是明晃晃的嘲諷。

沈薇壓根兒就沒把沈櫻放在眼裡，坦然道：「是呀，才回府幾天，妹妹就覺得和二姊十分投緣，三姊和二姊同府住這麼多年，怎麼就沒攀上呢？莫不是手段不行？」

沈薇臉上露出恍然大悟的神情，話鋒卻是一轉。「都是一家姊妹，說攀上是不是有些過了？三姊說話還是過過腦子為好。」還當她是那個任人欺凌的小可憐？那她不介意讓她們重新認識自己。

「要妳教訓我？」沈櫻臉色一變。什麼東西，居然敢教訓自己。

「妹妹不過好意提醒罷了，還談不上教訓。」沈薇聳了下肩。「三姊若沒事，妹妹我還急著回去用早飯呢。」她一點也不想與沈櫻糾纏。

沈櫻臉色又是一變，按捺住心中火氣，露出笑容道：「還真有一事呢。」她的目光在梨花抱著的紅色布料上一轉。「我最喜愛這個顏色，還請四妹割愛讓給姊姊吧。」

哦，原來是打這疋布料的主意，沈薇心中了然。不過，憑什麼呀？

「那真不好意思，妹妹也喜歡這顏色。」

「妳！」沈櫻一聽沈薇不願，立刻氣得胸脯起伏。沈薇越是不給，她就偏要弄到手！「粉紅，沒聽到四小姐同意了？還不快把布疋換過來！」

梨花都要氣死了，紅口白牙的，這三小姐就顛倒是非，她的耳朵又沒有聾，小姐明明是拒絕了她呀！梨花不由抱緊布疋，警戒地朝後退了一步。

沈櫻的大丫鬟粉紅一臉為難，她十分清楚姨娘不許自家小姐和四小姐起衝突，而且剛才四小姐明明拒絕了小姐的……

「沒用的東西，這點小事都做不好，要妳何用？」沈櫻見丫鬟不動，立刻大怒，狠瞪了她一眼，自己上前去奪梨花手中的布料。

沈薇連生氣的慾望都沒有，伸手攔住沈櫻，如看小丑一般。「三姊可是沒聽清楚？妹妹不妨再說一遍，這顏色妹妹我十分喜歡，不樂意跟三姊換。況且我的東西向來不許別人染指，三姊可明白？」最後一句，沈薇的眼神凌厲起來。

沈櫻只覺得腦中一空，恐懼襲上心頭，等反應過來，一張俏臉氣得通紅。「沈薇妳——」她惱羞成怒，直接喊出了嫡妹的名字。

沈薇絲毫不怕，挑眉道：「還是三姊想尋祖母說道說道？也好，反正這兒離松鶴院也不遠。」作勢就要拉著她回頭。

「那倒不用！」這幾個字幾乎是從沈櫻的牙縫中擠出來的，身側的粉拳攥得緊緊的，很想一拳打掉她臉上的笑容，卻又不敢。她可沒有靠山，而且距離去長公主府作客在即，若她被禁了足，可就去不了了。

衡量一番得失，沈櫻無奈地忍下這口氣。

沈薇見狀，斜睨了她一眼。「如此，妹妹就先走一步了。」帶著梨花越過她朝前走去，一邊走一邊搖頭，這就是侯府的教養？真是大開眼界了。

望著沈薇遠去的背影，沈櫻氣得直跺腳。

「小姐，咱們也回吧！」粉紅小心地說了一句。姨娘吩咐過的，要小姐請完安就回去。

「回什麼回，妳個沒用的東西！」沈櫻立刻想起剛才的事，抬手搧了粉紅一巴掌。「連本小姐的話都不聽了，是不是要造反呀？」

「奴婢不敢。」粉紅捂著臉，一臉的委屈。

噗哧，身後傳來一聲嗤笑。

「誰？」沈櫻一轉頭，就看見沈雪帶著丫頭站在那裡，也不知站了多久。想到方才的不堪被她看去，不由惱羞成怒，出口諷刺道：「五妹不在祖母那裡賣乖，出來做什麼？」

沈雪也不惱，眼底帶著笑意。「出來看好戲呀，三姊可真是——嘖嘖嘖，芝姨娘的臉面都被妳丟光了。」

「妳！」沈櫻氣得渾身哆嗦。「五妹何出此言？」如姨娘所說，她的婚事還握在嫡母的手裡，她可不敢和沈雪撕破臉。

「三姊心中不明白呀！」沈雪最看不上她的自欺欺人。當她沒看見嗎？沈雪高抬下頷，冷冷說道：「奉勸三姊一句，作為庶女還是不要心太高的好，當心摔得慘。還想和嫡女爭，愚蠢！」她討厭沈薇，也討厭沈櫻。

沈雪心情不錯地離開了，留下火冒三丈的沈櫻在原地跳腳，卻也不敢太過，就怕被人瞧見傳到祖母耳中。

兩個會武的小廝已經送到沈玨的院子裡。

一個是張柱子，這兩年，他跟在蘇遠之身邊著實學了不少東西，也天天跟著護院們操練，雖說年歲大了，骨頭定形了，但他能吃苦，兩年下來倒也練了身俐落的拳腳功夫。

張柱子一聽說小姐有意送他去五少爺身邊，心中無比激動。他早不是昔日那個沒見識的窮小子，明白這是小姐送他的一場大富貴。

跟在小姐身邊也很好，但小姐身邊的能人太多，輪到他露頭還不知要多少年，跟在五少爺身邊就不一樣了，五少爺身邊缺人，他去了定會受到重用。自己又是小姐送過去的，只要他忠心，以後就是五少爺身邊第一親隨，未來的大管家，這能不讓他心喜激動嗎？

跪在青磚地上，張柱子心中一片火熱。

另一個被送去的小廝與沈玨一般大，叫小海。和張柱子半路出家不同，小海自小就練武，他是錢豹友人之子，友人出事後託付給他，那時小海才三歲。

錢豹一個大男人哪裡帶得了孩子，加之又經常外出走鏢，就把小海寄養在寺廟裡，直到這次回京才把他接回來，小海是在廟裡跟著武僧練了一身的好武藝。

張柱子和小海到了沈玨的院子裡，沈玨見兩人一個比自己大好幾歲，一個傻呆呆的樣子，立即有幾分失望。

張柱子可是人精，立刻看出五少爺的心思，笑呵呵地上前請安。「少爺，小的給您請安，小的聽聞少爺武藝高強，小的也會點拳腳功夫，還請少爺指點一二。」

說罷雙拳收於腰間，弓腿出拳，就在院子裡打起長拳。這是張柱子練得最好的一套拳法，虎虎生風，真有幾分架勢。

沈珏從一開始的漫不經心，漸漸就被吸引住了，大聲叫起好來。

等張柱子剛收了拳，沈珏就大聲讚道：「不錯，你叫張柱子是吧？以後就跟在我身邊吧！」也不計較那個傻呆的小子了，無非就是多一張嘴，他還養得起，而且姊姊的面子還是要給的。

張柱子卻謙虛一笑。「謝少爺誇獎，小的這都是花架子，小海那才是真功夫。」

「真的？」沈珏不由看向那個傻頭傻腦的小子，不大相信。

「小的哪敢欺騙少爺？小海，你耍兩手給少爺瞧瞧。」

等小海把十八般武器一一耍完，外家內家功夫一一展示後，沈珏的眼都看直了，拉著小海的手不放，眼底閃著光。姊姊果然沒有騙他。

張柱子也不嫉妒，知道小姐送他來不是陪少爺玩的，小海才是。他的職責是看好少爺上進，不要吃了虧。

沈雪奚落了沈櫻一頓，心情特別好，加之今日哄得祖母開心，連禁足都取消了，想到可以隨著大伯母去長公主府作客，她就心花怒放。一高興，她就給劉氏出了個好主意。「娘，姊姊回來也好幾天了，您身為嫡母，怎麼沒指派個人過去？」

既然沈薇那麼討厭，那不妨給她添添堵。

劉氏一想也是呀，可不得指派個人過去嗎？也顯得她這個做嫡母的關心繼女。

她讚許地看著自己女兒。「雪姊兒不說，娘還沒想到呢。」
「咱們小姐就是聰明。」李嬤嬤逢迎拍馬地讚道。
「可派誰去好呢？」劉氏思索著。
指派過去的人要對自己忠心，還不能太蠢。劉氏的目光在紅香身上滑過，惹得紅香一陣緊張，生怕夫人把自己派過去。好在只是片刻，夫人就移開視線，紅香這才暗鬆口氣。
紅香不行，她還有大用。紅袖壓根兒就不考慮，她離不開紅袖，至於紅靜太木訥，光知道低頭幹活，紅寧嘴皮子倒挺伶俐，卻是個蠢的，存不住話。
劉氏把身邊的丫頭扒拉了一遍，竟發現沒一個頂用的，不由蹙起了眉頭。
「夫人，老奴這兒倒是有個人選。」張嬤嬤適時開口了。
「妳說說看，是哪個？」劉氏問道。
「這個人呀，李嬤嬤也熟悉。」張嬤嬤先賣個關子，才道：「就是桃枝呀！」
「是她？」劉氏也想起這麼個丫頭來。「我彷彿記得她娘在洗衣房，爹在門房上吧？」
「對、對，夫人記得不差。要說這桃枝也是個能幹的，就是命不太好。她家兄弟姊妹四個，她是老大，今年十四了，二妹是個病秧子，整日病歪歪，就在家裡躺著，也不能當差；三妹才六歲，遠不到上差的年紀，還有個四歲的弟弟，一家人疼得跟寶貝似的。」張嬤嬤說起桃枝的情況如數家珍。「老奴推薦桃枝是因為她作為家中長姊，素來能幹，人也有幾分小聰明。她跟李嬤嬤去沈家莊接四小姐，也算是個熟人，怎麼著四小姐也得給幾分面子吧？最重要的是桃枝家中這麼一大攤子，只要夫人略微施恩一二，她還能不忠心替夫人辦事？」張嬤嬤躬身在劉氏身前說道。

劉氏若有所思，半晌徐徐點頭。「有幾分道理。李嬤嬤，妳跟桃枝接觸得多，可了解她的為人？」

李嬤嬤被點到名，不由得一愣，臉上現出幾分為難。被指派到四小姐那裡哪是什麼好差事？

「李嬤嬤，可是有什麼不妥？」劉氏的聲音在李嬤嬤耳邊響起，她一個激靈，回過神來。看來桃枝這丫頭是得罪張嬤嬤這老貨了，不然怎麼單單提起她呢？

「回夫人，桃枝倒是沒什麼不妥，能幹又機靈，這一路多虧有她照顧，不然老奴的病哪能這麼快就好了？」到底念著兩分香火情，李嬤嬤替桃枝說了幾句好話，希望藉此打消夫人的念頭，讓桃枝能留下來。

「能幹機靈就好。」劉氏徐徐點頭。「就這個桃枝吧，張嬤嬤去跟她說。」劉氏斜睨了張嬤嬤一眼，似乎對她心中打的主意十分清楚。

張嬤嬤訕訕道：「是，夫人，老奴肯定替您把此事辦好。」

沈雪乖巧地靠在劉氏肩上，笑容如花。

「桃枝姑娘都聽到了吧，夫人派妳去四小姐院中服侍，這可是夫人抬舉妳，快起來收拾收拾東西，跟我過去吧！」張嬤嬤居高臨下地望著桃枝，嘴角翹得高高的。

桃枝激動地握緊雙拳。成了，真的成了，她就要到四小姐院中服侍了，她終於熬出頭了！

那天，她聽到張嬤嬤和別人閒聊，提起這事來，話裡話外都是誰若到四小姐院中那可是倒了大楣。於是她靈機一動，主動得罪張嬤嬤。她知道張嬤嬤這人最是睚眥必報，這不她的計策成功了，張嬤嬤真的把她推了出去。

可抬起頭的桃枝卻一臉深受打擊。「嬤嬤說什麼？夫人派我去四小姐院子裡？不，夫人怎麼會派我去四小姐那裡……我、我不去，不去！」

桃枝的頭搖得跟撥浪鼓似的，急得眼淚都要掉下來了。

張嬤嬤好心情地欣賞著她的驚慌絕望。「這還能有假？這是夫人對妳的器重，妳還是識時務些好，到了四小姐那裡可要好生辦差，想想妳那弱妹幼弟。」張嬤嬤語帶威脅。

桃枝一下子愣住了，咬著嘴唇，眼淚嘩嘩往下流。張嬤嬤滿意地笑了。「桃枝姑娘還是快些收拾吧，下午跟我去四小姐院子。」

哼！這就是得罪本嬤嬤的下場。她揚長而去，剛一出房門就聽到桃枝壓抑的哭聲，她不由得撇撇嘴。

許久，屋內的桃枝擦乾眼淚，一雙眼睛亮得驚人，哪有之前的傷心絕望？

握緊雙拳，桃枝無聲地笑了

第四十章

今日是沈玨傷好後第一次去學堂。一大早，他就自己爬起來，四喜進屋服侍的時候，看到自家少爺正在穿衣裳，慌忙跑過去。「少爺，奴才服侍您。」

沈玨正在跟衣帶奮戰，不耐煩地推開四喜。「你一邊去，我自己會穿。」穿個衣裳有什麼難的？他就不信自己穿不好！

四喜被推開，看見新來的小海束著手站在一旁，忍不住張嘴訓道：「小海，你怎麼不服侍少爺穿衣裳呢？」

對這個小海，四喜是滿心不喜。不就是會功夫嗎？把少爺哄得連睡覺都讓他隨榻在側。

小海卻理直氣壯。「又不是小奶娃娃，幹啥讓別人幫忙穿衣裳？我三歲就會自己穿衣裳，少爺都十一了。」

四喜被噎了一下，反駁道：「這怎能一樣呢？」一個奴才還妄想同少爺比？

小海卻異常認真地道：「怎麼不一樣，不都是人嗎？少爺頭上也沒比我多長兩隻角呀！」他在寺廟長大，對人情世故不太懂。

「行了，行了，不要吵了，不就是穿個衣裳嗎？這有什麼難的！」沈玨打斷兩人的爭吵。「小海，你瞧，少爺我不是穿得很好嗎？」他張開手臂得意地在小海面前轉了一圈。少爺我就是聰明絕頂，看你還笑話我不？

原來沈玨今日不是心血來潮，而是受了小海的刺激。

小海撇嘴。衣服穿得鬆垮垮，衣帶繫得歪歪斜斜，好什麼好？不過他想到來時小姐的吩咐，聰明地選擇了閉嘴。

「少爺，奴才服侍您淨面。」四喜見少爺只顧跟小海說話，沒理自己，忙殷勤地說道。

沈玨剛要點頭，瞥見小海一臉的嫌棄，不由羞惱起來。「你一邊待著去，我自己會。」說起來容易做起來難，沈玨第一次自己淨面，最終以打濕衣襟而告終，但他興致極高，因為小海難得讚了他一句。「少爺你可真厲害。」

直到沈玨用完早飯，三喜才慌忙跑來。「少爺，您今兒怎麼起這麼早？怎麼不等奴才服侍您呢？」

沈玨斜了三喜一眼，沒好氣地道：「早什麼早，也不看看都什麼時辰了？」難怪姊姊說三喜不是個好的，都什麼時辰了，居然比他這個主子起得還晚。

三喜被少爺的目光看得有些發毛，趕緊賠著笑臉道：「往常少爺不都是這個時辰才起的嗎？」

沈玨一想也是，以前他都是這個時辰才起，所以每每到學堂都遲到，這也是夫子常責罰他的一個原因，說他四體不勤。想到這裡，他臉上帶了三分羞惱。「以前是以前，打今兒起，少爺要早起讀書。」

小海這個臭小子死活不願意教自己功夫，說必須認真唸書才行。不就是唸書嗎？好像也沒有多難，自己就勉強答應他吧，等自己學成了武藝，看怎麼收拾他。

「少爺我要去學堂了，你們都在家好生看家，不可胡鬧惹事，要聽張柱子的話。小海，走了。」沈玨回頭吩咐了這麼一句。

張柱子笑咪咪地應著。「少爺就放心吧，小的會看好院子的。小海，要好生照顧少爺。」

三喜、四喜頓時慌了，少爺不帶他倆去學堂了，那怎麼行呢？

「少爺，還有奴才呢？」三喜眼巴巴地看著少爺，四喜雖沒有說話，但眼裡透出同樣的意思。

沈玨卻不耐煩了，眼一瞪說道：「少爺不過去上學堂，帶那麼多人幹麼？又不是去打架，小海一個人就夠了。」

送走了少爺，張柱子直起身看著三喜、四喜這兩個小子，笑了。早聽說這倆不是什麼好東西，好了，落在他手裡了。

「走吧，昨日院子還沒清理好，今兒接著整院子。」張柱子指派起活兒來。

三喜、四喜一聽今天還要做苦力，立刻苦了臉，尤其是三喜，一臉不服。「我是少爺的貼身小廝，為什麼要幹那些粗活？」

張柱子也不惱，反問道：「你是少爺的貼身小廝不假，可少爺身邊用不了那麼多人，你總不能閒著什麼也不幹吧！少爺院子裡可不養閒人，難道你比主子還金貴？」

三喜啞口無言了，也不敢提不幹的事。自從這兩個人來後，他在少爺心中的地位就一降再降，尤其這個張柱子，就是事多，可偏偏少爺聽他的。若他到少爺跟前告自己一狀，少爺偏聽偏信，真的把自己趕出去怎麼辦？那夫人還不揭了自己的皮！想到這兒，他沒底氣跟張柱子叫板，嘟囔著幹活去了。

四喜見三喜都消停了，更是老實地跟著走了。

張柱子背著手一笑。正盼著你鬧呢，鬧大了才有理由把人攆出去……

沈玨帶著小海來到學堂，不僅沒遲到，還到得很早。學堂裡只有兩、三個學生，見沈玨進來都有幾分詫異。

沈玨背著手昂著頭，看都不看他們一眼，帶著小海來到自己的座位上。十天沒來，桌上積了一層灰，小海拿出準備好的帕子擦了桌面和凳子。「少爺，您坐下吧！」

待少爺坐下後，小海又從書包裡掏出《論語》翻好放在桌上。「少爺，今兒夫子會講《論語》，您先讀一會兒吧！」

「為什麼要讀？他們也沒有讀呀！」沈玨把書一拍，不樂意了。

小海好脾氣地把書拾回來，重新翻好。「讀書百遍，其義自現，小姐交代過的，每日清晨您都要讀上半個時辰的書，否則一切免談。」

沈玨不由氣短，姊姊的戒尺可比夫子打得狠多了。得，讀就讀吧，他拿起書本漫不經心地讀起來。

那兩個早到的學生都驚訝極了。沈家那個草包也會讀《論語》了，而且還讀得一字不錯，真是奇了怪了。

沈玨感受到他們奇怪的目光，翻著白眼瞪回去。「看什麼看？沒見過小爺讀書呀！」心中反倒得意，讀得更大聲了。

那兩人對視一眼，撇撇嘴，轉過頭去了。

學堂裡的人漸漸多了起來，每個進來的人對沈玨的表現都大感奇怪，不明白沈草包不過是傷了頭，怎麼就跟變了個人一樣？

本該溫習功課、準備文具的眾人都瞧著沈玨，指指點點，竊竊私語。小海不著痕跡地站到少爺身前，擋住了探視的目光。

他不知他家少爺心中正得意呢！士別三日當刮目相看，怎麼樣，都被小爺驚到了吧？不就是唸個書嗎？小爺我也不比你們誰差。

這種情形一直持續到夫子到來。夫子姓耿，是個五十多歲的老頭，他一走進來，教舍裡就安靜下來，沈玨也停止了讀書。

耿夫子看到沈玨也是微微一愣，實在是這個學生慣常遲到，他很少一進來就看見他端坐在座位上。

小海卻來到夫子跟前，有禮地問好。「夫子好，我們小姐為了讓少爺好生讀書，就讓小的站在少爺身後提醒著，還望夫子允許。」

耿夫子本來看到虎頭虎腦的小海就有幾分喜歡，他也不是迂腐之人，又想到前天沈府四小姐託人給自己送的那方古硯。

欸，這位沈四小姐也真夠不容易的，為了弟弟能學好，不知道費了多少心力。

罷罷罷，不過是放個小廝在學堂裡頭，這點權力他還是有的，於是和藹地笑道：「行，你去吧，不過不能影響學生上課，不然還是要把你趕出去的。」

「謝謝夫子，小的肯定不會影響其他人。」

課上，耿夫子照例檢查了前一天的作業，然後就講起論語。去年只是帶學生粗粗背了一遍，今年才開始講釋意。耿夫子還點沈玨起來背誦一段，沈玨這幾天的工夫都花在背誦《論語》上了，自然背得很流暢，得到耿夫子的誇獎。耿夫子此時才相信，那位蘇先生說四小姐對幼弟的功課極上心，定不會讓夫子難做。

坐下來的沈玨也十分得意，頭一回發現唸書也不是那麼難耐的事情。

時間過得飛快，轉眼就到了去長公主府作客的日子。一早，許氏就領著府裡小姐出門了。

此次去長公主府作客，給沈薇趕車的是歐陽奈。她沒有帶梨花去，而是帶了桃枝。這是梨花主動提起的，理由自然是桃枝長在京中，規矩嫻熟，熟悉各府。

桃枝受寵若驚，她沒想到一到四小姐身邊就被委以重任，感動得恨不得能為小姐兩肋插刀。

沈雪見那個據說是祖父身邊的親衛為沈薇趕車，臉上閃過嫉妒，哼了一聲，氣呼呼地甩下車窗坐回車裡。

「真是寒酸，小家子氣。」沈雪對沈薇的馬車十分不屑，半新不舊的，跟自己這輛嶄新的、裝飾豪華的馬車更是沒法比。

她哪知道沈薇這輛車另有乾坤，功能一流，光造價就要幾萬兩銀子。

桃枝一進馬車就震住了。七月的天氣，即使是早上也是很熱，一入馬車一股清涼撲面而來，舒服極了。那張小桌是金絲楠木製，地上鋪的墨綠色、軟軟的東西又是什麼？桃枝只覺得自己眼睛不夠看了。

歐陽奈把馬車趕得十分平穩，感覺不到車子移動，桃枝心中更是震撼。小姐身邊的能人可真多呀！

大約有兩刻多鐘，馬車慢慢停下，估計是到了。馬車停穩後，沈薇讓桃枝攙扶著下了馬車。

她們到得挺早，長公主府門口除了她們忠武侯府，只有兩家別府的馬車。

沈薇幾姊妹聚集到大伯母身旁，正要向長公主府大門走去時，就聽到旁邊的馬車傳來一陣騷動。「那不是晉王府大公子的馬車嗎？」聲音裡隱含著激動。

沈薇詫異，抬目望去，就見身後一輛馬車徐徐駛來，直到角門處才停下來。簾子掀開，一道青色身影躬身下了馬車。

那道身影頎長，屹立挺拔，小廝舉著油紙傘遮在他頭頂，走到角門時，他忽然轉頭看了一眼。

沈薇正好看清他的容貌，不由愣怔了一下。他的手背在身後，全身只在腰間垂了一塊美玉，雍容高雅，細膩白皙的俊臉猶如上好的白瓷，隱隱散著光芒，劍眉墨黑長入鬢角，一雙漆黑的眸子寧靜深邃，彷彿任何事或人都無法入他的眼，給人一股難以接近的印象。

這人好相貌！沈薇的腦中閃過這句話，耳邊聽到好幾道抽氣低呼的聲音。

那道身影消失在角門，大門外的眾家閨秀才嘰嘰喳喳議論起來。「那就是晉王府的大公子呀！他不是在外頭養病嗎？」

「大公子是長公主的親姪子，長公主宴客，他怎能不來捧場？」

「大公子長得可真好看，就是身子骨不爭氣，聽說一年有大半年在外頭養病。」

「要不是大公子身子不好，晉王府的世子怎會輪到二公子頭上？」

「那又怎樣？聖上最寵愛的可是大公子呢。」

「那是晉王府的大公子，他的情況比較複雜，妳以後就知道了。」沈霜見沈薇若有所思，便解釋道。

沈薇點點頭。誰管他什麼晉王府的大公子，和她有什麼關係嗎？她不知道進入長公主府的大公子正詢問身邊的小廝。「那是哪家的女眷？」

小廝詫異，公子什麼時候關心過女眷了？身邊服侍的都是清一色的小廝，連個丫鬟都沒有。不過仍恭敬答道：「公子問最前面的嗎？是忠武侯府的世子夫人和小姐們。」

「忠武侯府。」大公子眼中閃過一抹精光。那個車夫，還有那輛馬車可不一般呀，若他沒有看錯的話，那馬車比他的都要好，就不知是忠武侯府的誰乘坐的？還有那個車夫，他一眼就瞧出那是個練家子，身體挺拔，站姿如松，恐怕來自軍中吧。

許氏帶著女兒和姪女進了長公主府，就有管事迎上來。「世子夫人來得可真早，快裡面請。有些日子沒見，二小姐出落得可真漂亮，世子夫人有福氣嘍。」

許氏笑著寒暄。「不過是生得略微整齊些，哪比得上貴府的小郡主風姿綽約。今兒怎麼是您出來招呼客人？」

別看對方只是個管事嬤嬤，許氏卻一點也不敢小看，這可是長公主最信重的人，是她從宮中帶出來的老人。

「人呀，一上了年歲就是不比年輕人靈活，今兒公主事多，奴婢這個老奴才也幫不上什麼忙，就自討了這個差事，也算是幫公主分點憂。」趙嬤嬤嘴上說著，眼神卻把許氏身後跟著的幾位小姐掃了一遍。看到沈薇時，明顯一愣。「這都是府上的姑娘吧，一個個千嬌百媚的，可真水靈！」尤其是那個穿淺粉衣裳的可真出眾，只是卻眼生，忠武侯府還藏著位小姐。「這位小姐是？」

「嬤嬤覺得眼生是吧？」許氏和煦地笑道：「這是府裡四小姐，三老爺的嫡長女，以前都在老家調養身體，前些日子才回來。薇姊兒，過來跟趙嬤嬤問聲好。」

沈薇乖巧地上前，微笑垂眸。「小女沈薇給趙嬤嬤問好。」

「使不得，萬萬使不得，奴婢哪敢擔小姐的大禮？」趙嬤嬤一邊阻攔一邊躲閃，心中思忖如電。這是阮家那丫頭的閨女，難怪容顏這麼出眾。「四小姐生得可真好。」她真心實意地讚了一句。想想也是，娘是大美人，閨女能差嗎？

「嬤嬤太誇獎了。」沈薇輕語道，仍堅持把禮行完，行止有度，這讓趙嬤嬤不免高看了她一眼。

許氏又謙虛了幾句，趙嬤嬤這才抬手招來個小丫鬟，領她們朝裡走。「世子夫人和眾位小姐先進去，老奴再迎迎其他府的夫人小姐。」

許氏道了聲多謝，一行人跟著小丫鬟穿過垂花門進了後院，拐過兩道長廊，才來到長公主待客的地方。

沈薇覺得她們來得早，可有人比她們更早，廳堂裡已經端坐著好幾位夫人，見到許氏，有兩人直接迎了出來。

「阿葭來啦！」這兩人一個是許氏的手帕交張氏，一是她娘家大嫂，婁氏。

許氏見到她們明顯很高興，身後的沈霜趕忙上前見禮。「見過舅母，見過張姨。」

「喲，霜姊兒都成大姑娘啦！」張氏拉住沈霜的手不住稱讚，眼裡滿是喜愛，婁氏站立一旁望著她，也慈愛地笑著。

「這麼好的閨女真搶回家去，還是婁姊姊有福氣呀！」張氏十分羨慕地對婁氏說，而沈霜則羞紅了臉。

接著沈薇等人也上前見禮，到她的時候，沈薇明顯感覺到這兩人多看了她一眼。

許氏見女兒有些拘謹，就上前解圍道：「霜姊兒帶著姊妹們去找別家小姐玩吧，跟我們坐一起也無趣。」

沈霜這才如釋重負，帶著幾人朝小姐們聚集的地方而去。

招待小姐們的花廳離這兒也不遠，須臾的工夫就到了。花廳裡已經坐有七、八個人，見沈霜一行過來，有起身相迎的，也有仍坐著沒動的。

「霜姊姊妳可來了，我都快無聊死了。」一個十三、四歲的嬌俏小姑娘走過來拉住沈霜的手。這是她大舅家的小表妹，叫許冷梅，是她大舅母最小的嫡女，養得嬌了些，人有些天真嬌憨。

沈霜對其他幾位姑娘一一點頭示意，隨著許冷梅到她的座位邊坐下。「妳呀，這話大舅母若是聽到又要罵妳了。」

就見許冷梅縮了下肩膀，一吐舌頭。「這不是娘不在嗎？」可愛極了。

「妳呀！」沈霜一指表妹額頭。她也很喜歡這個直爽嬌憨的表妹，不忍再說她什麼。

沈府其他姊妹都去尋自己的朋友，只有沈薇和沈月誰也不認識，就坐在沈霜身旁。沈薇是完全不認識，沈月則是年紀小，才頭一回出門，還沒來得及認識。

第四十一章

沈薇微笑著看這對表姊妹說話，心裡其實很羨慕。得有多嬌寵才能養出這樣爛漫的性子？自己成不了這樣的人，也不想成為這樣的人，但不妨礙她喜歡這樣的人。

「咦，這位月妹妹我是見過一回，但這位姊姊卻面生得緊呢。」許冷梅把目光轉向沈薇，大眼睛睜得圓圓的，像一隻可愛的松鼠。

沈霜忙把表妹拉回來，介紹道：「梅姊兒不得無禮，這是三叔家的四妹，以前都在祖宅養身子，所以妳沒見過。她比妳大一歲，單名一個薇字，妳叫她薇姊姊。」

又對沈薇說：「這就是我之前跟妳說的，我大舅家的小表妹，閨名冷梅。別看她這麼大了，孩子氣得很。」一邊說一邊歉意地笑笑，似乎對自個兒表妹的唐突過意不去。

沈薇對沈霜搖搖頭表示不介意，又對許冷梅綻開笑顏。「那我也叫妳冷梅妹妹吧，冷梅妹妹真是可愛。」這是真心實意的誇讚。

許冷梅驚喜得睜大眼睛。「真的嗎？」隨即臉上帶出幾許不好意思。「薇姊姊才叫好看呢，這衣裳也好看。」她的手忍不住摸上沈薇腰間的蝴蝶結，眼中滿是羨慕。比她在華裳閣見的還要漂亮，好想要一件啊。

「梅姊兒。」沈霜低喝一聲，又怕招惹其他人注意，更怕四妹生氣。

沈薇卻不在意，柔聲對許冷梅道：「這是我身邊的丫鬟們自個兒做的，妳若是喜歡，回頭派個丫鬟過來學就是了。」

「太好了，謝謝薇姊姊，薇姊姊真好！」許冷梅又驚又喜，拉著沈薇的手笑得眼睛彎成兩輪月牙。

真是個可愛的姑娘！沈薇心中感嘆，嘴角上翹，心情特別好。

「二小姐，我家小郡主請您過去。」正在此時，一個圓臉的婢女進了花廳，來到沈霜跟前。

「綠蘿，妳家郡主還好嗎？」沈霜站起來，關心的話脫口而出，想到都有半年沒見到好友，臉上不免浮上幾許擔憂。

綠蘿見狀便笑起來。「郡主好著呢，就是好久沒見二小姐，這一會兒工夫都念叨好幾回了，二小姐快隨奴婢過去吧。」

沈霜也急著去見好友，可她看了看四妹和表妹，遲疑了。四妹頭一回出府作客，表妹又是個天真的，把她們扔在這兒適合嗎？

沈薇一眼看穿了她的心思，笑道：「二姊快去吧，別讓郡主等急了，我和冷梅妹妹哪兒也不去，就坐這兒說話。」再是手帕交那也是天家貴女，哪是可以怠慢的？

「對、對，表姊趕緊去吧，我和薇姊姊還有好多話要說，不會惹事的。」許冷梅也趕忙連連點頭保證。

沈霜其實還是有些不放心，四妹穩重，有她看著，表妹定不會作妖，可是四妹一直生活在鄉下，才頭一回出門呀！但小郡主相邀，她又不能不去，最後一咬牙，還是跟著綠蘿走了。

花廳裡的閨秀其實都關注著這邊的動靜。這麼多的閨秀，沈霜不是身分最高，也不是才學樣貌最出色的，可小郡主獨獨召見她，怎能不讓這些閨秀眼熱嫉恨？

和沈雪坐在一起的是李御史家的千金李欣蕊，她望著沈霜遠去的背影，眸中閃過嫉妒，扭頭羨慕地對沈雪道：「妳家二姊和小郡主感情真好。」

沈雪與有榮焉。「小郡主經常請二姊過府說話。」

「真好！」李欣蕊臉上帶著羨慕。「那阿雪肯定見過小郡主了，小郡主好不好相處呀？」

沈雪臉上的笑容一下子凝固了，不自然地道：「呃，小郡主哪裡是隨便就能見的？」

「妳二姊不是小郡主的手帕交嗎？她就沒帶妳拜見小郡主？這我可不信，好阿雪，妳就說說唄，不要藏私啦。」李欣蕊搖著沈雪的胳膊，一點都不相信她的說詞。

「我還能騙妳？我說的都是真的。」沈雪有些惱怒，不由提高聲音。「我是哪個檯面上的人物，哪裡就能見到小郡主了？妳愛信不信！」

「阿雪妳發這麼大的火幹什麼？」李欣蕊有些莫名其妙。

周邊聽到動靜的閨秀都朝沈雪投來異樣的目光，偏偏耳邊還聽到李欣蕊小聲的嘀咕。

「不願意就不願意，找什麼藉口。」

沈雪的肺都要氣炸了，她明明說的是實話呀，為什麼沒有人相信？心中不由把沈霜給恨上了。都是二姊的錯，若是她願意帶自己結交小郡主，她哪會這般被動？

李欣蕊看著好友那張扭曲的臉，心中冷笑。蠢貨！住在一個府裡，卻連小郡主的衣角都沒摸著，真是沒用。她的嘴角翹了翹，目光在花廳裡掃了掃，一下子對上一張眼生的臉，那如玉的容顏讓她不由一愣。這是哪家千金？怎麼從沒見過？京中何時多了這麼個出色人物？

隨後又看到那美人正低著頭和尚書府的許泠梅說話，想到之前沈霜就是坐她邊上的，眼睛一閃，想到了她的身分。

「阿雪，那是不是妳家那位在外頭養病的嫡姊？長得可真好看，和永寧侯世子真是天造地設的一對。」李欣蕊扯了扯沈雪的袖子，故意揚高聲音道。

前一句成功勾起眾人的八卦之心，後一句又激起了她們的憤怒。永寧侯世子衛瑾瑜是大家愛慕的對象，身為未婚妻的沈薇怎能不成為閨秀們的公敵？以前沈薇不在京中，大家可以假裝她不存在，現在她活生生地出現在眾人眼前，這不是上趕著找死嗎？沒看見好幾個閨秀的目光都要把她給殺死了。

沈雪的臉色也不好看，話語幾乎是從牙縫中擠出來的。「對，那就是我的姊姊。」若不是還有些理智，沈雪真想拂袖而去。她知道沈薇長得好看，也深感威脅，恨不得她立刻消失，這個李欣蕊真是哪壺不開提哪壺，真是多事！沈雪瞥了李欣蕊一眼，十分不滿。

面對眾人竊竊私語的目光，沈薇落落大方地站起身，四下行了個禮道：「我是忠武侯府三房的嫡長女沈薇，之前都在祖宅調養身體，鮮少出門，今兒頭一回跟大伯母出門作客，也不大認識在座的姊妹們，還望大家多擔待一二。」

不卑不亢的舉止立刻贏得一些閨秀的賞識，但仍有不少人交頭接耳。「不是說三房那個嫡女最唯唯諾諾嗎？怎麼看起來不像？」

「對呀，看著還挺像樣，一點都不像是在鄉下長大的呀。」

「就這一會兒能看出什麼？保不住等等就露餡了，這麼心急幹什麼，瞧著吧。」

「唉呀呀，妳也太天真了吧？人家說啥妳就信啥？誰家後院沒點齷齪事，三房現在的當家夫人可是繼室。」

「繼室」兩字的音咬得特別重，還不忘眨眨眼睛，其中深意自然不言而喻。

沈薇充耳不聞，坦然地坐回去，一扭頭便碰上許冷梅擔憂的目光。「薇姊姊，妳沒事吧？她們怎麼可以這樣？」她一臉憤怒地就要起身。

沈薇心中一暖，拉住她的胳膊。「沒事。」不過是被說了幾句，還是小聲嘀咕，她才不會放在心上，而且她們也沒說錯。只要沒人找死地跑到她跟前來質問，她可以當作沒聽見。人這輩子不就是說別人和被別人說的嗎？不過許小妞為她抱不平，她還是很受用的。

當然也有對沈薇友善的，眼前這位明豔張揚的姑娘就是。「沈四小姐，我是武烈將軍府的，叫章可馨，我能坐妳旁邊嗎？」

沈薇自然點頭。這位豪爽的姑娘一點都不扭捏，一坐下就忍不住摸上沈薇腰間的蝴蝶結。「沈四小姐，妳這衣裳可真好看，在哪家鋪子做的？」簡潔大方又不失新穎。「剛才妳一進來我就看到了，就是沒好意思問。」笑容裡帶著幾分不好意思。

沈薇噗哧一下就笑了出來，原來她也看中自己衣裳了，於是爽快地說：「這衣裳是我的丫鬟做的，妳也派個人過來學好了，挺簡單的。」

「好呀，好呀。」章可馨先是猛點頭，隨後像是想起什麼似的，搖了搖頭。「還是算了吧。」估計是怕沈薇誤會，忙又解釋道：「我在邊關長大，自幼習武，平常酷愛舞槍弄棒的，這樣的衣裳好看是好看，可穿我身上不到半天就弄壞，還是不要了吧。」嘴上說著不要，臉上卻帶著遺憾。

「這有什麼關係？衣裳麼，穿著舒服最重要。」沈薇很欣賞這位將門虎女。「我們忠武侯府也是以武起家，我也喜歡舞槍弄棒呢。」望著這姑娘眼底閃過的黯然，沈薇安慰她。

京中貴女以嫻靜為美，章可馨這樣的姑娘很受排擠吧？就是他們忠武侯府，女孩子也都沒有習武，就是男孩子也不大上心。

「真的呀，那改天咱們一起去騎馬吧？」章可馨又驚又喜。好不容易遇到個看著順眼的姑娘，正擔心自己的粗枝大葉嚇跑人家，沒想到這位嬌滴滴的沈四小姐居然還是同道中人，怎能不讓她驚喜？

「好呀，我一定赴約。」沈薇爽快地答應了。回府後，她就沒有痛快地跑過馬，都快憋死了。

兩人愉快地交談，就聽斜對面傳來一聲不屑的嗤笑。「粗鄙！不愧是鄉下來的，真是有什麼樣的姊姊就有什麼樣的弟弟。」

這位姑娘穿著一件翠綠的衣裳，鵝蛋臉，大大的眼睛，櫻桃小口，是位漂亮的小姑娘，此刻卻一臉憤怒又鄙夷地看著沈薇。

「妳才粗鄙呢！」許冷梅如炸了毛般立刻反擊，還不忘小聲提醒沈薇。「這是秦相府的秦穎穎，最是刻薄小氣了。」

沈薇心中了然，是那個和沈玨打架的秦小公子的姊妹，難怪對她這麼大的敵意。

「秦穎穎，妳嘴巴放乾淨點，找打是不是？」沈薇還沒動，章可馨便站起來，對著秦穎穎虛空地揮了揮拳頭。她最不喜歡這個秦穎穎了，仗著相府和宮裡的娘娘，眼高於頂看不起人，最是個小肚雞腸的人，自從回到京城，都和她幹了好幾架。

「我說錯了嗎？被我說到痛腳，惱羞成怒了吧？物以類聚，呵呵，難怪二位這麼投緣。章可馨，妳除了打人還會什麼？武夫！難怪嫁不出去。」秦穎穎反唇相稽，臉上全是諷刺。

「妳才嫁不出去，這麼惡毒刻薄，能嫁出去才怪！」章可馨氣壞了，掄起拳頭就要打人。

沈薇拉住她，望著秦穎穎不疾不徐地道：「怎麼，貴府的小公子還不能下床嗎？這身子骨也太嬌弱了些吧。我們家玨哥兒當時也是傷了頭，比貴府的小公子傷得還重，現在都傷好去學堂讀書了。欸，咱家到底是武將出身，皮糙肉厚的，小公子可要好生養著呀，要是落下什麼後遺症就不好了。」她臉上的表情誠懇無比。

對面的秦穎穎勃然大怒，憤怒的目光幾欲把沈薇射穿，她氣得渾身發抖，說不出話來。

沈薇坦然地迎上她的目光。既然有膽惹到她頭上，她沒理由不一巴掌摑回去，忍氣吞聲可不是她的風格。

在這一觸即發之時，忽聽外面傳來「小郡主到」的喊聲，花廳裡立時安靜下來，眾位閨秀齊齊起身朝門外張望，暴怒的秦穎穎也被同伴拉住，剛才劍拔弩張的氛圍立刻消弭。

小郡主被簇擁著走進來，她身穿大紅色刻絲衣裳，如一團耀眼的火，襯得巴掌大的小臉更加精緻，一頭長髮梳成流雲髻，頭上的步搖垂下長長的流蘇，明晃晃地搖蕩著，一對金色的蝴蝶立於髮間，展翅欲飛，栩栩如生。

好一個貴氣逼人！

「郡主。」花廳裡的閨秀都齊齊起身跟小郡主行禮。

沈薇也跟著站起來，掃了一眼小郡主身旁的二姊，見她安好，便垂下眼眸。

「眾位姊妹不須如此客氣，青蕊還要謝謝大家賞臉前來呢。」小郡主楊青蕊輕啟紅唇。「眾位姊妹先坐著，青蕊就先失陪了。綠蘿，好生伺候著。」側頭吩咐綠蘿一句就轉身離開了。

前後站沒兩分鐘，就說了一句話，眾人卻絲毫不覺得被慢待，好像這才是郡主威儀。沈薇不由咋舌了，難怪人人削尖了腦袋往上鑽營，權勢就是好啊！

在府裡，蘇遠之已經給沈薇介紹過長公主府，長公主乃當今聖上的胞姊，為聖上順利登上太子之位出過汗馬功勞。宮變那晚，是長公主帶著死衛殺出城門搬來救兵。當時，她身中兩箭，差點就死了。

最後是集太醫院所有的人力物力，熬了七七四十九天才把長公主從鬼門關前拉回來。

後來國庫空虛，先帝為此焦頭爛額，又是長公主站出來，下嫁江南世家楊家的嫡長子，為先帝籌來大批錢糧。

婚後，長公主沒有住在京中的公主府，而是陪同楊駙馬一起定居江南。她平易近人，絲毫不擺長公主的架子，贏得楊家上下乃至整個江南官場的敬重。

宮變那回，長公主身中的兩箭，一箭傷在小腹上，所以她子嗣之事頗為艱難，與駙馬成婚八年仍是一無所出。長公主和駙馬感情甚篤，不忍他無親子繼承香火，就在她不抱希望、準備為駙馬納妾時，是聖上力壓眾議，年年派人出外尋訪名醫。

功夫不負有心人，又三年，終於被他尋到一位隱逸山林的神醫，花了兩年的工夫調理長公主的身體，這才使長公主得了一雙兒女，一出生就被封為郡王和郡主。

外嫁公主的兒女一出生就被封為郡王和郡主，歷朝歷代的皇室一般都沒有，這是多麼厚重的榮寵呀！

後來楊駙馬因病去世，聖上就派心腹領著兩千精兵前往江南接回長公主母子三人，多年未住人的長公主府則大興土木，修建得比以前更美輪美奐。

這一回，滿朝文武再一次見識了長公主在聖上心中的地位，即便回京後，長公主十分低調，鮮少出門，卻無人敢小瞧了去，就是這些王爺皇子們對她都是十二分的敬重。

所以這回長公主府一說宴客，滿京城的權貴都翹首以盼，削尖了腦袋想弄一張帖子。

「閒坐著也無趣，咱們也出去走走吧，聽說長公主府的後花園可精緻漂亮了。」沈薇見閨秀們三三兩兩地出了花廳，提議道。

「好呀，好呀！咱們快去逛逛吧。」兩位姑娘頓時來了興趣，尤其是許冷梅，拉著沈薇的胳膊就往外走，急不可耐的樣子。

沈薇不由啞然失笑。「八妹——」她回頭去喚沈月，卻見沈月正對她擺手，邊上有一個和她差不多大的小姑娘。喔，原來是找到朋友，那她也不用擔心八妹落單了。

沈薇和章可馨、許冷梅三人沿著遊廊朝後花園走去，沿途景色映入眼底，美不勝收。

第四十二章

前院的年輕公子們則三五成群聚在一起，談論起夫子又出了什麼什麼策論題目，誰誰答得最出色。

「要我說，瑾瑜兄可是李夫子的得意門生，這次小考定會拔得頭籌。」一個身穿月白衣裳的公子說道。

此人是洪御史家的公子，也是衛瑾瑜的好友，學問平平，最羨慕好友的滿腹經綸。

「洪濤兄萬不可妄言，在座比我學問好的可多著呢。」被稱讚的衛瑾瑜不僅面無得色，相反的還十分謙虛。「再說了，文無第一，我的策論風格恰巧合了李夫子的眼緣罷了。」

態度誠懇，謙遜自牧，即便是不服他的人也不由暗暗點頭，就是小郡王對他的印象也非常好。

秦相府三房的秦牧懷卻不滿風頭都被衛瑾瑜搶去，眼珠子一轉，有了主意。

「衛大公子，聽說你好事近了？金榜題名，洞房花燭，人生三大喜事你占了其二，我們都好生羨慕呀！」他擠眉弄眼著。

聽他這麼一說，大家都來了興趣。

「瑾瑜兄的好事近了？是哪家的千金呀？」

「不是說瑾瑜兄自幼便有婚約的嗎？是哪家小姐來著？我聽家母提過一嘴，怎麼就想不起來了？」

「是沈家，忠武侯府沈家。」

「沈世子的嫡二女不是定給許家的表兄了嗎？」

「不是沈世子的嫡女，是三房的嫡長女，前頭夫人留下的那個。」

「三房的嫡長女不是那位才女嗎？」

眾人七嘴八舌議論起來，十分感興趣的樣子，而且男人八卦起來，一張嘴比女人更厲害。

秦牧懷見狀心中得意。「你們都不知道吧？這位和咱們衛大公子自幼訂親的沈小姐外家可是大將軍府阮家。據說這位小姐身子不太好，一直在祖宅靜養，前些日子才回府。」說到這裡，他故意停了停，壓低聲音神秘地說：「今兒忠武侯府的小姐可都來了，衛大公子還沒見過你的未婚妻吧，聽說她的母親阮夫人曾是京中出了名的美人，女隨母，衛大公子有福嘍，大家說是不是？」

眾人附和，齊齊跟著笑起來。衛瑾瑜眉頭皺了皺，心裡有幾分不喜，面上卻一派認真。「聖人云：非禮勿視，非禮勿聽，非禮勿言，非禮勿動。閨閣女子的名聲怎好隨意談論？還請秦公子嘴下留德，瑾瑜在此有禮了。」說罷真的對秦牧懷行了一禮。

秦牧懷躲避不及，還真真受了他的一禮，再見眾人均對他投來不贊同的目光，不由訕訕起來。

「不說就不說，有什麼了不起。」秦牧懷嘴上嘟囔，心中卻腹誹。說說怎麼了？又沒見少一塊肉，之前不是都說得挺歡的嗎？還有這個衛瑾瑜，還沒成婚就護上了，不就是學問好了點嗎？充什麼謙謙君子？

就在此時，小郡王的貼身小廝走進來，附耳跟他低聲說了句什麼。小郡王楊青宇便站起來道：「眾位先坐坐，或四下走動轉轉，青宇有事先失陪一下。」對著眾人一抱拳便走了出去。

沈雪自從得知衛瑾瑜也來了長公主府，她的心就如長了草一般再也安靜不下來，手中的帕子絞呀絞，目光穿過重重屋宇落在前院的位置，恨不得生出一雙翅膀，越過層層阻礙飛到心上人的眼前。

「阿雪怎麼了？是不是天太熱，哪兒不舒服？」沈雪這副魂不守舍的樣子落在李欣蕊的眼中，還以為她不舒服。

沈雪聞言靈機一動，玉手撫上額頭，面上現出幾分痛苦之色。「欣蕊，真是抱歉，我頭有些暈，不能陪妳逛園子了。」

李欣蕊與沈雪相交多年，雖然剛才拆她的臺，也是有幾分真情。一聽她說頭暈，關切地道：「估計是中暑氣了吧，走，我陪妳回花廳坐會兒。」

「不用，不用。」沈雪趕忙擺手拒絕。「聽說長公主府的園子十分精美，好不容易來一回，錯過了怪可惜的。倚翠扶我回去就行了，這裡離花廳也不遠，我歇會兒就好，妳還是去逛園子吧。」

李欣蕊便猶豫起來。「妳真的沒事？那我可走啦。」早聽說長公主府的後花園是京中一絕，她不想錯過，而且說不定還能結識幾位貴女朋友。

「沒事，我就是有點頭暈，喝點茶歇一會兒就好了，妳就放心去吧。」沈雪連連保證。

「那行吧，妳自個兒當心點。倚翠，好生扶著妳主子。」李欣蕊交代一聲就帶著丫鬟匆匆走了。

沈雪在原地站了一會兒，直到看不見她們的背影，才帶著倚翠拐上另一條小徑。

倚翠雖詫異，卻也不語地跟著。走了一小會兒，倚翠眼底的疑惑越來越重。「小姐，這不是回花廳的路啊。」不僅不是回花廳的路，而且還離花廳越來越遠。

「閉嘴！」沈雪回頭惡狠狠地瞪了倚翠一眼。「跟著走就是了，多什麼嘴？」她心裡正緊張，自然沒什麼好氣。

倚翠咬了咬嘴唇，垂下頭。

又走了一會兒，倚翠便發現了端倪。小姐帶著她一路躲躲閃閃行來，居然沒遇到一個人，這、這好像是通往外院的路。

小姐這是要去外院！倚翠心中駭然。外院都是些年輕公子呀，若是被人看到小姐去外院見了外男，那——倚翠打了個冷顫，不敢想下去。小姐的膽子怎麼如此大？

「小姐，奴婢求您了，咱們回去吧。」倚翠顧不得其他，拉住小姐的胳膊苦苦哀求。若是被人看到，小姐的名聲可就全毀了，作為小姐身邊貼身大丫鬟的她自然也討不到好，能不能保住一條命都難說。

「放手！」沈雪低聲喝斥倚翠。她也知道這樣做不對，可她現在滿腦子都是那個挺拔的身影和俊朗的面孔。況且都走到這兒了，她不想放棄。

「不放，除非小姐跟奴婢回去，奴婢不放。」倚翠使勁搖頭，心裡十分害怕，卻仍牢牢拉住沈雪的胳膊不放。「小姐，您就當可憐可憐奴婢吧，夫人會打死奴婢的。」她的聲音裡帶著哭腔，她一點也不想死啊！

沈雪氣極。這個倚翠是怎麼回事？膽子這麼小，能成什麼事？

「妳不說、我不說，誰會知道？快點放手！」她狠狠地在倚翠的胳膊上掐了幾下。

倚翠吃疼，眼淚在眼眶中打轉，手還是沒有放開。「小姐，您跟奴婢回去吧。」她苦苦哀求著。

正當主僕二人僵持之際，忽聽前面林子裡傳來男子說話的聲音。主僕二人大驚失色，尤其是沈雪，一臉慌張，不知該怎麼辦才好。還是倚翠機靈，拉著她躲到旁邊假山後面。

靠在假山石頭上，沈雪摸著自己的胸口，一顆心跳得可快。剛才憑著一腔孤勇，現在稍有風吹草動，她就害怕極了。

只是一小會兒，腳步聲就清晰地傳入耳中，同時傳入耳中的還有男子聲音。「瑾瑜兄，聽說你那未婚妻是鄉下長大的，是真的嗎？」

「瑾瑜」二字一落入沈雪的耳朵，她就激動起來，一顆芳心抑制不住地怦怦亂跳。外頭來的人是瑾瑜哥哥？太好了！

「不錯，沈四小姐自幼身子便不好，家人就送她回祖宅調養，前不久才被接回來。」這是衛瑾瑜溫潤的聲音。

「那她豈不就是個鄉下丫頭？怎能承擔起宗婦的擔子？瑾瑜兄真的要娶她嗎？」洪濤臉上帶著擔憂，很為好友發愁。他讀書是不大行，但他再傻也明白娶妻娶賢，一個聰明能幹的主母對永寧侯府是多麼重要。

那沈家四小姐不僅身子不好，還是鄉下地方長大的，能成為瑾瑜兄的賢內助嗎？

「那是自然。」衛瑾瑜答得鏗鏘有力。「父母之命媒妁之言，男子漢大丈夫怎能言而無信？聖人云：人無信不立。這樣的話，洪濤兄以後不要再說了。」

雖然母親也對沈四小姐頗多不滿，然而自小父親就教導他，男人立於世間，要仰不愧天，俯不怍人，堂堂正正才是根本。既然訂了婚約，那就是他衛瑾瑜未過門的妻子。

假山後的沈雪又是激動又是心酸。真的是瑾瑜哥哥！他品性高潔，那麼偉岸，讓人仰慕。可他口中那個不願辜負的人卻不是自己，沈薇有什麼好的？自己哪一點不如她？

不，她要去告訴瑾瑜哥哥，沈薇那個病秧子一點都配不上他，只有自己才有資格站在他的身邊。

沈雪就要走出去，卻被倚翠牢牢抓住。「小姐可不要犯傻呀！」她無聲地說著，外頭那可是四小姐的未婚夫。

「妳快放手！」沈雪低斥。瑾瑜哥哥就在那邊，她再不出去，他就要走遠了。一想到這兒她就心急如焚，狠命推了倚翠一把，倚翠沒防備，一下子摔在石頭上，驚呼了一聲。

「誰在那邊？」衛瑾瑜和洪濤齊齊喝問。

「瑾瑜哥哥，是我。」沈雪嬌滴滴地紅著臉轉了出來，一雙美目大膽地看向衛瑾瑜。

衛瑾瑜和洪濤都認識沈雪，知道她才學頗佳，人也溫溫柔柔，對她的印象很不錯。此刻見是她，不由鬆了一口氣。「沈五小姐怎麼在這裡？」這裡離後院可有一段不小的距離。

迎上心上人審視的目光，沈雪只覺得委屈極了。「我、我……」她咬著櫻唇，說不出話來，一副可憐兮兮的樣子。

還是身旁的倚翠大著膽子上前回話。「回兩位公子的話，我們小姐逛園子貪看美景，不知怎的迷了路，就走到這兒來了。本想找個丫鬟問路，卻一個人也沒看到。剛才聽到男子說話的聲音，情急之下才慌忙躲到假山後面，還望兩位公子勿怪。」

「哦，原來是這樣。」衛瑾瑜和洪濤放下心來。

衛瑾瑜溫和開口道：「這裡離後院已經很遠了，沈五小姐還是趕緊回去吧，被別人看到誤會可就不好了。」這姑娘到底是自己未婚妻的妹妹，是以對她也有幾分關心。「妳們沿著這條道一直往前走，盡頭處右拐，差不多就能碰到丫鬟婆子。」他盡心地幫沈雪指路。

可這番話好意落在沈雪耳中就變了意思：瑾瑜哥哥趕我走，他不想看到我。沈雪泫然欲泣，美麗的大眼睛浮上水氣。

衛瑾瑜還以為她是迷了路、撞見外男羞的呢，安慰道：「沒事的，五小姐放心吧，今兒這事我和洪濤兄都不會往外說的。」

沈雪心中愈加著急。她還有好多話要同他說，可倚翠已經忙不迭地扶住她的胳膊拉著她走了，她再不願也不敢當著瑾瑜哥哥的面喝斥丫鬟。

走到盡頭拐上右邊的小道，倚翠抓著小姐的手才放開。一放開，她就跪在地上請罪。「是奴婢逾越了，請小姐責罰。」

沈雪揉著發疼的手腕，冷哼一聲。此時她的理智已經回來了，想起剛才的事情也有些後怕，若剛才遇到的不是瑾瑜哥哥，自己的名聲可就全毀了。

但要讓沈雪承認自己做錯，她又拉不下臉來。「起來吧，記住了，回去把嘴巴閉緊，若是亂說……哼！」

「大表哥，你怎麼來了？」匆匆趕回自己院子的楊青宇推開書房門，驚喜地喊道。

只見那個背對著他欣賞牆上字畫的人徐徐地轉頭。「怎麼，不歡迎我來？」

「哪會啊，我巴不得你天天來呢。」楊青宇快步走過去。「大表哥，不是說你去了山上養病嗎？幾時回來的？好些了嗎？」他關切地問。

徐佑微微一笑。「昨日回來的，一回來就聽說皇姑姑宴客，我也好久沒見她老人家了，就過來看看你們。」說到這裡，他咳了一聲，繼續道：「我這都是老毛病了，一時半會兒還死不了。」

楊青宇的臉上現出不贊同和同情。「大表哥，你可別洩氣，神醫不是說了嗎？你這身子只要好生調養就沒事。」

大表哥真可憐，先天就不足，一生下來就病弱，不能練武，不能勞累，不能過喜也不能過悲，一年有大半年都在山上調養身體，久而久之養成了這副冷清的性子。明明是晉王府的嫡長子，卻因身子不好，連世子之位都讓給二表哥。今年都二十二了，連媳婦都沒娶上。

「好了，不說這些掃興的了，聽說你最近得了幾匹好馬？」徐佑心思剔透，不用多想就知道這個表弟在想什麼，不著痕跡地轉移話題。

「是呀，大表哥，我跟你說──」一說起自己新得的那幾匹愛馬，楊青宇就來了興趣。

「九斤，去，把前兒聖上賞我的好茶葉泡給大表哥嚐嚐。」

他眉飛色舞，興奮得像個大孩子，哪裡還有剛才在眾公子跟前的高高在上？徐佑則是面帶微笑耐心地傾聽著。

另一邊的沈薇和秦穎穎卻在小樹林邊狹路相逢。

沈薇正和許冷梅、章可馨聊長公主府裡的名花嬌品，就見秦穎穎為首的一行人迎面走來。沈薇掃了一眼就調開視線。

秦穎穎見這個鄉下來的土丫頭不把自己放在眼裡，非常惱怒。「沈四！」她咬牙切齒地喊道。

沈薇依舊不理會，她是來作客的，長公主府的景色那麼美，她此刻的心情也不錯，真心不想和個小丫頭吵架。不過是個刁蠻的小姑娘，裝沒看見得了。

她想得好，可對面的刁蠻小姑娘卻偏不讓她如意。

第四十三章

「沈四妳站住！」憤怒的秦穎穎大聲喝道。

沈薇心裡嘆了一口氣。真不是她想惹事，都點名道姓地要她站住了，她若再退縮是不是顯得自己好欺負？

「秦小姐有事？」沈薇停住腳步，臉上帶笑。

這般反應弄得秦穎穎一愣。她不是該生氣嗎？不是該口出惡言對自己發難嗎？

這一愣怔，沈薇好不容易生起的一點相爭之心就又散了。對手太弱，勝之不武呀！她搖搖頭，抬步繼續走。

「站住，我讓妳走了嗎？」秦穎穎回過神來更加惱怒。也不知道剛才是怎麼了，居然被個鄉下丫頭震住了，怎麼能承認？

沈薇揚眉。「請問秦小姐，這路是妳家的？還有妳是我什麼人？我憑什麼聽妳的？」雲淡風輕的幾句話就氣得秦穎穎直跺腳。「妳管我是誰？反正我說不許走就是不許走！」她喊道：「沈四，妳可真不要臉，一個鄉下長大的村姑怎麼有臉來長公主府作客？妳和妳弟弟都沒教養，就妳這樣還妄想永寧侯世子，真不要臉！」

秦穎穎得意洋洋地挑釁，覺得自己抓住了沈薇的痛腳。「誰不知道永寧侯世子是京中出了名的佳公子，是妳這個喪母之女配得上的嗎？妳若還有廉恥之心就趕緊退了婚約。」這才是她找麻煩的主要原因。

旁邊的閨秀都跟著附和。「就妳這樣的還想嫁給衛世子，作夢！」

「就是，就是，人家衛世子是那天上的雲，妳就是那地上的泥，到底鄉下來的，沒學識、沒教養，連自知之明都沒有。」

「人家那才叫聰明呢，得了衛世子那樣的夫君可不得緊抓不放？就是不知能不能長久，別過門三天就被休回來了吧？」

一群人妳一句我一句、嘰嘰喳喳說個不停，惡毒的言語真不敢想像是從那麼美麗的姑娘嘴裡吐出來的。章可馨和許冷梅氣得臉色都變了，握著拳頭就要往前衝，被沈薇一手一個牢拉住。秦穎穎見狀，下巴揚得更高了。

沈薇嘴角上翹，徐徐笑了起來。「妳們都有臉出來作客，我怕什麼？堵著別人的路譏刺嘲諷、說三道四，就是妳們的教養嗎？那很抱歉，我很慶幸自己沒有。我是從鄉下來的，還真不知道京城貴女的教養是指著別人的鼻子道是非，今兒真是長見識了。不過妳們這樣，家裡爹娘知道嗎？」

見眾女變了臉色，沈薇臉上的笑容更盛了，眼波流轉，瀲灩生輝。「今兒眾位頭一回見我，我沈薇自認也不是什麼十惡不赦之人，我沒刨妳們家祖墳，沒扔妳們家孩子下井吧？怎麼一個個對我都那麼多意見？現在我總算明白，敢情是為了永寧侯世子呀！誰讓我命好、我娘親眼光好，提前給我訂了永寧侯世子呢？妳們就羨慕嫉妒恨了，看我不順眼了？我配不配得上永寧侯世子關妳們什麼事，鹹吃蘿蔔淡操心，管得倒挺寬的。」

說到這裡，她頓了一下，目光在對面幾人臉上掃過，接著道：「不是敢愛敢恨的嗎？拿我這個無辜之人撒氣顯得妳們很有本事？妳們不都是貌美如花、才學淵博，家裡有權有勢嗎？朝人家永寧侯府和衛世子身上使勁去，為難我這個弱女子幹什麼？不過衛世子也娶不了妳們這麼多人，除非妳們願意為妾，那我就在此先祝諸位姊妹同心同德一家親了。」

「妳、妳血口噴人！」秦穎穎諸人眼睛都氣紅了，她們在家中都是嬌養著長大，平日吵嘴也不過指桑罵槐，哪裡見過這樣直接揭臉皮的毒舌？除了羞憤惱怒，居然找不出一句話來反駁。

沈薇利眼一掃。「妳們可真有意思，只許妳們說道我，不許我辯駁兩句？還是我說中了妳們的心思，覺得面皮掛不住了？」

「妳才如此惡毒齷齪，今兒妳不把自己的話吞回去，我、我讓妳好看！」秦穎穎瑟縮了一下，卻又很快挺起胸膛，覺得自己這邊人多，就是動手也能贏。章可馨是會武，到時兩、三個人抱住她，她也施展不開。想到這兒，她又洋洋得意起來。「若是妳跪下求饒，我可以考慮放過妳。」

沈薇都不知說什麼好了。這姑娘帶腦子嗎？秦家的姑娘就這種智商？真挺讓人著急的。

「喔，那秦小姐準備怎麼讓我好看？是這樣，還是這樣？」沈薇好整以暇地說，對章可馨使了一個眼色，就見她抬腳朝邊上碗口粗的樹踹去。只聽咯嚓一聲，樹幹應聲而倒。

以秦穎穎為首的眾女花容失色，齊齊朝後退去，好像慢了，那腳就要踹到自己身上了。

沈薇遺憾地搖頭，道：「阿馨，好久沒練了吧？這樹斷得都不齊整。」又轉頭對著眾女說：「真不好意思，阿馨是將門虎女，一時沒忍住。欸，踢斷了一棵樹，還得去跟長公主道歉。至於諸位，回家可別忘了跟爹娘告個小狀喔，明兒我在忠武侯府備好茶恭候大家的光臨。」

最後她掃了眾人一眼，施施然從她們面前揚長而去。走了老遠還能聽到許冷梅雀躍歡快的聲音。「薇姊姊，妳可真厲害，說得她們啞口無言，我要是能有妳這麼厲害就好了，可我娘說我最嘴拙了，一著急啥也說不出來。」

章可馨贊同。「我也是。明明我有理，可讓她們七說八說，我就成了那個理虧的人。哈哈，今兒看到她們吃啞巴虧，真是大快人心。沈四小姐，不，阿薇，我可以這樣叫妳吧？我好欽佩妳呀！」

許冷梅道：「阿馨，妳還好啦，妳練過武，說不過可以打呀！妳剛才真威風，那麼粗的樹一腳就踹斷了，沒見她們臉色都嚇白了，哈哈，真是過癮。」

「好什麼呀，只要我在外頭打架，回家我娘準要罰我，那麼粗的鞭子直接就朝我身上抽，我哪還敢打架？」章可馨訴苦。

「啊，那妳可真可憐！」這是許冷梅同情的聲音。「我娘倒不會打我，就是愛嘮叨，從早到晚，耳朵都能起繭。」

沈薇微笑著，淡定道：「好了，不過是吵個嘴，也不是多大的事，過去了就不要再說了。走，咱們找個地方歇會兒。」

她們不知道這番鬧劇其實早就落入某人眼中。小樹林東邊高處的樓閣裡，一道頎長的身影挺拔站立，他的嘴角上翹，清冷的面容染上一絲笑意。「忠武侯府，沈四，倒是個明白姑娘。」

身後的小廝江白撇了撇嘴。「沈四小姐真厲害。」什麼話都敢往外說，嫁呀娶呀什麼的，是閨閣小姐該說的話嗎？不過卻是很有道理。

「這沈四是鄉下長大的？」江白正在回味剛才的好戲，就聽自家公子問道。

他趕緊答話。「是啊，聽說因為身體不好，大約三、四年前生了一場大病，得高僧指點得送祖宅養著才能好。以奴才看，指不定裡頭有什麼門道，這些小姐針對沈四小姐，無非是因為她是永寧侯世子的未婚妻。喔對了，沈四小姐的外家是大將軍府阮家，公子您也知道現在大將軍府——也不知道沈四小姐能不能嫁成，沒娘的孩子可憐著呢。」江白感嘆了一回，他自小就跟在公子身邊，後院陰私見多了。

徐佑側頭看了小廝一眼。「你倒知道得清楚。」

「唉唷我的公子爺，奴才是您的親隨，您不在京中，這些事小的還不得替您打探清楚嗎？」江白喊起冤來。

徐佑沒理他，背著手看窗外的景色，唇抿得緊緊的，像是在思索什麼。

走時，在長公主府大門口遇到了傳說中的永寧侯世子衛瑾瑜。他過來給許氏請安，沈薇大方地對他笑了一下，順便把他的長相瞧清楚了。

嗯，長得挺好，芝蘭玉樹，氣質也不錯，謙遜平和、不卑不亢，看起來很順眼。聽說才學也很出眾，人稱佳公子。

就是自己的便宜妹子沈雪有點不大爭氣，一雙眼睛恨不得能黏到她未婚夫身上，表情還十分幽怨。這是什麼情況？沈薇有些不解，還有些不開心。好在她的未婚夫目不斜視，半個眼神都沒有分給沈雪。

挺好，這人還挺對她的心思，如果非要找個人嫁了，他倒是個不錯的人選，而且彼此還有婚約，就更省了許多事。看這男人也不是個壞脾氣的，她一準能拿捏得住。

不過也說不定，不到最後一刻誰知道她能不能嫁得成？不是說永寧侯府挺嫌棄她的嗎？還有她這個便宜妹子也挺中意他的，小時候就能因為他把原主推進池塘，現在大了，誰知會幹出什麼事來呢！

再看吧，能嫁就嫁，嫁不成也得討點好處，也不是非他不可。

從長公主府回來，沈薇連衣裳還沒來得及換，張柱子就來稟報，說是今兒五少爺蹺課，夫子告到家裡來了。

沈薇一聽就皺眉了。「這幾天不是很聽話嗎？怎麼又蹺課了？小海呢？」

張柱子面帶難色，猶豫了一下才道：「回小姐，小海昨晚吃壞肚子，跑了一夜的茅房，今兒是三喜陪少爺去學堂。」張柱子可後悔了，早知道少爺會蹺課，他今兒就自己伺候少爺去學堂，都是他的疏忽，以為不過是一天不會出事。

沈薇一聽也明白了，見張柱子後悔不已的樣子，道：「行了，這次不怪你，下次當心點。少爺身邊要麼是小海，要麼是你，其他人誰都不許近少爺的身。這事老爺知道嗎？」

「回小姐，老爺不知，消息是送到蘇先生那兒的。」張柱子答道。

沈薇點點頭，若是被父親知道又是一場爭執。「走，隨我去少爺的院子。」

張柱子哪敢說不，心裡暗自著急。小姐親自去堵人，看來少爺今天是凶多吉少了。

沈玨今兒很高興，他不僅聽了一天的說書，還到賭坊裡玩了幾把，贏了五兩銀子。這會兒正跟三喜交代。「回去口風緊一點，今天的事一個字都不能往外說。」

「少爺就放心吧，奴才何時壞過少爺的事？」三喜諂笑著。

「倒也是。」沈玨滿意地點頭，把手背在身後，昂首朝自己的院落走去。剛一進院門，一根棍子就迎面打來，沈玨要抬胳膊去擋，棍子打在胳膊上，火辣辣地疼。

沈玨怒道：「哪個大膽的奴才，不要命了！」

下一刻，就聽到自家姊姊溫柔的聲音。「五少爺玩夠啦，還知道回來呀！」

唉呀媽呀，女魔頭怎麼來了?!沈玨心裡一個激靈，可嚇壞了。

「姊姊，妳、妳怎麼在這兒？」他揉了揉胳膊，有些心虛地說。

「五少爺你說呢？」沈薇端坐在太師椅上，身後站著顧嬤嬤和桃花，要命的是桃花那死丫頭手裡拎著一根五尺長的棍子，另一邊站著張柱子、四喜等自己院子裡的奴才。

沈玨一看這陣仗，心又虛了三分。「姊、姊姊，這外頭挺熱的，咱們回屋說去。」他擠出一個僵硬的笑容，硬著頭皮說。

完了、完了，姊姊連他的名字都不願意叫了，一定是氣狠了，看來今兒不死也要脫層皮了。

「五少爺這是打哪兒來的？大街上稀罕物挺多，五少爺玩得很開心吧？來，跟姊姊說說，都玩了什麼？」沈薇的聲音不帶一絲火氣。

可越是這樣，沈玨越是怕。「我、我錯了，我不該蹺課，下次再也不敢了……」此時他一點僥倖都不敢抱了，立刻乖乖認錯，希望姊姊看在自己態度誠懇的分上能饒過這一回。

「你還知道自己錯了？錯了還去做？幾天沒打你皮就癢了吧？膽子肥了吧？」沈薇一邊說著，棍子就打了出去，專往沈玨的小腿打，打得他在地上直跳腳。

「姊、姊，別打了，我真的知道錯了！姊，妳饒過我這一回吧，我一定好好唸書，再也不敢了……姊，妳給我留點臉面吧！」沈玨像隻猴子蹦跳著，嘴裡說著討饒的話。可無論他怎麼跳，那棍子就如長了眼睛一樣，每一下都準確無誤地敲在他的小腿上。

「一句錯了就行啦？我看你是不打不長記性。」

沈薇壓根兒就不理會，棍子一下一下穩穩地敲打在沈玨的小腿上。滿院的奴才都低垂著頭，大氣不敢出一下，隨著棍子的敲打聲，心驚肉跳的。

站在沈薇身後的顧嬤嬤則一臉心疼和為難。她知道小姐管教少爺是為了少爺好，可看著棍子打在少爺身上，她又十分心疼，恨不得能替了少爺去。忍了又忍，實在不忍心了，她開口求情道：「小姐，少爺已經知道錯了，小姐就饒他這一回吧。」要是真打壞了怎麼辦？

「嬤嬤不要給他求情，這死小子就是忘性大，這次饒了他，下次他就能闖更大的禍。嬤嬤若是不忍心就回屋去，今兒我必須把這死小子掰直打順了！」

沈玨的心一下子沈到了谷底。他的頭上出了汗，小腿疼到都要麻木了，聲音都嘶啞了。「姊姊，不敢了，再也不敢了！我以後聽話，什麼都聽妳的還不行嗎？」

他撲通一聲摔在地上，乾脆要賴坐在地上不起來了，抱住棍子，仰著臉哀求。「姊姊，我再也不蹺課了，若有下一次，妳就打死我！」

他壓根兒不敢反抗，連說一句辯駁的話也不敢。這段日子他可摸清楚了，他姊姊別看人長得如花似玉，說話也細聲細氣，實際上就是個順我者昌逆我者亡的性子，比他還要霸道。無數次血的教訓告訴他：姊姊不是他能招惹的。

「起來。」沈薇道。

「不起，起不來，腿斷了。」沈玨耍賴。

顧嬤嬤更心疼了，哀求道：「小姐！」

張柱子見狀，忙也跪地求情。「求小姐饒過少爺這一回吧。」

別的奴才見張柱子跪了，也慌忙地跟著跪下，心裡直打顫。這還是親弟弟就能下此狠手，若是個奴才犯了錯還有命在？

沈薇哼了一聲，見差不多了，道：「沈玨，我告訴你，我教不好你也要把你打好！行了，今兒我就饒過你，再有下回——」

「沒有下回了，沒有下回了。」沈玨心有餘悸地接道。哪敢還有下回？

「這可是你說的。」沈薇指著沈玨點點頭，繼續道：「今兒你沒去學堂，但課業不許落下。今天的功課我已經讓張柱子打聽清楚了，今晚你就是不睡覺也得補上。」

「補、補，一定補上！」沈玨滿口答應，只要不再挨打，讓他做什麼都行。

「還有——」沈薇又出聲，沈玨還沒落下的心又提了起來。「還有何事，請姊姊吩咐。」他殷勤笑道。

沈薇瞥了他一眼，朝他身後看。「三喜呢？」

被點名的三喜嚇得魂飛魄散，膝行著往前跪。「奴才在。」聲音都打顫，他心知肚明自己挑唆少爺蹺課的事，就是不知四小姐準備怎麼發落他。

一個奴才，沈薇根本沒想和他廢話。「三喜作為少爺的貼身小廝，沒有負起規勸的責任，反而挑唆主子不學好，打二十板子，以示警戒。」頓了一下，又道：「就在這兒打，現在就打，你們也都看著，這就是挑唆主子的下場，都睜大眼睛好生看著。行刑！」

話音剛落，張柱子的手一揮，就出來兩個人把三喜架起來按在春凳上。

「少爺、少爺救命啊！四小姐饒命啊！」三喜大聲呼救。

「姊姊！」沈玨有些不忍。

沈薇眼一斜。「怎麼，莫不是你要替他？」不辨忠奸的東西，他要是敢再多說一個字，她就把他也按在春凳上打一頓。

沈玨立刻閉了嘴。姊姊要打就打吧，總得讓她把氣出了，不然回頭還是自己倒楣，大不了打完給三喜送點好藥。

板子一下一下打在三喜的身上，一開始他還大聲呼救喊叫，等二十板子打完，他只能小聲地哼哼了，趴在那裡如一隻死狗，一動也不動。

眾奴才心中凜然，後背都濕透了，腿脆麻了也不敢動一下。

沈薇的目光掃過全場，這才滿意，慢條斯理地站起身。「好了，今兒我也累了，玨哥兒去書房補今天的課業。都散了吧。」她手一伸，桃花立刻上前扶著她，氣定神閒地朝外頭走去，一邊走還一邊不滿地抱怨。「小姐，妳剛才應該把棍子給我，讓我來打的。」

聽到這話，沈玨的嘴角抽搐起來。死丫頭！

直到沈薇的背影看不見了，院子裡的人才敢動。顧嬤嬤搶上前去扶起沈玨，嗔怪道：「少爺呀，你怎麼這麼不省心呢？看把小姐給氣得。」有心想捶他兩下又捨不得。

沈玨痛得齜牙咧嘴。「嬤嬤好偏心，挨打的是我好不好？唉唷、唉唷！」

「怎麼了？少爺是不是腿疼，柱子快把少爺揹回去。」顧嬤嬤大聲喊著。「少爺呀，你今後可要聽話，小姐都是為你好，你爭氣了小姐才高興。」

「我知道。」沈玨忍著疼。「揹我去書房吧。」趕緊把今天的課業補了，不然姊姊還不知怎麼折磨他呢！

第四十四章

沈玨蹺課被姊姊收拾的事很快就在府裡傳開，連他們大伯父都聽說了，還和夫人讚了姪女一回。「薇姊兒是個好的，知道管教弟弟上進，三弟妹就是太慣孩子了。」

「薇姊兒很能幹，自她回府，玨哥兒改了好多，聽說學堂裡的夫子都誇獎呢。」許氏對劉氏慣孩子的說詞很不以為然。自家老爺是端方君子，哪裡懂得後院的陰私？劉氏哪是慣孩子，明明是捧殺。

「薇姊兒的確懂事。」世子爺笑著點頭。「他們姊弟倆到底親娘不在了，妳是他們的大伯母，多看顧一些。」

「這還用老爺吩咐？」許氏瞋了夫君一眼。「薇姊兒懂事，妾身也很喜歡她，自然不會虧待她。」

三老爺沈弘軒知道這件事，是因為沈薇親自告訴他的，這麼做的原因不言而喻：小孩子蹺課很正常，打過教過改了就好，沒必要再為此事大動干戈。沈薇先告訴父親，也省得他從某些別有用心的人那裡得知，大動肝火。

她的功課還真沒白做。當晚服侍三老爺洗漱時，劉氏就狀似不在意地說起這事，剛提了個頭，三老爺就皺著眉頭打斷。「行了，這事不用再說了，玨哥兒淘氣，薇姊兒已經管教過了。」

劉氏碰了個釘子，心裡十分不快，臉上卻沒帶出一點情緒，更加溫柔體貼地服侍三老爺，暗自卻差點把指甲摳斷。

劉氏不死心，第二日沈薇來請安時，她又提起此事。「薇姊兒，聽說妳昨兒把玨哥兒和他身邊的三喜打了？這事母親可得說妳了，玨哥兒還小，難免淘氣，妳說說他就行了，怎麼還動起了刀槍？妳都是及笄的大姑娘家了，傳出去於妳的名聲有礙。」劉氏一臉「我都是為妳著想」的樣子。

沈薇詫異道：「這消息傳得可真快，夫人都知道啦？」反正和這位也沒法和諧相處，所以她是怎麼添堵怎麼來。「夫人是聽哪個奴才嚼舌根？哪是動了刀槍？不過是用棍子朝腿上打了幾下，好教他長長記性，不要走錯了道。夫人是知道的，我就這一個同胞兄弟，是我以後的依靠，哪怕我為著自個兒也不能讓他長歪了。」

劉氏被不軟不硬地堵了回來，也不生氣，繼續道：「我知道薇姊兒的心是好的，只是玨哥兒到底大了，知道要臉面，妳在一眾奴才面前罰他，多傷他的臉面呀？妳呀，背後悄悄說他，這不什麼都好？」

沈薇眨巴眨巴眼睛，更詫異了。「夫人，妳剛才說玨哥兒還小，現在又說他大了，他到底是小還是大？我都被妳弄糊塗了。」瞥見劉氏臉上的笑容僵了一下，沈薇無比歡快且誠懇地繼續插刀。「我知道夫人是好心，擔心我和弟弟關係鬧僵，可我不能眼看著玨哥兒長歪呀，哪怕他恨我，我也得管教，等他大了就知道我的苦心，夫人說是不是這個理？」

話鋒一轉，沈薇又道：「至於那個奴才，做奴才的就該時時規勸主子一心向學，哪能挑唆主子蹺課玩耍？這樣黑了心肝的奴才打死都是輕的，這不是看在夫人的面子上才從輕發落的嗎？」

劉氏嘴角一抽。打了二十板子還是從輕發落？昨晚三喜娘過來哭訴，說是打得皮開肉綻，衣服都碎在肉裡，沒兩、三個月根本就下不了床。

「至於傳出去，夫人更是多想了。父親都誇夫人管家嚴謹，這麼點小事怎麼會傳到府外頭去呢？夫人說是吧？」沈薇似笑非笑地看著劉氏。

劉氏恨不得能把這張討人厭的臉撕了，卻還得堆出滿臉笑容。「話是這麼說，只是咱們侯府到底是以武起家，書本上的知識學個差不多就成了，又不去考狀元。」

話音剛落，就見沈薇小臉一正，嚴肅地說：「夫人這話我可不贊同。侯府是以武起家不假，可不讀書哪能明白道理？況且這太平盛世的哪裡需要那麼多武將？咱們是三房，早晚要分家，弟弟不讀書，將來有什麼出路？父親是正經的進士出身，身為他的嫡子怎能不學無術？我觀夫人對弈哥兒管教極嚴，即便是病了也不許落下功課，怎麼到玨哥兒這兒就不一樣了？這樣的話，夫人以後還是不要再說的好，不然咱們就找父親大人論道論道。」

一番話說得大義凜然，劉氏本想刺刺這個繼女，沒成功不說還被教訓了一頓，她還不能動氣，這會兒她的頭直發疼，想死的心都有了。

「看薇姊兒說的，我這不是關心玨哥兒，怕他累著嗎？老爺公務繁忙，就不用驚動他了。」劉氏擠出一個比哭還難看的笑容。

沈薇點頭。「我想也是，定是我想多了，夫人這麼賢慧，怎麼會待兩位弟弟不一樣？」欣賞了下劉氏難看的臉，她又道：「夫人事務繁忙，我就不打擾了。梨花，咱們回吧。」

沈薇在劉氏心頭插了無數刀，然後神清氣爽地回去了。

回了閒來無事，沈薇找蘇遠之下棋。下棋只是其次，實則沈薇太無聊，不能隨意出門逛街，總看書也膩了。

「先生可還住得慣？」沈薇素手捏了一顆白子，隨便找個地方擱下。

「老朽四海為家，哪裡都住得慣，況且京城精緻頗為不錯，多謝小姐關心了。」蘇遠之也隨手布下一顆黑子。「小姐面有憂色，是不是住得不太習慣？」

沈薇嘆了一口氣，道：「什麼習慣不習慣的，總是自己家裡。」

「那小姐是為何？」蘇遠之關心地詢問。「可是因為五少爺？」除了五少爺不太省心，也沒什麼值得小姐憂愁的了。

「不是他。」沈薇手一揮，渾不在意地道：「那小子不聽話打就是了，多打幾回就懂事了。」

蘇遠之咋舌。「小姐英明。」他對小姐的做法也贊同，寬是害，嚴是愛，難得小姐小小年紀，主意卻這麼正。

「那，是因為永寧侯世子？」蘇遠之又放下一顆黑子。都說永寧侯世子多好多好，但他覺得永寧侯世子配小姐還是差了點。

「先生還真敢想。」沈薇沒好氣地斜了蘇遠之一眼。她是那種為情愛傷風感冒的人嗎？

「老朽一入京城就聽說永寧侯世子的大名，作為他的未婚妻，小姐不覺得欣喜嗎？」蘇遠之徐徐笑著，一副仙風道骨的樣子。「姑娘家不都盼望嫁個出息的夫婿嗎？」

「是嗎？」沈薇懶洋洋地應了一聲，不置可否。她不知別的姑娘家是怎樣想的，但她絕對不是。

嫁個夫婿，關在後院生孩子、養孩子、鬥姨娘，還要過上幾十年，光想一想就覺得可怕。只怕她會忍不住把男人給弄死。

「小姐見過永寧侯世子了？」蘇遠之問。

沈薇點頭。「見過一面。」

「小姐覺得如何？聽說永寧侯世子長得玉樹臨風，一表人才。」蘇遠之瞅了瞅棋盤上亂七八糟的白子，然後在一個角落裡落下一顆黑子。

「是長得不錯。」沈薇又點頭。「可長得好看有什麼用？又不能當飯吃。」她嗤之以鼻。

「不是說才學出眾嗎？」蘇遠之一想也是，小姐的確不大看中這個，歐陽奈臉上那麼恐怖的疤，小姐都沒覺得難看。

「也許盛名之下，其實難符呢？」沈薇依舊漫不經心。「才學好跟是不是個好相公也沒關係啊。你看我爹，學識淵博，外頭誰不誇？可他是個好相公、好父親嗎？」

蘇遠之不由愕然，詫異地看了看對面的少女。「小姐這是不滿意永寧侯世子了？」

沈薇噘了噘嘴，道：「什麼滿意不滿意，婚約早就訂下了，還能容我反悔不成？」在這個時代，沒有充足的理由是退不了婚的，家裡的長輩也不許呀。

「那小姐是準備嫁了？」蘇遠之道。

沈薇點頭。「沒有意外的話。」只要男方不出大錯，估計她就得嫁了。

蘇遠之捏著一顆黑子，遲疑了一會兒才放下。「小姐甘心？」

「先生是何意？」沈薇挑眉。「或者說，先生在擔心什麼？」

蘇遠之望著少女美麗的鳳眼。「若是必須選擇，小姐是選夫還是子？」

「子。」沈薇想都沒想就道，隨即反應過來，不可思議地看著蘇遠之嚷道：「先生不會以為我這麼傻吧？只有兒子才是自己的，丈夫？哼！放心吧，小姐我聰明著呢，沒有誰騙得了我。」

她滿不在乎地揮了下手。「先生是怕我被情愛沖昏頭，傻乎乎地為夫家做牛做馬？不會啦，小姐我早就看得透透的，這年頭，男人有幾個靠得住？有幾個是好東西？」

蘇遠之聞言嘴角猛抽。小姐真是啥話都敢說，這會兒他都不是好東西了，若不是年歲長，這都要坐不住了。

不過他心中到底鬆了一口氣，心也安定下來。「這些話小姐可不要出去說。」他不放心地交代一句。

沈薇眼一翻。「也就先生面子大，能聽到本小姐的肺腑之言。我是那麼隨便的人嗎？」

蘇遠之笑了，落下一子，心情很好地道：「小姐可要當心，老朽快要贏了。」

沈薇低頭一看，蘇遠之吃了自己一大片棋子。「贏就贏吧。」她也不在乎，反正下棋只是消遣，輸贏有什麼關係？「唉呀，蘇先生，咱能別說這個婆婆媽媽的事不？咱聊點別的事情。」

「那小姐想聊什麼？」這一會兒，蘇遠之的心情可好了，看著沈薇的眼神慈愛得能滴出水來。

可惜沈薇垂著視線沒看見，就見她眼珠一轉，笑嘻嘻地問：「先生不覺得無聊嗎？」

蘇遠之搖頭。「不呀！」頓了一下，接著道：「老朽平日看煩了書，就找柳大夫聊聊天，要麼就和耿夫子品品茶下下棋，每天都過得挺充實的。」

「先生好不厚道，自己出去玩樂，都沒想著把人家帶在身邊長長見識。」沈薇嘟著嘴，十分不滿。

蘇遠之笑出聲來。「小姐這是悶了吧？」

沈薇連連點頭。「是呀，都快悶死了。每天就待在這小院子裡，無聊透頂。才認識一個新朋友，武烈將軍府的章小姐，說要邀請我騎馬的，現在也沒個消息。先生，你啥時再出門遊玩？別忘了帶著我。」

沈薇不知道章可馨正因為和表妹發生衝突，推了表妹一下，被她娘罰禁足在家裡出不來，自然沒法請她去騎馬了。

「行呀，耿夫子約了我下個休沐日去西山跟空見大師喝茶，到時妳換上男裝跟著去吧。」蘇遠之一口就答應了。

「真的？先生真是好人！來來來，先生喝茶，弟子專門給你準備的好茶。」沈薇眉開眼笑，殷勤地把茶杯遞到蘇遠之的手裡，那態度要多諂媚有多諂媚。

蘇遠之啞然失笑。這個狡黠靈動的姑娘呀！他的大妞應該也是這個樣子吧……他的笑悠遠起來，好似想到了什麼美好的事情。

但沈薇到底沒能跟蘇遠之去成西山。那日一早，準備出發之時，水仙匆匆進來，在她耳邊輕語了幾句。

沈薇十分意外，道：「叫虎頭進來。」

水仙點了下頭就要往外走，又被她叫住。「去把顧嬷嬷也喊來。」

準備出門的沈薇又折了回來，不一會兒就見水仙引著個少年進來，約莫十四、五歲的樣子，面容憨厚帶著拘謹。

「給小姐請安。」少年一進了廳堂就跪地請安，沈薇被嚇了一跳。「起來，趕緊起來，都是自家人叫什麼小姐？還和以前一樣叫姑姑。」

虎頭姓沈，來自沈家莊，他父親和沈薇是同輩。沈薇回京時帶了十多個族中子弟，隨他們意願，有的去了鏢局，有的去了鋪子，還有的就跟沈薇進了侯府，在外院跑跑腿，跟著學個眉高眼低，虎頭就是其中之一。

虎頭又是窘迫又是受寵若驚。這些天，他算是長了見聞，侯府一個普普通通的小廝都比他們這些從鄉下來的小子體面懂禮。他住的屋子乾淨整潔，那鋪蓋也是新的，不僅柔軟還帶著股香氣，吃的也好，天天都能吃到肉，做的事情還不累，就是跑個腿學學東西，和在家裡一比簡直一個天一個地。

和他一起來的三叔說了，他們能過上這麼好的日子，全是託了姑姑的福，鄉下人要有良心，要好生學規矩學東西，報答姑姑的恩情。三叔還說了這是侯府，不能再喊姑姑，得喊小姐才行。

「虎頭，把你在門口遇到的事情說給我聽聽。」沈薇開口問道。

「小……姑姑，是這樣的。」虎頭忙打起精神回答。「剛才我打門口經過，聽到門房上小子在趕一對祖孫，那老婆子年紀很大了，拄著枴杖，一條腿不大索利，那小孫子也就五、六歲的樣子。我見他們怪可憐的，就想上前幫忙說兩句好話，沒想到聽到那婆子說她是五少爺的奶嬤嬤，想求見五少爺。門房小子就說五少爺沒有奶嬤嬤，他們是騙子，趕他們走。我想起來不知聽誰提過一句五少爺是曾經有奶嬤嬤的，就多了個心眼，假意幫著驅趕，把他們帶到一邊，然後就來稟報姑姑了。其實我也不知道真假，就想著萬一真的是呢？」說到這兒，虎頭臉上露出幾分不好意思來。

沈薇笑著誇讚。「不錯，虎頭出息了，想事情很周全，無論是不是，我都謝謝你了。」

「哪敢，哪敢。」虎頭驚得連連擺手，認真地說：「該是我們謝謝姑姑的，是姑姑把我們帶出來，讓我們見了世面學到東西有出路，不然我們都還在地裡刨食呢。」

第四十五章

此時，顧嬤嬤也匆匆趕來。「小姐，說是魏妹妹來了，在哪兒呢？」說起來她自從陪小姐回沈家莊後就再沒見過魏妹妹，等她回府，魏妹妹又出府了，她們曾經都是先夫人身邊的大丫鬟，感情很好。

沈薇拍了拍顧嬤嬤的手，示意她莫急。「還不知道是不是呢。他們在門上，嬤嬤跟過去看看。」又扭頭對虎頭吩咐道：「虎頭，你帶顧嬤嬤和水仙去看看，若真是少爺的奶嬤嬤就領進來。」

他們出去後，梨花端了一杯茶遞給小姐。「小姐，您說是不是真的？」

「是不是真的，一會兒不就知道了嗎？」沈薇雲淡風輕地道。

「也是。」梨花點點頭，又道：「小姐，少爺年歲也不大呀，怎麼奶嬤嬤就出府了？」大戶人家的奶嬤嬤少有出府的，即使年歲大了，有主子看著也過得極體面。

「說是摔斷了腿，被兒子接出去的。」沈薇道。

「小姐，摔斷了腿不是更該留在府裡嗎？」梨花一下子就聽出不對勁。主子身邊的奶嬤嬤都是極體面的，摔斷了腿不是該留在府裡醫治養傷嗎？怎麼反倒出府了？外頭能比府裡有更好的大夫和藥？

「不對就對了，咱們三房不對的事情也不止這一件。」沈薇臉上帶著譏誚。

梨花一想，也明白了，心裡嘆了一口氣，很為她家小姐少爺心疼，尤其是小姐，聽說以前年紀小時受了許多苦。

「來了，來了，回來了！」門口的桃花嚷嚷著，沈薇也不由直起身朝外張望。片刻工夫就見水仙攙著個婆子，顧嬤嬤牽著個小子進來了。

「小姐，真是老奴那苦命的魏妹妹，作孽啊！」顧嬤嬤未語，眼淚先掉下來。「好好的人都成什麼樣了？」

「夫人！」那婆子驚呼一聲，一下子跪在地上。「夫人啊，奴婢對不起您，奴婢沒把少爺護好……夫人啊，奴婢作夢都盼著見您一面啊……」淚水如小溪一般沿著她臉上的溝壑流下。

「妹妹傻了吧，那是咱們小姐呀！」顧嬤嬤哽咽著道。

「快把魏嬤嬤扶起來。」沈薇心裡也很難受。

「對、對，是小姐，小姐都長這麼大了。」魏嬤嬤也回過神來，顫巍巍地望著眼前這美麗少女。真像！跟夫人長得真像！想起逝去的夫人，魏嬤嬤的眼淚又模糊了眼簾。

沈薇心裡更難受了。眼前這個老婆子頭髮全白，臉上黝黑，滿是皺紋，一雙手粗糙乾燥，一條腿不自然地點著地，身上的衣裳雖乾淨，卻也打滿了補丁。旁邊的小孫子面黃肌瘦，顯得一雙眼睛更大了，他驚恐地緊緊抓住魏嬤嬤的衣角，侷促不安。

魏嬤嬤和顧嬤嬤都是阮氏身邊的大丫鬟，年紀應該差不多，可現在看上去，魏嬤嬤比顧嬤嬤大上二十歲不止，說她是六十歲的老嫗也有人相信。這短短的三、四年，魏嬤嬤過的是什麼日子？

沈薇不僅難受也憤怒，一口氣憋在心裡怎麼都出不來。劉氏、劉氏！

自她們回府，顧嬤嬤就常念叨著「夫人身邊的人一個都沒有了」，她不是原主，對這府裡的主子都沒多少感情，何況是奴才呢？她身邊有的是人服侍，就沒把顧嬤嬤的話放在心上。

繼室驅逐原配身邊的下人，這是情理之中的事，可沈薇沒想到劉氏的手段這麼下作。看到魏嬤嬤的時候，她的心底浮上一抹無法言說的悲哀，也知道這不是自己的情緒，這應該是原主殘留的。

聽了魏嬤嬤的訴說，沈薇知道了她出府的真相。

三年前，沈薇被送回鄉下祖宅養病，府裡僅剩的幾個先夫人身邊的奴婢，先後以各種理由被劉氏打發出去，魏嬤嬤變得如那驚弓之鳥，做任何事都小心翼翼，等閒不敢出院門，生怕被劉氏拿捏住錯處趕出府去。她被趕出府不要緊，無非是日子過得苦一些，可少爺怎麼辦？才八歲的孩子，身邊沒個可靠的人，還不由著劉氏拿捏？先夫人把少爺託付給她，她就要幫夫人把少爺護好。

可千防萬防還是出事了，她出院子一趟就把腿摔斷了。也不是沒有懷疑過，都是多少年走熟的路，怎麼偏就那天摔倒了？可誰聽她一個奴婢的？

劉氏找來她的兒子，說念在她奶大少爺的情分上，開恩放她一家的身契，另賞賜十兩銀子，打發她出府了。

她哭得眼淚都流乾了也沒讓劉氏心軟，除了乖乖出府，還有什麼法子？

魏嬤嬤早年喪夫，只有一個兒子，叫魏小山，兒子是個老實人，在莊子做活計。現在一家被放了身契，自然不能再回莊子。魏嬤嬤早不知家鄉何在，又掛念著少爺，不想離京城太遠。想來想去有個相熟的姊妹在柳樹莊，他們無處可去，就到柳樹莊安了家。當時，魏嬤嬤的大孫子才要兩歲。

魏嬤嬤雖是少爺的奶嬤嬤，但先夫人去得早，她手裡也沒有什麼值錢的東西，起了屋、置了田，再加上看腿的湯藥錢，手裡就沒剩什麼了。到底外頭的條件不如府裡，魏嬤嬤的腿還是沒有養好，但拄著枴杖也能行走。

好在一家人都勤快，兒子起早貪黑地在田裡侍弄莊稼，魏嬤嬤就帶著兒媳打理家務，做針線補貼家用，一家子雖然辛苦，但日子也能過得下去。

可兩年前兒媳難產，要老參救命，賣光了家裡的地又借了外債才搶回一條命，身子骨自那時就不大好了，也做不得重活。之後家裡的日子就難了，沒了田地，兒子只好出外打長工，魏嬤嬤的一雙眼都快熬瞎了，辛苦了兩年才把外債還完。

還沒鬆一口氣，五天前，兒子又從山上摔下來，昏迷三天才醒。好不容易求了大夫來看，大夫都勸她聽天由命吧，魏嬤嬤的眼都要哭瞎了，這是她唯一的兒子呀！就是有一口氣，她也不能聽天由命。可望著一貧如洗的家，瘦弱的兒媳孫子，她又有什麼法子？走投無路了，只好厚著臉皮來侯府找少爺，別的不求，只求能保住兒子的一條命。

聽著魏嬤嬤的哭訴，顧嬤嬤的眼淚一直沒停過。「老妹妹，妳怎不早來呢？」屋裡其他的丫鬟也都跟著抹眼淚，沈薇心裡更是如打翻了五味瓶。

「老妹妹可受了大罪，妳若早來幾天，我們也能幫襯一些。小姐您看？」顧嬤嬤拍了魏嬤嬤的後背幾下，目光轉向小姐。

沈薇立刻就道：「魏嬤嬤還沒吃早飯吧？家裡還有病人，我就是留妳吃飯妳也吃不安心。這樣吧，水仙去包些點心給嬤嬤路上墊墊肚子。桃花，妳腳程快，去請柳大夫過來。荷花去吩咐虎頭套車。」她連下幾道命令，才轉向魏嬤嬤，柔聲說：「魏嬤嬤不用擔心，妳是我娘身邊的人，又奶大了玨哥兒，我們姊弟是不會不管妳的。柳大夫醫術很好，一會兒讓他陪妳走一趟，我讓水仙跟過去照看，一定把小山哥的傷治好。」

魏嬤嬤淚掉得更凶了，不顧別人的阻攔就跪在地上。「奴婢謝謝小姐啊！奴婢……」她說不出話來。

沈薇趕緊站起來。「魏嬤嬤，這是幹什麼？快快起來！妳就放心吧，我們姊弟現在境遇好了，不會再受欺負，也不會看著你們受罪不管的。」

魏嬤嬤千恩萬謝地出府了，沈薇的心裡像被塞了一塊大石頭，喘不過氣來。魏嬤嬤的日子都過成這樣，娘的身邊那些被趕出去的、放出去的、賣出去的奴才下場怎樣？猜也能猜得出來。

不、不行，不能就這麼算了！

柳樹莊離京城不遠，也就十多里地的樣子。直到下午柳大夫才回來，但水仙沒跟著回來。她性子潑辣有主意，沈薇讓她住在柳樹莊支應著。

「柳大夫，情況如何？」沈薇張口就問。

「魏小哥肋骨斷了三根，全身都是劃傷，好在沒內傷，就是之前耽誤了，發起了燒。老朽開了方子熬了藥，回來時燒已經退了，過兩日，老朽再過去複診。魏小哥年輕力壯，這點傷養養就好了。」柳大夫簡單說明魏小山的情況，末了又安慰小姐一句。

沈薇點頭。「那就好，煩勞柳大夫了。」她知道魏小山的傷肯定比柳大夫說得要嚴重，但既然柳大夫說能養好，那就是有把握。能好就成，無非時間長些。

「柳大夫也勞累了一天，快回去歇息吧。」沈薇體貼道。

柳大夫下去了，沈薇靠在椅背上沈思，眼底明明滅滅。

過兩日，柳大夫要去柳樹莊給魏小山複診，恰逢學堂休息，沈薇就讓沈玨跟著柳大夫一道去了。

回來時，沈玨緊抿著唇，和往日的神色不一樣。

沈薇揮手打發屋裡的丫鬟退下，看著他道：「玨哥兒，知道我讓你去的意思嗎？」

沈玨猛一抬頭，正對上姊姊那雙沈靜的眼眸。「姊姊，我知道。」就因為知道才難過，那是他的奶嬤嬤和奶兒，他以為放了身契出府，他們會過得很好，沒想到這麼不好，連府裡最末等的奴才都不如。

「玨哥兒，你總怨我打你、逼你唸書，現在明白是為何了嗎？」沈薇的聲音又響了起來。

沈玨反駁道：「我沒有怨妳。」後一句話在沈薇了然的目光裡，越說越沒有底氣。

「沒有嗎？嘴上不說，我還不知道你心裡不滿？」沈薇沒好氣地瞪了他一眼，繼續道：「姊姊被送回祖宅的那一回是發高燒，斷斷續續燒了將近一個月，再清醒時，舊時的許多事就記得不大清楚了。回府後，顧嬤嬤就嘮叨娘身邊的老人一個都沒有了，我也弄不大清楚。可玨哥兒你是在府裡長大的，你看看娘陪嫁過來的人還有嗎？全被劉氏以各種理由打發出去了，玨哥兒，你不把劉氏當一回事，可她把你當一回事呀！現在你還不明白嗎？你若沒用、沒出息，連身邊的奴才都護不住。」

姊姊的話如一把錘子敲打在沈玨的心上。「姊姊，我知道的。」他很內疚。「姊姊，我不知道妳記不清了……」他低下頭，心裡難過。

沈薇暗嘆一口氣，摸摸他的頭，道：「姊姊沒有怪你。玨哥兒，你嘴上雖不說，但姊姊知道你心裡有怨，你怨姊姊一走三年都不管你。可你知道嗎？姊姊差點病死了。從府裡出去，劉氏就只給十兩銀子，等姊姊在沈家莊清醒過來時，幾乎連飯都吃不上，還得自己做繡活換銀子買米，想吃一頓肉都得算計好久。」沈薇的聲音愈加沈重，她想起剛醒來時的窘況，若是原主，恐怕早就再次病死了吧。

「姊姊，我……」沈玨仰起頭，急切地想說什麼，被沈薇攔住了。「可我還不是熬過來了？你看現在大伯父主動幫我擴院子，劉氏也不敢輕易惹我，滿府的奴才沒一個敢輕慢我的。玨哥兒，你得自己立起來有本事才行，姊姊也不能管你一輩子呀，靠誰都不如靠自己，姊姊以後還指望著你撐腰呢。」沈薇覺得自己也夠苦口婆心的，就是親姊姊也無非這樣了。

「姊姊，我都記住了。」沈玨的拳頭攥得緊緊的，眼睛紅紅的，眼淚在眼眶中打轉，卻倔強地揚著頭，不讓它掉下來。他說姊姊怎麼跟變了個人似的，原來受了那麼大的罪，自己卻還那麼不爭氣，真是太不應該了。

沈薇露出欣慰的笑容，拉著沈玨的手，輕語道：「姊姊知道玨哥兒懂事了，以後把那不好的都改了，好生讀書，好生習武，你有個好前程，姊姊比什麼都高興。但也別把自己逼得太緊，遇到解決不了的事記得來找姊姊，姊姊到底比你大幾歲，還能幫幫你。」

「嗯。」沈玨垂著頭，任憑眼淚滴在手上，滾燙滾燙的。他知道在這府裡，只有姊姊是真心為他著想，哪怕打他也是為他好。他今後再也不淘氣了，他定會聽姊姊的話，做個有出息的人。

「傻瓜，哭什麼？」沈薇掏出手帕給他擦眼淚。「趕緊擦乾淨，回頭小海該笑話你了。」

「我哪有。」沈玨搶過帕子使勁擦了幾下，抬起頭也覺得不好意思。沈薇開心地笑了，到底把這個小怪獸給收服了。

魏嬤嬤上門打秋風的事到底被劉氏知道了，她早就找好說詞來堵繼女的嘴，可等了好幾天也沒見繼女提起，漸漸就把這事放在一邊。

這天下午，除了早晨請安就再不登門的繼女忽然過來，說是要盡孝道。她雖不相信，但也不能把人攆出去，只得做出歡喜的樣子和繼女打起太極。

正說著話，紅香匆忙進來稟報。「夫人，張嬤嬤剛剛把腿摔著了。」

劉氏一驚。「怎麼就摔倒了？摔得怎樣？請大夫了嗎？」她一迭連聲地發問。張嬤嬤是劉氏的奶嬤嬤，也是她最倚重的人。

「龔大夫不在府裡，已經打發人去府外頭請大夫了。」紅香答道。

劉氏聽到已經去請大夫，心還沒來得及放下就聽繼女道：「喔，張嬤嬤把腿摔著了？在哪兒摔的？大白天的怎麼就摔著了腿？」

漫不經心的話語讓劉氏的心一下子提了起來，咯噔一下，想起之前魏嬤嬤的事。正想著，就聽繼女那討厭的聲音又響起來。「張嬤嬤可是夫人身邊的老人，夫人肯定十分掛念她的傷勢，夫人忙吧，我就不打擾了。」站起身施施然走了。

第四十六章

劉氏見繼女就這麼走了，又覺得是自己想多了。可等她看過張嬤嬤回來，心裡又懷疑起來。怎麼就那麼巧呢？同樣的時間，同樣是摔斷腿，連摔倒的地方都一樣，又不是冬天雪多路滑，那段路每天都有丫鬟清掃，連顆小石子都沒有，怎就偏偏張嬤嬤摔倒了，還把腿摔斷了？

她也問過張嬤嬤，張嬤嬤自己也說不清是怎麼摔倒的，只覺得腿一軟，人就倒在地上了，正好壓在腿上。

劉氏心裡雖懷疑，卻不相信繼女真有這麼大的本事。

但第二天下午，沈薇再次過來盡孝時，她就不這樣想了。

「夫人，張嬤嬤的腿怎麼樣了？可是斷了？」面對繼女真誠無比的詢問，劉氏一口老血差點沒噴出來。

她按捺住心中的不耐，道：「昨兒大夫來瞧過了，張嬤嬤到底年紀大了，骨頭脆，摔一跤就把腿摔斷，可憐見的。」她感嘆著。

「一大把年紀了確實受罪。」沈薇點頭附和，臉上表情唏噓。「夫人呀，張嬤嬤這摔斷了腿，也不能過來服侍您了。她陪了您大半輩子，這到老了您不如賞她個體面，讓她跟兒子出府榮養得了。」她體貼建議道。

「那怎麼行？」劉氏脫口而出。

「怎麼不行了？」沈薇反問道。「雖說夫人給張嬤嬤派了個小丫鬟伺候著，可丫鬟哪有自己兒子媳婦細心周到？我知道夫人是捨不得張嬤嬤，可夫人每日事情那麼多，難免顧不上張嬤嬤那裡，還是讓張嬤嬤出府吧。她兩個兒子不是都很出息嗎？聽說大兒子還是在我娘的鋪子當大管事，這麼能幹，定是孝順誠信的人，能把自個兒親娘照顧好。夫人說是不是？」

對上繼女那雙洞察一切的雙眸，劉氏心中慌亂。她怎麼知道張嬤嬤的大兒子是在阮氏的陪嫁鋪子做大管事？她還知道什麼？劉氏一時真拿不準。

劉氏強笑道：「薇姊兒妳還小，許多事情不懂，張嬤嬤服侍了幾十年，即便她腿斷了，也該由府裡養著，若是放出去，未免薄涼了。」

「哪裡就薄涼了？夫人不是把她一家的身契約都放了嗎？當良民總比做人奴婢好吧？」沈薇不同意這說法。

「不行，沒個由頭怎能隨意放奴出府？咱府裡沒有這個規矩。」張嬤嬤一家幫她做了許多事情，她怎麼可能把她一家放出府？

「沒有這個規矩？不是吧，我記得咱們府裡向來是這個規矩的呀，像玨哥兒的奶嬤嬤，不是一摔斷腿就放了身契出府的嗎？怎麼到張嬤嬤這兒就改了規矩？」沈薇蹙著眉頭，很不能理解。

一聽繼女提起魏嬤嬤，劉氏就明白了，張嬤嬤摔斷腿肯定和她脫不了關係。只是沒有證據，她也拿她沒辦法，還得想法子給自己圓話。「不是——」

沈薇壓根兒不想聽她說，直接搶過話頭道：「還是說夫人比珏哥兒珍貴，張嬤嬤就比魏嬤嬤珍貴些？既然不是，為何魏嬤嬤就得出府，而張嬤嬤卻留在府裡養傷？夫人呀，您是咱們三房的當家夫人，可要處事公道，一碗水端平了，不然怎麼服眾？」

斜睨了劉氏那張難看的臉，沈薇嘴角露出譏誚。「夫人要執意如此，我可是不服的，明兒我找父親說道說道，看到底誰對誰錯。」她站起身，冷笑著。

劉氏駭然地跌坐在椅上。阮氏……阮氏就是剋她的，好不容易阮氏死了，她還沒過上幾年舒心日子，阮氏的女兒又來給她添堵！

沈薇回到風華院，忍不住哼起歌，對梨花道：「去，拿張一百兩的銀票給歐陽奈送去，就說是小姐看他辦事得力，賞他的。」張嬤嬤摔斷腿就是歐陽奈的手筆。

想到剛才劉氏那忍氣吞聲的樣子，沈薇就想笑。她現在改變主意了，才不要把劉氏一棍子打死，那多便宜她，她得留著她，三不五時地氣氣她，一刻都不讓她過安生日子。

第二日一早，沈薇就聽丫鬟稟報，說是張嬤嬤昨晚被送出府了。沈薇高興得睡意全消，精神抖擻地去劉氏那裡請安，含沙射影又氣了劉氏一頓。

雖然沒有把張嬤嬤一家子全弄出去，她還是很滿意，張嬤嬤的兩個兒子是劉氏的得力幹將，幫她做了多少見不得人的事，她是無論如何也不會放了他們的身契。

就因為沈薇清楚這一點，她這次的目的就是把劉氏府裡的爪牙張嬤嬤給弄出去，一來斷劉氏一臂，二來也為魏嬤嬤一家出口氣。

劉氏不甘心白白吃了這麼大的虧，她使人盯了好幾天，才查到魏嬤嬤一家住在柳樹莊。可等她的人到柳樹莊時已經人去屋空，魏嬤嬤一家早就不知去向，打聽了莊上的人都說不知，劉氏又氣了一場。

魏嬤嬤一家早被沈薇接到城裡。她一家是放了身契的，沈薇便沒打算讓她一家再為奴為婢。她出錢買了個小院，乾淨整潔，離她的別院還近。

安頓之後，沈薇還去看了一回，魏嬤嬤領她的兒媳孫子給她磕頭。沈薇叮囑魏嬤嬤不要驚慌，等魏小山的傷好了就給他安排差事，日子肯定會越過越好的。

最近，永寧侯夫人郁氏的日子可糟心透頂了，為了兒子的婚事，相公和兒子都跟她對著幹。

她還不是為兒子好、為整個侯府好？可兒子一點都不領情，但凡她說一句那沈四小姐不好，兒子就不高興，還說什麼君子不背後道人是非，氣得她肝疼。怎就生了這麼個冤孽！

但不是她挑剔，嫁妝就不說了，兒子不在意，她操哪門子閒心？身子骨不好也不說了，府裡再難，請醫吃藥的銀子還是有的；即便她真的不能生，大不了給兒子納房妾，生下孩子記到她名下。

問題是這個四小姐是在鄉下長大的，沒唸過什麼書，也沒正經學過規矩，別說做宗婦了，她帶出去都覺得丟人。怎奈她拗不過相公和兒子，得知劉氏來過了，非逼著她去忠武侯交換庚帖。

郁氏找出兒子的庚帖，拿在手裡反覆地看著，越看越生氣。

「夫人，世子爺身邊的添香求見。」郁氏正兀自傷神呢，就聽丫鬟進來稟報。

事關兒子，郁氏十分上心。「讓她進來吧。」她掏出帕子擦了擦眼淚。

「奴婢見過夫人。」添香規矩地行禮。她是郁氏放到兒子身邊的，行事穩重，人長得也好。

「行了，起吧。可是瑜兒有事？」郁氏對從自己身邊出去的這個丫鬟還是很和氣的。

「謝夫人。」添香嫋嫋婷婷地起身，從袖中掏出一方帕子遞給郁氏。「夫人您請看。」

郁氏有些狐疑，但仍是依言接過帕子。只見帕子上繡了兩枝並蒂蓮，可以瞧出繡工很好。「這是？」

「回夫人，這是奴婢收拾世子爺床鋪，在枕頭下發現的。奴婢不敢自專，就來稟報夫人了。」添香老實回答。「夫人，您再細瞧瞧，這裡還有一個字。」她提醒著。

郁氏順著添香手指的方向一看，在右下的位置用了與帕子同色的絲線繡了一個「雪」字，不仔細瞧還真看不出來。

「可是院裡哪個小蹄子不老實了？」郁氏立刻氣不打一處來。那個沈四小姐就夠她鬧心的，現在兒子院子裡的丫鬟也跟著作妖，她好好的兒子可不能讓那些下賤胚子勾引壞了。

添香搖頭。「夫人，不是咱們院裡的，院裡有奴婢看著，而且院子裡的丫鬟名字中並沒有『雪』字的。」頓了頓，她又道：「夫人，您瞧瞧這帕子的布料。」

郁氏再次低頭看帕子，的確，這布料不是丫鬟能有的。「妳的意思說這是哪家的千金小姐？」仔細想想不是沒有可能，以她兒子在京中如此受歡迎，絕對有這個可能，只是能做出私相授受這事的，也不是什麼好閨秀。

「奴婢不知。」添香垂著眸。

郁氏一想也是，兒子外頭的事，添香哪裡知道？沈吟了一下，她道：「這事妳做得對。帕子就先留在我這兒，妳回去後也不要和瑜兒說。只要妳一心服侍瑜兒，夫人我虧待不了妳。」

「是，夫人，奴婢記下了。」添香乖巧地告退。

郁氏拿著帕子又反覆看了看，吩咐身邊的丫鬟道：「去，把世子爺身邊的百硯叫過來。」她倒要看看是哪個不要臉的狐狸精勾引自己兒子。

百硯是跟在衛瑾瑜身邊的小廝，但凡衛瑾瑜在外面行走，都是他跟隨伺候。他進來後見夫人黑著臉，心不由提了起來。「奴才給夫人請安。」

郁氏沒有叫起，抬手，一只茶杯就摔在他腳邊。「說，世子爺最近都見了誰？這方帕子是誰的？今兒要不說實話，我就打斷你的狗腿！」

跪在地上的百硯暗暗叫苦。世子爺要見誰、要收誰的東西，是他一個奴才能左右的嗎？看來世子爺的事被夫人知道了，得，還是老實交代吧。

「什麼？沈五小姐？」郁氏驚呼一聲，胸脯急速地起伏著。「劉氏還有臉上門？看看她的好女兒，看我不啐在她臉上！」郁氏越想越氣，瞪著百硯道：「你個死奴才還不快把事情原原本本地說來！」

百硯不敢怠慢，老老實實地交代了。

「……昨兒下午，世子爺接到一封書信，然後就帶著奴才去了城東的柳葉河邊。過了一會兒，就見忠武侯府的沈五小姐帶了個丫鬟匆匆過來。世子爺和沈五小姐說話的時候，把奴才打發到一邊去了，所以奴才也不知道世子爺和沈五小姐說了些什麼。半刻鐘之後，世子爺就帶著奴才離開了。夫人，事情就是這樣，奴才句句都是實話，若有一句不實，奴才願天打雷劈。」百硯跪在地上發誓。

「行了、行了，你退下吧。」郁氏不耐煩地把百硯打發下去。

現在郁氏不僅糟心，連腦子都疼！傻兒子呀，你怎麼淨招惹姓沈的呢？那沈五小姐是個不知廉恥的，她相約你不理就是了，現在好了，帶累你的名聲了吧！

郁氏臉上的表情一變。「哼，我明兒就去忠武侯府，問問那沈老太君。」不給個合理的說法，別怪她沒完。

「夫人，您可別衝動呀！」心腹丫鬟忙勸。

郁氏一瞪眼。「是他忠武侯府的小姐不檢點，能怪得了別人嗎？」

「夫人您先消消氣，聽奴婢說一句。」心腹丫鬟陪笑著端了一杯茶，遞給郁氏。「這事是那五小姐做得不對，可夫人您若找上門去，兩家豈不是撕破了臉？忠武侯府勢大，到時咱們永寧侯府可就吃虧了。夫人，您說是不是這道理？」

郁氏靜下心來一想，還真是。「那咱們得忍著？不行，我嚥不下這口氣！」她哪裡甘心？

心腹丫鬟心想，妳沒人家勢大，自然要忍著。「不過奴婢有個主意，不知當講不當講？」

「說來聽聽。」郁氏背靠在椅背上。

心腹丫鬟壓低聲音道：「夫人您不是覺得沈四小姐配不上咱們世子爺嗎？侯爺和世子爺都是君子，不願失信於人，要奴婢說，現在就是個好機會。沈四小姐配不上，不是還有沈五小姐嗎？」

「妳是說？」郁氏眼睛一亮。嗯，這倒是個好辦法。

心腹丫鬟點頭。「夫人您想，沈五小姐是劉氏的親閨女，嫁妝上自然不會虧待她。而且沈五小姐素有才名，比鄉下長大的沈四小姐要強多了吧？兩人同為嫡女，都是沈三老爺的親閨女，當時訂下婚約時只說是三房的嫡女，可沒說是哪個呀，就是侯爺和世子爺也挑不出錯處來。」

「對呀，這主意好！」郁氏一拍大腿，隨後眉頭又蹙起來。「可那沈五小姐——」能邀約外男、私相授受的姑娘家，郁氏有些不放心。

「夫人，這是好事呀！這不是說明沈五小姐的一顆心都在咱們世子爺身上嗎？等過了門，她還不得一心一意替咱們世子爺著想？再說了——」心腹丫鬟眼眸一轉，大有深意地說：「夫人手裡捏著沈五小姐的短處，以後還不都是您說了算？」

「嗯，是這個理。」郁氏點頭贊同。「成，就這麼辦！」她當下就拿定主意，胸中的一股濁氣總算吐出來了。

永寧侯夫人郁氏神清氣爽地出了忠武侯府的大門，真想仰天大笑三聲。哈哈哈，劉氏，妳也有今天呀！

廳堂裡，坐著的劉氏沈著臉，紅袖、紅香也不敢吭聲。兩人對視一眼，均覺得很奇怪，永寧侯夫人說了什麼能把夫人氣成這樣？

「去，把雪姊兒喊來。」劉氏的聲音不含一絲火氣，可紅袖和紅香偏偏聽出了火藥味，不敢遲疑，立刻去飄雪院喊人。

沈雪來得很快。「娘，您叫我？」

劉氏抬眼看了她一下，手一揮，道：「都出去，紅袖、紅香守好門。」丫鬟們魚貫退出，紅袖和紅香心中一凜，小心翼翼退出去，輕輕把門關上。

沈雪被這架勢嚇了一跳。「娘，出了什麼事？」

劉氏望著女兒不說話，直把她看得不自在才張嘴。「前天下午，妳去哪裡了？」

沈雪的心咯噔一下。糟糕，娘親知道了！是倚翠告密？不對，這兩天倚翠一步都沒離開自己，可除了倚翠，那事就再沒人知道了，難不成娘親是在詐她？

是了，娘親肯定是詐她。想到這裡，沈雪的心放下一些，臉上掛著笑容埋入劉氏懷裡撒嬌。「女兒不是跟您說了嗎？女兒繡的那個小插屏缺了幾樣繡線，女兒去繡坊配繡線去了呀！」

劉氏的臉上沒有絲毫表情。「雪姊兒，妳沒和娘說實話。」

「哪有？女兒說的就是實話呀。」沈雪眨著眼睛，有些委屈地道。

劉氏打量著女兒，輕聲道：「我信，我信妳是去了繡坊。」

沈雪聞言，立時大鬆了一口氣，心中腹誹，娘真是的，沒事嚇唬她很有意思嗎？但下一刻，她的心都提起來了。「可是之後呢？之後妳是不是去了城東的柳葉河？妳去見誰？是永寧侯世子？妳還送了他一方帕子？」

沈雪簡直嚇得魂飛魄散，強笑著道：「您說什麼呢？女兒怎麼聽不懂呢？是哪個小蹄子到您這兒胡說八道？女兒怎麼會私見外男，私相授受呢？」

「妳也知道這是私相授受？雪姊兒，妳把娘的話都當耳邊風了是吧？」劉氏猛地提高聲音。「妳也不要狡辯了，若沒有真憑實據我也不會把妳喊過來，還是妳希望為娘現在就審倚翠？」

沈雪咬著唇，覺得異常難堪。她只不過是喜歡瑾瑜哥哥，這有錯嗎？娘憑什麼就認為她做了十惡不赦的事情？於是頭一仰，桀驁不馴地道：「是，我是去見了瑾瑜哥哥，是我約他相見的，我就是喜歡他怎麼了？」

只聽「啪」的一聲，劉氏狠狠地甩了女兒一個耳光。

沈雪不敢置信地轉過頭，死死盯著自己的娘親。「您打我？您就是打死我，我還是喜歡瑾瑜哥哥！」

聽了女兒的話，劉氏渾身的力氣都洩了，她眼前一片模糊，卻又硬撐著把眼淚逼回去。「雪姊兒，妳知道這事是誰告訴我的嗎？是永寧侯夫人！」一想到剛才那個破落戶把帕子甩在她眼前的得意模樣，她的臉就發燙。

「永寧侯夫人拿著妳的帕子要脅我，希望妳嫁去永寧侯府，我拒絕了！」劉氏咬牙切齒的聲音響起。郁氏把她的臉打得啪啪響，她犯賤還上趕著把女兒嫁過去？

沈雪的狂喜一下子就摔得粉碎，大聲質問道：「為什麼？既然永寧侯夫人都同意了，娘為什麼要拒絕？」她只覺得天都塌了，捂著臉痛哭失聲。

看著女兒傷心欲絕的樣子，劉氏再次握緊拳頭，深吸一口氣，放柔聲音道：「雪姊兒，娘都是為妳好。妳想想，妳有這麼個污點握在她手裡，以後豈不是任她搓磨？」永寧侯夫人不是個好相與的，她不能讓雪姊兒去受苦。

可沈雪哪裡聽得進去，大吼道：「您總說為了我好，您若真是為我好，就應該成全我的心思！娘，今生女兒非瑾瑜哥哥不嫁，嫁不成，我、我就不活了！」一跺腳，捂著臉衝了出去。

「雪姊兒——」劉氏的手伸到半空又垂下來，整個人癱在椅子上。雪姊兒怎麼這麼不聽勸呢？她是她的親娘，難道還會害她？

她把永寧侯夫人咒罵了千百遍。既然拒絕了郁氏的要求，就得想辦法把雪姊兒的帕子拿回來。可怎麼拿回來呢？她一點法子都沒有。

這時，飄雪院卻傳來沈雪上吊自殺的消息，劉氏嚇得爬起來就往飄雪院跑。

沈雪緊閉雙目躺在床上，大丫鬟倚翠、倚紅等人跪在床邊，不住地喊著小姐，劉氏一見，差點沒嚇破魂，撲過去抱著女兒呼喊。「雪姊兒，妳可不要嚇娘啊！雪姊兒，妳答應娘一聲啊！」

無論劉氏怎麼呼喚，沈雪都一動也不動，脖子上一圈勒痕觸目驚心。劉氏不由後悔，後悔自己打了雪姊兒，後悔自己沒能按捺住脾氣，好生和女兒說。

「都圍這兒做什麼？還不快去請大夫。」劉氏見喚不醒女兒，又心疼又害怕，不由遷怒到女兒身邊的丫鬟身上。「一院子人都是不喘氣的？雪姊兒要是有個三長兩短，妳們全都要陪葬！」

屋裡屋外的丫鬟全都嚇得大氣不敢出。

「回夫人，已經去請大夫了。」實在沒法躲，倚翠戰戰兢兢地道。

「那妳還在這兒幹麼？還不去燒開水，小姐醒了不得沐浴更衣？一個個跟死人似的，要妳們有何用——」劉氏暴怒的聲音響起。

正在此時，就見床上的沈雪動了動，還沒來得及下去的倚翠眼尖，急促出聲道：「小姐醒了，夫人，小姐醒了！」她臉上帶著驚喜，偏又滿臉淚水。阿彌陀佛，小姐總算醒了！

劉氏也顧不得教訓丫鬟，抓住女兒的雙肩不停地說：「總算是醒了，雪姊兒，妳怎麼這麼傻呀！妳這是要娘的命，妳這個不聽話的孩子，這是在摘娘的心呀！」劉氏的眼淚嘩嘩地往下掉。

劉氏是真的傷心，她這輩子就生了一兒一女，哪一個不看得跟眼珠子似的？

「妳咋就這麼不聽話呢？嚇死娘了，妳若有個三長兩短，娘也不活了……」

沈雪看著娘親傷心欲絕的樣子，眼淚順著臉頰流入髮絲，她張了張嘴，費力地喊：「娘……」聲音虛弱而嘶啞。

劉氏的淚掉得更凶了。她好好的女兒變成這個樣子，都怪永寧侯夫人，都怪風華院那個小賤人，她要不和永寧侯世子有婚約，雪姊兒會受這個罪嗎？

「雪姊兒不要說話，娘知道，娘都知道。」劉氏趕忙攔住女兒。「娘知道雪姊兒的心思，妳好生聽話養傷，讓娘再想想。」此刻劉氏可不敢再刺激女兒，忙好言相勸。

沈雪見娘的態度鬆動，也見好就收。她也不是真的要尋死，只不過是嚇唬嚇唬人，讓娘同意她嫁去永寧侯府罷了。

沈雪微不可見地點了下頭，慢慢合上眼睛。

送走了大夫，劉氏又把飄雪院上上下下的奴才敲打了一遍，這才放心地回去。回去後，越想越不甘心，就永寧侯府那破落戶怎麼配得起女兒？說是侯府，其實早就沒落，日子過得還不如有實權的三、四品官員。

可不答應吧，女兒這邊又不依。這次好在沒事，誰知道下一回雪姊兒會怎麼做？左也不是右也不是，劉氏為難極了。

第四十七章

沈雪病了的消息在府裡傳開，以老太君為首的主子們均派人過來探望，沈薇還和府裡的姊妹們親自來飄雪院探望了一回，只是來的時辰有些巧，沈雪剛喝完湯藥睡下，所以她們都沒有見到人。

沈薇覺得有點奇怪，晚上派人夜探飄雪院一回，知道了事情的始末。她只是一笑置之，心中暗自盤算著該把娘親的陪嫁拿回來了。雖然她不缺銀子，但也不願意便宜外人，尤其是劉氏！

一晃幾天過去了，沈雪的嗓子好了，只是脖子上的傷痕還沒完全褪盡，只好繼續窩在院子裡養病。

為了防止劉氏把娘親的嫁妝挪給沈雪，沈薇找劉氏要嫁妝去了。「夫人，祖母說我娘的嫁妝都在您手裡管著，這麼些年真是辛苦您了，現在我都快出嫁了，您是不是該把我娘的嫁妝還給我了？您也不用擔心我管不好，不會不是可以學嗎？現在不學著打理，等到了夫家什麼也不會，還不是給咱們府裡丟臉？您也不用擔心您沒空教我，我找大伯母學去。她掌家這麼多年，經驗豐富，定能把我教會。您就多操心操心雪妹妹吧，這都病了五、六天還不見好，也夠夫人鬧心的。夫人也忙，我就不打擾您了，趕緊把我娘的嫁妝整理整理，給我送來吧，早晚這些都是我的，您把在手裡也成不了您的。夫人，我在風華院等著您喔。」

這套滴水不漏的說詞堵得劉氏一句話都說不出來。

說什麼呢？人家點明了這是人家娘的嫁妝，她只是暫時管著，再怎麼管也管不成自己的。現在人家長大，嫁妝也該物歸原主了。

繼女兒之後，劉氏又添一樁鬧心事，後者甚至比前者更剜她的心。

劉氏雖是老太君的親姪女，但當初她是妾室扶正，當初進府是一點嫁妝都沒有。這些年，她和一子一女能過得雍容體面，靠的就是阮氏的嫁妝。

阮氏出嫁時，大將軍府還沒有沒落，阮大將軍只有一女，所以阮氏出嫁時也曾是十里紅妝，光陪嫁的鋪子就有近二十間，更別提金銀頭面綢緞布料了。劉氏知道自己這麼多年昧了多少銀子，現在讓她吐出來，怎麼可能？

如今繼女來要阮氏的嫁妝，她想了又想，打定主意一個拖字訣，能拖一天是一天，那可都是銀子啊！

想想她心口就疼，這個該死的小賤人，怎麼不死在外頭！當初要是心再狠一點，直接要了她的命該多好呀，現在風華院滴水不漏，她再想動手腳也找不到機會。好不容易送進去一個桃枝也是個沒用的，這麼久了，沒給她傳回一點有用的東西……劉氏恨得狠捶被子。

「小姐，夫人真的會把先夫人的嫁妝給咱們送回來嗎？」梨花憂心忡忡。

沈薇輕笑一聲。「自然不會。」要是劉氏乖乖把嫁妝還給她，那日陽就打從西邊出來。劉氏那人這些年嘗慣甜頭，習慣了不勞而獲，讓她交出來？怎麼可能！

「那怎麼辦呀？」梨花急了。

「放心，小姐我有辦法。」沈薇安撫般地拍拍梨花的肩膀，斜睨她一眼，道：「妳見過有誰欠妳家小姐銀子敢不還的？」

梨花一想還真是，就是才高八斗的江辰少爺和那個趙知府不都乖乖把銀子送過來了嗎？

果然，三天過去了，劉氏那裡一點表示都沒有。沈薇嘴角翹了翹，也不催促，就好像從沒提過這事，劉氏暗暗鬆了一口氣。她不知道沈薇手底下的人早就撒了出去，根據阮氏嫁妝單子登記的鋪子莊子院子，暗中行動。

沈薇支著下巴想，若是劉氏乖乖把契約和帳冊給她送過來，多沒意思，貓逗老鼠才有意思。她會讓劉氏把占了的銀子全都吐出來，哪怕給外頭大街上的乞丐也不會便宜了劉氏！她只是在等一個機會，一個適當的機會。

永寧侯夫人郁氏一連上門三次都被劉氏拒了回來，涵養再好的人也會生氣，何況郁氏就不是個有涵養的人。她咬牙罵起劉氏來。「裝什麼清高，以為誰不知道她的底細，不過是個妾罷了！什麼玩意兒，給臉不要臉的老娼婦！」

郁氏不高興，自有那心腹來出主意，於是主僕一合計，郁氏再次登門就下了通牒——不答應是吧？行呀，那就別怪我把妳閨女的所作所為傳出去，看哪家還會娶妳閨女？什麼？也會影響到我兒子？這有什麼，無非大家笑談一句少年風流，還不是照樣娶媳婦？可妳閨女行嗎？

當然這是沈薇總結的，郁氏的原話比這難聽多了。自從知道有這麼回事之後，她就關注這事的進展，之前還想著衛瑾瑜不錯，長得挺好的，湊合湊合地嫁了吧。現在一瞧，未婚夫是個不省心的，未來婆婆是個眼皮子淺的難纏鬼，她果斷打消了嫁過去的念頭。

劉氏氣過之後，還真不敢和郁氏撕破臉。誠如她所言，對於男女間的風流韻事，吃虧的向來都是女子。這事若是抖出來，讓雪姊兒送家廟都是輕的。

再加上沈雪知道了劉氏只是敷衍自己，壓根兒不是真的想答應，於是繼上吊之後又鬧起了絕食。左邊是逼迫，右邊是威脅，一時間，劉氏焦頭爛額。

到底沒拗得過女兒，她望著女兒那張消瘦的小臉，咬牙同意了。總不能把女兒給逼死吧？

很快地，劉氏和郁氏就瞞著所有人交換了衛瑾瑜和沈雪的庚帖，沈雪得償所願，也不絕食鬧騰了，乖巧得如一隻小貓咪。

永寧侯夫人郁氏眉開眼笑地回到府裡，就把兒子叫過來。

衛瑾瑜也知道今日兩家要交換庚帖，自那日在長公主府大門口見了沈四小姐一回，他就頗有些念念不忘。

「娘辛苦了。」衛瑾瑜一進來就對著郁氏行禮。

郁氏看到兒子臉上明晃晃的笑容，心裡把沈薇又罵了一遍。她沒好氣地瞪了兒子一眼，道：「你娘就是個勞碌命，你和你爹兩個都是天生富貴命。」

「娘的辛苦，兒子和爹都瞧在眼裡，兒子會好生讀書上進，給娘掙來鳳冠霞帔。」衛瑾瑜正色說道。

郁氏聽著兒子的話，心裡比吃了蜜還甜，笑著嗔道：「喏，看看吧，你媳婦的庚帖。」

「多謝娘。」衛瑾瑜面帶喜色，急不可耐地接過庚帖，仔細一瞧，臉色大變。「娘，錯了！兒子那未婚妻排行第四，閨名為『薇』的，可不是五小姐！」這庚帖上寫的忠武侯府三房五小姐沈雪是什麼鬼？

郁氏臉上的笑容淡了淡。「沒錯，就是五小姐。」

衛瑾瑜一愣，隨後像明白什麼似的，道：「娘，咱們當初訂下的可是四小姐，怎能隨意換人？兒子知道您不大喜歡四小姐，可兒子不是跟您說了嗎？四小姐很好，不是您想的那樣。娘，做人要信守承諾。」他苦口婆心地勸起來。

他越勸郁氏越惱火，揮手打斷他，道：「你也說了婚姻是大事，自然是長輩說了算，為娘說是五小姐就是五小姐。」見到兒子臉上的不贊同，她劈手扔下一方帕子。「你也不要再跟我提四小姐，你都收了人家五小姐的東西，就只能是五小姐。」

衛瑾瑜看到扔在自己面前的帕子，臉色又是大變，脫口而出。「怎麼在您這兒？」

「不在我這兒在哪兒？若不是如此，娘還不知道你做的糊塗事。」郁氏又瞪了兒子一眼，然後語重心長地道：「瑜兒，你也老大不小了，讀了那麼多年書該明白道理，你怎能和女子私相授受呢？」

「娘，不是——」衛瑾瑜面色難看，結結巴巴說不出話來。他能說自己接到的書信是沈四小姐約他，結果來的是沈五小姐嗎？他能說那帕子是沈五小姐硬塞懷裡的嗎？

郁氏見狀勸道：「瑜兒，你既然壞了五小姐的名聲，何不乾脆娶了她？你也說了君子要有擔當，你若不娶五小姐，那她就只能青燈古佛了，你於心何忍？」

衛瑾瑜的臉色更加難看了。是呀，別的不說，五小姐確實會因自己而壞了名聲，雖說他不是有意的，但也有不可推卸的責任。

「可是，四小姐——」衛瑾瑜為難起來。他的未婚妻明明該是沈四小姐，這些日子，他心裡牽掛的也只是沈四小姐呀。自己娶了沈五小姐，那沈四小姐怎麼辦？

郁氏見兒子的態度鬆動，繼續勸道：「四小姐的名聲又沒有壞，以忠武侯府的門第自然可以另擇夫婿，瑜兒就不用操心了。」

衛瑾瑜一想到那個美麗的少女要嫁給別的男人，為別的男人生兒育女，不知怎的，心就抽抽地疼，好像失去了什麼珍貴的東西似的。

郁氏也了解自己的兒子，忙安慰道：「四小姐身子骨不大好，恐怕很難說到好人家。瑜兒若是還惦記四小姐，等你婚後，娘再好生為你籌謀，咱們聘了四小姐進府給你做平妻，姊妹共事一夫也算是佳話。」

這本是郁氏哄騙兒子的話，永寧侯府有多大的臉敢娶忠武侯府的小姐做平妻？可衛瑾瑜真信了，仔細想了想，覺得這樣很好，既保全了五小姐的名聲，又能和自己喜愛的女子朝夕相對，於是就點頭答應了。

說服了兒子，永寧侯那邊就更好說服了，郁氏隨意編了個藉口。「四小姐體弱，家裡憐惜她，想多留她兩年，又覺得她的才貌配不上咱們瑜兒，於是就找妾身商量，想把四小姐換成五小姐。妾身想著都是沈大人的親閨女，無論哪個嫁過來，妾身都拿她當親閨女看待，就同意了。」

永寧侯除了念叨一句「弘軒兒是好人」之外，什麼反對意見都沒有。

郁氏輕輕鬆鬆就搞定了這父子倆，劉氏那裡卻遇到了難題。她私下讓雪姊兒頂替薇姊兒，怎麼跟府裡交代？老太君那裡倒是不怕，只要她哭一哭、求一求，老太君差不多就會答應了。

可老爺那裡怎麼辦？老爺很疼那個死丫頭，是絕對不允許她李代桃僵的，這也是她先斬後奏，瞞著所有人交換庚帖的主要原因，就想著反正木已成舟，老爺就是再生氣也沒用了。

可是劉氏沒想到沈弘軒會震怒，把內室裡的東西都砸了，死死瞪著她，似要把她吃了一般。「妳說什麼？妳把薇姊兒的婚事換給了雪姊兒？!」

似乎只要她說是，下一刻他就能撲上來把她掐死。

劉氏嚇得一下子跪在地上。「老爺，妾身也是實在沒辦法呀！雪姊兒做了醜事被永寧侯夫人拿了把柄，她瞧不上薇姊兒，硬逼著妾身把雪姊兒嫁過去……老爺，雪姊兒也是您的女兒，您難道忍心看著她去死？您不知道，這些日子雪姊兒瘦得只剩一把骨頭……」她哭訴著。

「那薇姊兒呢？妳只想著雪姊兒，那薇姊兒怎麼辦？」沈弘軒逼問劉氏。「這婚約是薇姊兒她娘給她訂下的，沒有了這樁婚事，薇姊兒要怎麼辦？」他的聲音猛地提高，嚇得劉氏哆嗦了一下。

「薇姊兒、薇姊兒長得好，定能尋了好夫婿……」劉氏囁嚅著說道。

「妳剛才還說永寧侯夫人嫌棄薇姊兒，連永寧侯夫人都嫌棄薇姊兒，她能尋個什麼好夫婿？妳說呀！」沈弘軒指著劉氏的鼻子怒喊。「妳個毒婦，毒婦啊！我有眼無珠，還當妳是個好的，妳對得起我嗎？妳就是這樣待薇姊兒的？」

沈弘軒滿腔的怒火找不到出口，恨不得能把劉氏打一頓，奈何他君子慣了，只能狠捶自己。

劉氏一聽這話不樂意了，站起身，拉住沈弘軒就要評理。「是，妾身這事是做得不對，可老爺也不能往妾身心窩裡捅刀子啊！這些年來妾身戰戰兢兢打理後院，養育子女，妾身自問沒有哪一點做得不好，老爺您這樣冤枉妾身，妾身還不如死了算了！」

說著就要往牆上撞，紅袖、紅香立刻上前拉扯。「夫人、夫人您可不能啊！老爺，夫人打理後院，就是沒有功勞也有苦勞呀，老爺，您勸勸夫人吧！」

劉氏掙扎著要尋死，丫鬟們跟著拉扯阻攔，沈弘軒看著眼前的鬧劇，更是氣得渾身亂顫。「潑婦，這成何體統、成何體統！」

劉氏邊哭邊說：「老爺埋怨妾身偏心，老爺難道就不偏心嗎？你只想著薇姊兒，想過雪姊兒嗎？為了永寧侯世子，雪姊兒都尋死好幾回了，你看看她瘦成什麼樣了？你不心疼我還心疼呢！」

沈弘軒說不過劉氏的伶牙俐齒。「不可理喻！」乾脆一甩袖子走了。

劉氏鬆了一口氣，不哭也不鬧了，在丫鬟的攙扶下起身梳洗換衣。「記住了，嘴巴閉緊點，這事誰都不許亂嚼舌根，一經發現立刻打死。」

眾人心中一凜，齊聲道：「是。」

沈弘軒心中悲憤，心煩意亂地走著，等回過神來時才發現自己站在風華院外。想起剛才的事情，再想想院裡的薇姊兒，他的臉一陣發燙。最後沈吟了一會兒，還是抬腳走了進去。

沈薇對親爹的到來感到十分詫異，這可是爹頭一回來看她。

「父親，喝茶。」沈薇乖巧地奉茶，實在搞不懂她爹到底來幹啥，這麼半天了，一句話都不說，光用內疚的目光看著自己。這演的是哪一齣？

面對女兒打量的目光，沈弘軒還是開不了口，他要怎麼跟女兒說呀？沒臉說呀！

沈默了許久，沈弘軒還是開口了。「薇姊兒，妳的婚事——」

「父親，是不是婚期訂下來了？女兒看那永寧侯夫人都來了五回。」沈薇眼睛亮晶晶的，帶著羞怯又有幾分期盼。

沈弘軒更覺得無顏面對女兒了。他咬咬牙，道：「薇姊兒，妳的婚事沒了，劉氏……雪姊兒……咳，薇姊兒放心，為父會給妳尋一門更好的婚事。」望著女兒黯淡下去的小臉，沈弘軒說不下去了。

「父親是說夫人把女兒的婚事換給了雪姊兒是嗎？」沈薇咬著唇，倔強地望著父親，眸子裡是深深的受傷。

沈弘軒不忍心地別過頭，輕聲道：「是。」又連忙道：「薇姊兒，是父親對不起妳，是父親——」他真的說不下去了，手心手背都是肉，薇姊兒和雪姊兒都是他的閨女。

「父親，女兒不怪您，雪姊兒喜歡，就給她吧。女兒是姊姊，讓一讓妹妹是應該的，女兒……」沈薇轉過頭，她的聲音很輕。

沈弘軒卻從中聽出了哽咽和顫抖，心裡更加不好受，多麼懂事的薇姊兒呀！明明傷心難過卻還硬撐著笑臉安慰自己，多好的孩子。

這一刻，沈弘軒想起了早逝的阮氏，他的嫣然就是這樣善良而善解人意，薇姊兒就和她娘一樣……

沈弘軒嘆息了許久，最後摸了摸沈薇的頭，走了。

沈薇臉上的表情頓時消失不見。生活如戲，全靠演技。

第四十八章

回了外院的沈弘軒獨自在書房坐了大半宿，腦子裡亂糟糟的，各種畫面如走馬燈似的轉個不停，最後只能化作一聲嘆息。第二日一早，他雙目發紅，派人往風華院送了許多珍貴字畫和古玩。

劉氏知道了，雖不滿卻也沒辦法，她打發心腹把帳冊找來，想趁阮氏的嫁妝還在自個兒手裡，趕緊把女兒的嫁妝打理出來。她可沒想把這塊肥肉吐出來，等阮氏的陪嫁都充作女兒的嫁妝，看那個死丫頭能拿她怎麼辦？

三房夫婦的爭吵到底洩了出去。二房趙氏坐在椅子上，面帶譏誚。「看吧，這回露餡兒了吧，平日裡裝得多賢慧慈愛，還不是一肚子的齷齪主意？薇姊兒也是可憐，多好的婚事被搶走，沒娘的孩子就是可憐。」

趙氏搖著頭，無比惋惜。這是一門多好的婚事呀！永寧侯世子，全京城誰不知道這是個出息有前途的金龜婿？現在好了，這麼好的婚事被劉氏搶給雪姊兒，薇姊兒想再找一門這麼好的婚事可就難嘍。

「娘，沒有緩和的餘地了嗎？」沈萱面帶擔憂地問。雖然相處時候不多，但她對四姊很有好感。

趙氏眼睛一斜。「有什麼餘地？庚帖都換了還有什麼餘地？」這劉氏也真有手段，居然能瞞得嚴嚴實實的，永寧侯夫人來了那麼多回，她都以為商議的是薇姊兒的婚事，沒想到是雪姊兒。

「三叔不是——」沈萱遲疑了一下道。不是還沒下聘嗎？三叔難道就看著薇姊兒吃虧？

「那也沒用。」趙氏一眼就看穿女兒的想法，語重心長地道：「萱姊兒，妳要知道，庚帖都換過了，妳三叔能怎麼辦？薇姊兒是妳三叔的閨女，雪姊兒不也是？手心手背都是肉，妳三叔能有什麼辦法？劉氏一哭鬧，雪姊兒再跟著哭哭啼啼，妳三叔也只能應了。」

這事趙氏看得透透的，這個虧薇姊兒是吃定了。她望著女兒沈思的小臉，又道：「薇姊兒吃虧就吃在親娘沒了。有後娘就有後爹，妳老覺得娘俗氣愛財小家子氣，可妳想一想，也正因為我這個娘在，妳和妳兄弟才能過得這麼安穩。若是娘沒了，依妳爹那個性子，妳和妳兄弟還不知道怎麼樣呢？」

「娘，您說這個幹什麼？」沈萱的眉頭蹙了蹙，臉上有幾分不自在。

趙氏一見女兒那不耐煩的樣子就來氣，手指頭直戳到她的額頭上。「說這些幹什麼？還不是讓妳多長點心？妳天天看那些詩能當飯吃？過日子還是真金白銀實在。」

沈萱一聽娘親又要長篇大論起來，不由頭疼。「娘，女兒想起給祖母做的抹額還差幾針，女兒先告退了。」不等娘親反應過來就飛快溜出去，氣得趙氏直接就甩了帕子。「這個不孝女，我還會害了她？」

至於許氏得了消息，大為吃驚。劉氏好本事，居然把她這個當家夫人都瞞了過去。震驚過後是替薇姊兒惋惜，可她再替薇姊兒不平，也清楚地知道這事自己不能管，到底是三房的事，薇姊兒有父有母，還輪不到她這個當伯母的出頭，沒見人家親爹都不管嗎？

而老太君得了消息卻十分生氣，她雖然不待見沈薇這個孫女，但她在意侯府的臉面，姊妹易嫁的醜事傳出去，侯府還有什麼臉面？

可經過劉氏一番哭訴哀求辯解之後，老太君的怒氣漸漸消了。想想劉氏的話倒也在理，薇姊兒和雪姊兒都是嫡女，誰嫁不是嫁？而且比起薇姊兒那個上不得檯面的，雪姊兒才配得上永寧侯世子。與其薇姊兒嫁過去丟臉，還不如雪姊兒嫁過去，永寧侯世子是個好的，雪姊兒一定能籠絡住他，這也是給府裡增添助力。

這麼一想，老太君不僅不生氣，還賞賜給沈雪一套珍貴的頭面。當然沈薇也得了一套，用意自然很明顯，安撫唄！

沈薇把玩著這套頭面，嘴角露出冷笑。看吧，這就是她的親人們！

對於老太君明裡暗裡的敲打，沈薇只垂著頭當沒聽見。搶了她的婚事還理直氣壯？憑什麼？劉氏和沈雪一個假惺惺地說她是姊姊要讓妹妹，一個則含羞帶怯地向她道歉，說什麼情難自禁。

屁話！一句情難自禁就能搶姊姊的未婚夫，也夠不要臉的，果然是一脈相承的親母女。

沈薇很明白，她們這時擺低姿態，不過是想要她手裡的那塊訂婚信物。當初兩家訂下婚約是交換了信物的，信物是兩塊玉珮，沈家的信物握在沈薇的手裡，現在沈雪搶了婚事，自然要把玉珮從沈薇手裡拿回來。

老太君劉氏等人的意思是讓沈薇主動交出來，可她才不，她的態度就一個：這玉珮是我娘親手給我的，誰都不能給，氣得老太君和劉氏鼻子都要歪了。

沈雪每天都跑風華院，來意只有一個——要玉珮。從一開始的旁敲側擊，到現在的氣急敗壞，沈薇就一個應對措施：不理睬。

最後沈雪忍不住了，直接問：「姊姊開個條件吧，要怎樣妳才把玉珮給我？」

這回沈薇笑了。她等的就是這句話。

沈薇轉過頭，直直望著沈雪。「咱們雖是姊妹，卻不在一處長大，妳可能不大了解我，不過沒關係，今天我就和妳說道說道。」她的眸子閃過光芒。「我這人認死理，除非我不要了，不然我的東西誰也搶不去！」

沈雪不由惱怒。「妳要著我玩呢！」

沈薇眉梢一抬。「別急，我還沒說完呢。誰讓妳是我妹妹，怎麼著我也得給妳點面子。妳要玉珮也不是不行，但也不能白給妳吧。」

「妳要什麼？」沈雪咬牙切齒，若不是為了嫁給瑾瑜哥哥，她才不會這麼低聲下氣。

「銀子。」沈薇直截了當地開口。她早就盤算過了，衛瑾瑜雖然長得好看，但耳根子軟，能被人隨意左右的男人就是再好看也不能要。

既然劉氏和沈雪願意接收，那她就好心成全她們吧，可這未婚夫再不好也是她的，總得給她換點好處吧？在沈薇看來，沒有比銀子更實惠的了。

「妳也知道姊姊我家底薄，要養活的人又多，不想法子弄點銀子還真不行。妹妹有錢，那不妨幫姊姊我一把。」沈薇神情坦蕩，臉都不紅一下。

聽到沈薇張嘴就要銀子，沈雪心中十分鄙夷。俗氣！張口閉口都是銀子，爛泥扶不上牆的東西，卻也著實鬆了一口氣。「妳想要多少？」

「一萬兩。」沈薇道。別怪她獅子大開口，這是她夜探過沈雪屋子後訂出的。

「一萬兩?!妳怎麼不去搶？我哪有這麼多？」沈雪吸了口涼氣，瑩白的小臉脹紅了。她一個月也就五兩銀子的月利，除去打賞奴才、人情往來，也剩不了多少。娘親疼愛她，時時有補貼，就這樣，這十多年她的家底也不過才四、五千兩銀子，現在嫡姊一張嘴就是一萬兩，她哪裡有？

「多嗎？一萬兩換永寧侯府這樁婚事，妳占大便宜了，若擱在外頭，還不得被各家貴女爭破頭？這可是看在我們是一家人的分上給的友情價，妳嫌多我還嫌少了。」沈薇翻了個白眼，一副吃大虧的模樣。

沈雪的臉更紅了。她覺得屈辱，瑾瑜哥哥怎能用銀子來衡量？「我沒有這麼多銀子。」就是把首飾頭面當了也湊不出來呀，何況也不能全當了。

「沒有？永寧侯世子還不值一萬兩銀子嗎？妳對他的感情也沒有多深嘛！」沈薇懷疑的

目光直往沈雪臉上瞅，見她眼珠子都紅了，便狀似不在意般地揮揮手。「算了、算了，誰讓我心軟，再給妳砍去二千兩，八千兩銀子，不能再少了。」

沈雪已經屈辱得說不出話了，從牙縫裡硬擠出兩個字。「成交！」扔下這兩個字就一刻也不想待了。

沈雪一回去，盤點所有的私房銀子，共有五千兩銀子。對閨中女子來說，這是很大一筆，劉氏手裡攥著阮氏的嫁妝，每年都有幾萬兩的進項，三房的人情節禮又都走公中的帳，劉氏手裡有錢，除了貼補娘家就是花在兒女身上，所以沈雪也存了這麼一大筆銀子。

第二天，沈雪就把五千兩銀子交到沈薇的手上。「這是五千兩，剩下的三千兩三天後給妳，到時妳可不要賴帳！」

沈薇甩著一疊銀票，笑得眼睛都瞇成一條縫。「放心，姊姊我最講信用，一手交銀子一手交玉珮。」

沈雪一跺腳，扭身出了風華院。她是一點都不想看這個鄉下村姑可惡的嘴臉！

回了自個兒屋裡，她把首飾盒子倒騰出來，一咬牙，挑出一些沒有印記的交給倚翠去當掉換銀子。

第二天下午，倚翠才匆匆回府，遞給早就心急如焚的小姐一疊銀票。「小姐，當了三千兩銀子。」

沈雪接過銀票，數都沒數就攏進袖子裡。「妳下去歇著吧，倚紅跟我去一趟風華院。」

進了風華院，她遞出三千兩銀票。「現在可以把玉珮給我了吧？」

沈薇把銀票數了數，交給梨花收好，進了內室拿出一塊玉珮。

沈雪伸手就要去接，沈薇卻把手往後一縮。

沈雪頓時大驚。「沈薇妳什麼意思？莫非要反悔？」氣怒之下就直呼嫡姊的名字。

沈薇斜睨了沈雪一眼，道：「我有說不給妳嗎？」故意停了停才又道：「可我也不能就這麼給妳，回頭祖母和夫人再找我要怎麼辦？妳不要說不會，就憑妳娘都敢劫了我的婚事，我就不敢相信她。」

「那妳想怎麼辦？」沈雪恨恨地說道。

「荷花、水仙，妳們去請父親和夫人去松鶴院，我當著祖母的面把玉珮給妳。」沈薇淡淡說道。

沈雪想了想，點頭答應。「好。」反正當著娘和祖母的面也不怕她弄鬼。

姊妹二人一起去了松鶴院，片刻後，劉氏和沈弘軒相繼到來。

沈薇乖巧道：「祖母、父親，永寧侯府這門親事本是女兒那早逝的娘親為女兒訂下的，現在夫人把這門婚事換給妹妹，女兒雖然難過卻也願意成全妹妹，誰讓女兒是姊姊呢？」說著說著，她的聲音顫抖起來。

劉氏心中不情願，卻不得不擠出笑臉。「委屈薇姊兒了，都是雪姊兒不爭氣，雪姊兒還不快謝謝妳姊姊。」

沈雪立刻起身對著沈薇行了大禮。「多謝姊姊成全。」

沈薇很自然地受了沈雪的禮，接著說道：「祖母，您和夫人都問孫女要當初的訂婚信物，孫女沒有當場拿出來，是這樣想的，孫女身子骨不好，又是鄉下長大的，規矩見識都比不上妹妹，沒有了永寧侯府這門婚事，孫女也不知能不能嫁出去，所以孫女懇請祖母答應孫女三個條件，只要祖母答應，孫女立刻交出這塊玉珮。」沈薇的聲音不高不低地響起。

「答應，為父全都答應。」老太君還沒開口，愧疚萬分的沈弘軒搶先說道。

沈薇對父親行了一禮。「謝謝父親。」然後把目光轉向老太君。

老太君迎著兒子懇求的目光，心中不由一軟。罷了、罷了，就當是為了兒子。「薇姊兒妳說吧。」

沈薇接著說道：「當初我娘給我訂下這門婚事是擔心我以後受委屈，現在婚事沒了，祖母、父親、夫人是不是該給點補償，畢竟我讓出去的是後半輩子的幸福。」

沈薇的話語剛落，她爹就忙道：「應該，應該補償。」

老太君也點頭，不管這個孫女的品性如何，但她這話沒錯，她讓出的是後半輩子的幸福。

「那怎麼補償？」沈薇問。

三老爺沈吟，老太君道：「薇姊兒想要什麼？」

沈薇歪著腦袋想了想，出主意道：「給銀子吧，沒了婚事就給點銀子傍身吧。」

「什麼！妳——」沈雪聞言，一下子站了起來。這個不要臉的小賤人，才坑了自己八千兩還不夠，還要跟祖母要銀子！

「妹妹是怪姊姊不該看重黃白之物嗎？咳，妹妹是命好沒受過苦，一文錢難倒英雄漢，過日子少了銀子可不成。」沈薇坦然地回望著沈雪，目光中全是挑釁。

沈雪心虛地移開視線，氣呼呼地坐下來，心裡憋著一股火。

「那薇姊兒想要多少？」老太君問。

沈薇蹙眉，極為難的樣子。「祖母您看多少適合？多少才能抵了孫女後半輩子的幸福？」

老太君胸口一堵，就聽兒子道：「五千兩銀子吧。」他正愧疚，想著法子要補償這個女兒。

沈薇盈盈地望向老太君，老太君只好點頭。沈薇忙道謝。「謝謝祖母，謝謝父親。」然後轉向劉氏道：「夫人，祖母和父親都同意各給五千兩，您覺得呢？」

劉氏臉色一僵，本來她是打定主意不說話的，畢竟是自己理虧，現在繼女問到頭上，她不得不答。「是不是多了點？薇姊兒，妳一個小孩子要這麼多銀子幹什麼？」五千兩可不是筆小數目，抵得上三個旺鋪一年的收益了，她捨不得。

「父親，多嗎？女兒後半輩子的幸福就值這麼點銀子嗎？」沈薇紅著眼睛問沈弘軒。

三老爺瞪了劉氏一眼，忙道：「不多、不多！李興，去我的私帳上取五千兩銀票拿來給薇姊兒。紅袖，妳掌著妳們夫人的私房，去取五千兩銀子來。」

老太君這邊都不用兒子說，就對著一邊的秦嬤嬤點點頭，秦嬤嬤轉身去了內室，不一會兒就拿了幾張銀票過來。

沈薇心中滿意。「謝謝祖母。謝謝父親和夫人。」沈薇對父親露出一個感激的笑容，看在沈弘軒的眼裡卻覺得異常心酸，到底是他對不起薇姊兒呀！

劉氏不情願也沒用，索性便想開，權當花錢消災了。

沈薇把一大疊銀票遞給梨花收著，繼續說：「祖母，孫女的第二個條件很簡單。人說初嫁從父，再嫁從己，孫女這也算是再嫁了，所以孫女要婚約自主，以後我的婚事要我自己同意才行。」

「這怎麼可以？」劉氏脫口而出，她還有別的打算呢。「薇姊兒太胡鬧了，婚姻大事，父母之命媒妁之言，怎能自己作主？」

「怎麼不能？」沈薇反問道：「夫人啊，我好好的婚事您都能換給妹妹，可見您是沒把我放在心上的。我可看明白了，我的婚事若由您作主，還不知您會把我嫁給瞎子瘸子或是外表光鮮、內裡齷齪的人家呢？父親，女兒害怕呀！」反正跟劉氏也算撕破了臉，她也不屑再粉飾太平。

這個「呀」字帶著顫音，沈弘軒可心疼了，他越想女兒的話越有道理，別說薇姊兒害怕，他也害怕呀！

「好，為父答應妳。」他忙不迭地應道。老太君對這個兒子都不知說啥好了，兒子都答應了，她還上趕著做什麼壞人？

「那父親您能給我寫個承諾書嗎？女兒怕夫人到時候不承認。」沈薇小心翼翼地問。

沈弘軒雖不知承諾書是什麼玩意兒，但不妨礙。「行，為父寫。」

沈薇接過父親寫的婚約自主承諾書，看了看內容就疊起來，自己收著了。有了這玩意兒，劉氏就不能隨便打她的主意了。

「第三個條件是：我要我娘親的嫁妝。」沈薇的聲音又響了起來。「我娘親的嫁妝理應歸我和玨哥兒所有，前些日子，我已經和夫人提過這事，都過去七、八天了，夫人還一點動靜都沒有，是不是不想還了？」

老太君和沈弘軒齊齊望向劉氏，劉氏強笑著道：「不是不還妳，只是薇姊兒妳還小，從沒打理過生意，被人騙了怎麼辦？還是我幫妳照看著吧，妳需要什麼花銷從我這兒支銀子，這樣豈不好？」

沈薇搖頭。「怎好勞累夫人？我都及笄了，該學著打理嫁妝。這是我娘親當初的嫁妝單子，您先拿著，回頭顧嬤嬤拿我抄錄的那份和您一起去庫房查對。還有，我娘親一共有十七間鋪子、三處大莊子、四處小莊子，光這些每年就有四、五萬兩的收益。我娘親去世十年，也就有四、五十萬兩銀子了，這是屬於我和玨哥兒的，而不是咱們三房公中的，夫人您看您什麼時候給我？」

劉氏肉疼啊！四、五十萬兩，她怎麼捨得吐出來？「哪有這麼多？薇姊兒可不要信口開河。」她已經決定了，回去就把鋪子上的銀子全部弄回來，先撈一大筆再說。

「這還是少算的呢，喏，這是我家蘇先生探查的，父親先過目。」沈薇把一本小冊子捧給她爹。

沈弘軒狐疑地接過去一看，首先就被一筆字震住了，遒勁有力，瀟灑從容，可以想見寫字之人是何等人才。再細看內容，詳細寫著每家鋪子做什麼買賣，掌櫃是誰，夥計幾人，都叫什麼名字，和誰沾親帶故，每天的流水大概有多少……沈弘軒越看越心驚，照這上面記載的來算，每年四、五萬兩都打不住。

劉氏見沈弘軒不說話，有些著急。「老爺——」

剛開口就被沈弘軒喝住了。「妳閉嘴！薇姊兒的話，妳沒聽見嗎？趕緊把阮氏的嫁妝交給她。」又看著可憐巴巴的女兒一眼，道：「薇姊兒不怕，誰都不能貪了妳娘的東西，回頭為父派個帳房幫妳查點妳娘的嫁妝。」

「謝謝父親，父親真好！」沈薇的眼睛都亮了，這句謝無比真心實意。這個爹雖然有些迂腐，但也不是那麼無可救藥，有些時候還是能派上用場的。

於是沈薇很愉快地交出了玉珮。

第四十九章

沈薇告退之後，沈弘軒把小冊子甩到劉氏身上，也跟著告退出來了。劉氏咬著牙把小冊子翻開，只看了幾頁就撲通跪在地上，抱著老太君的腿喊救命。

老太君看了小冊子之後，恨不得把這個愚蠢的姪女兼兒媳一腳踢開。蠢！太蠢了！自己的底細都被人全摸清了還一無所覺，再看看這小冊子上的內容，她連說話的慾望都沒了。

阮氏十七家鋪子的掌櫃全被她給換了，這意圖不是明擺著嗎？這些年，她以為劉氏學乖了長進了，現在看來是抬舉她了，她就是個眼皮子淺的，還那麼貪心不足，每年幾萬兩銀子的進項，連套頭面都捨不得給婆婆買。

「妳、妳……」老太君是真的累了。「行了，妳趕緊回去把阮氏的嫁妝給薇姊兒送過去。」

劉氏大驚失色。這怎麼可以！這些年，因為阮氏的嫁妝收益極好，她手裡不缺銀子，又自信能把繼子繼女拿捏在手心裡，早就把阮氏的嫁妝當成是自己的了，現在若是把銀子和嫁妝都還回去，自己可就什麼都沒剩了，這是萬萬不行的。

「姑姑——」劉氏哀聲喊道。沒了銀子，她拿什麼嫁女兒娶媳婦？沒有銀子，她怎麼裁新衣打首飾？沒有銀子，她怎麼接濟娘家兄弟？沒了銀子，她出門作客都沒有底氣呀！

「妳還有臉喊我！」老太君虎著臉。「誰讓妳眼皮子這麼淺？妳沒見過銀子？我是少妳吃的還是少妳穿的了？」老太君越說越氣。弘軒是小兒子，侯府以後是老大的，自己向來就偏疼小兒子一些，平日時多有貼補，誰知道姪女竟貪了阮氏這麼多銀子。

「妳讓我說什麼好呢？」老太君真是恨鐵不成鋼，貪原配嫁妝是什麼好名聲嗎？傳出去還不被人戳脊梁骨？有這麼個母親，哪家願意把女兒嫁給奕哥兒？

「妳求我也沒有用，趕緊把阮氏的嫁妝還給薇姊兒，都還回去，妳也別再打什麼主意。薇姊兒可不是好相與的，她既然有本事弄這麼個冊子，妳也糊弄不了她。弘軒的話妳也聽到了，妳也得為雪姊兒和奕哥兒想想，這事就到此為止。若是讓我發現妳再弄什麼么蛾子，那就別怪我親自管教妳！」老太君怕這個蠢姪女再出什麼昏招，到時惹得兒子休妻，那可就丟大臉了。

「我就是為了雪姊兒和奕哥兒呀！姑姑，雪姊兒馬上就要嫁去永寧侯府了，她的嫁妝可不能薄，把阮氏的嫁妝都還回去，我上哪兒弄銀子給雪姊兒陪嫁？還有奕哥兒，轉眼就該娶媳婦、考功名了，哪一樣不得花銀子？」劉氏抹著眼淚哭訴。

「妳這個蠢貨！侯府還能少了雪姊兒的嫁妝？奕哥兒是府裡的少爺，還能委屈了他去？妳當我這個做祖母的是死的嗎？」老太君更氣了，什麼為了雪姊兒奕哥兒，還不是為了自己的貪慾。「若那阮氏是個嫁妝薄的，是不是雪姊兒奕哥兒就不用婚嫁了？」

「姑姑！」劉氏還想再苦求，老太君已經疲憊地閉上眼睛，擺擺手。「不要再說了，妳出去。」

劉氏當著奴才的面被老太君怒斥一頓，臉上不免掛不住，見老太君不再理她，也只好訕訕地退出去。

劉氏出去之後，老太君才慢慢睜開眼睛，長嘆一口氣。「兒女都是債啊！」都是些不省心的，她都一把老骨頭了，還得跟著操心。

她是生氣，可她氣的從來都不是劉氏貪圖阮氏的嫁妝。那麼一大筆嫁妝握在手裡，誰不動心？換了是她也會想法子變成自己的。有那聰明的婦人，手裡頭握著前頭的嫁妝，還讓前頭的子女感恩戴德，這才是聰明人的做法。

劉氏那個蠢的，想要阮氏的嫁妝，倒是把薇姊兒籠絡住呀！她卻好，不僅被薇姊兒拿住把柄，還捅到了檯面上，自己就想裝聾作啞都不成。既然沒本事，那就老老實實，安守本分。

劉氏狼狽地回到院子裡，沈薇已經帶著顧嬤嬤、梨花、桃花等著她了，還有沈弘軒派過來協助查帳的紫煙，她是在外書房服侍的，識文斷字，還打的一手好算盤。

「夫人回來啦！祖母和父親都發話了，今兒夫人您就先把這十年的收益銀子還給我吧。我也不是那不通情達理的，也不問您多要，給我四十萬兩銀子就行，剩下的算是夫人辛苦的酬勞了。」沈薇說明來意。

劉氏的腿一軟，差點沒跌倒在地上，想發脾氣又不敢，還得好言好語地商量。「薇姊兒，妳看今兒天都晚了，咱明兒再說成不？」

沈薇板著臉。「夫人，就因為天兒不早了，您還是趕緊把銀子給我吧，又耽誤不了多長時間，早了您也可以早點休息不是？還是夫人覺得不太鄭重，那我讓紫煙喊父親過來。」

劉氏還有什麼推脫的理由？喊住要出去的紫煙，咬牙切齒地道：「不用。紅袖，去把銀票拿來。」

紅袖應了一聲，轉身朝內室走去，捧著一個錢匣子出來。

劉氏接過錢匣子打開，沈薇瞥見裡面滿滿的全是銀票。劉氏一張張數著，把銀票全數完才堪堪湊了三十八萬兩。她摩挲著銀票，怎麼也捨不得給出去，這可是她全部的家底啊……

沈薇也不催促，神清氣爽地坐在一邊喝茶，悠閒地欣賞劉氏肉疼的表情。

「薇姊兒，這裡是三十八萬兩，還差二萬兩，我過些日子再補給妳。」劉氏咬著牙把錢匣子遞給沈薇。

沈薇把錢匣子遞給梨花。「梨花，妳眼睛好，快數數，別夫人給多了。」

一句話讓劉氏千瘡百孔的心又添傷痕。

梨花也不膽怯，接過錢匣子就一五一十地數起來，那認真勁兒刺得劉氏眼都紅了。

「小姐，沒錯，是三十八萬兩。」梨花輕聲彙報。

沈薇點點頭，讓紫煙寫了一張收條，遞給劉氏道：「多謝夫人，銀子清了。鋪子和莊子的地契您也給我吧。」

劉氏已經心疼得說不出話了，半天才忍痛道：「紅袖，去拿。」

沈薇接了地契，查驗一番後，道：「您早些歇著，我就不打擾您了。對了，明兒一早咱們開庫房，照著嫁妝單子查點我娘親的嫁妝。」

說罷，沈薇就帶著人離開了。她的腳剛一邁出去，屋裡的劉氏就暈倒了，一群丫鬟手忙腳亂地湧上前。「夫人、夫人您怎麼了？」

沈薇聽到了，嘴角不著痕跡地翹了翹。

隔日一早，沈薇又精神抖擻地朝劉氏院子走去。

梨花臉上有些擔憂。「小姐，夫人能起得來嗎？」昨天她們走後，夫人就暈倒了，聽說半夜還叫了大夫。夫人病了倒不怕，就怕夫人以此為名拖延交付嫁妝。

沈薇胸有成竹。「放心，咱們夫人一定起得來。」

進了劉氏的院子，紅袖老遠就迎上來行禮，面有難色地道：「四小姐，夫人昨晚就病了，現在還沒起身呢，您看查點先夫人嫁妝的事能不能緩幾天？」

「什麼？夫人病得起不了身？怎麼不早說？」沈薇一副吃驚不已的樣子，抬腳就朝內室走，邊走邊道：「請大夫了嗎？大夫怎麼說？我得進去看看，夫人病了我可得侍疾。」

紅袖阻攔的話還沒來得及說出口，沈薇就進了內室。紅袖懊惱地一跺腳，也只好跟在後面進去了。

沈薇進了內室，只見劉氏有氣無力地躺在床上，臉色不怎麼好看。「夫人，我來看您了。昨兒不還好好的嗎？怎就病了？您哪裡不舒服？是胸口疼還是頭疼呀？」沈薇關切地道，一雙銳利的眼睛盯在她臉上。「雪姊兒呢？您都病成這樣了，她怎麼不在？太不懂事了，妳們這些伺候的丫鬟也真是，主子都病成這樣還不知道往外遞個消息，還不快去請五小姐過來侍疾，順便把三小姐和八小姐也請過來。」

劉氏見沈薇闖進來本就不高興，現在聽她這般說話，臉上就更不好看了，忙勉強動了動身子，道：「不用，我沒什麼事，就是胸口有些悶，躺會兒就好了。知道妳們都是孝順的孩子，是我叫紅袖不要驚動妳們的。就是得煩勞薇姊兒等兩天，等我的病好了，咱們再去庫房點嫁妝如何？」這才是劉氏的目的。她直視著沈薇，心想妳答應便罷，妳要是不答應，我就把妳逼病嫡母的消息傳出去。

什麼病得起不了身？當她沒看出劉氏臉上的憔悴是胭脂抹出來的？在她眼皮子底下耍花招，找死呀！

沈薇的眼睛眨了眨，道：「咳，這查點嫁妝的事哪需要您親自去呀？您只管養病，隨便指個身邊的丫鬟就行。過兩天等您病好了，又該操持雪姊兒的婚事了，我這麼點小事不勞您親自出馬。」

劉氏一聽，差點沒再次暈過去。她算是知道了，這個小賤人是鐵了心不放過自己，再說她哪裡放心讓丫鬟過去？她閉了閉眼，再次睜開，道：「我現在感覺好多了，薇姊兒稍等一會兒，我這就起身隨妳去庫房。」

沈薇趕忙假模假樣地關心。「夫人還是躺著吧，若是病情加重，我的罪過就大了，還是派個丫鬟去吧。」

「不用，我撐得住。」劉氏咬牙道，又被沈薇得了便宜還賣乖的樣子氣著了。

三房的庫房有五間房屋那麼大，阮氏去世後，嫁妝都堆放在這裡。

紅袖拿著鑰匙開了庫房的門，沈薇朝裡面瞅了瞅，一股說不出的味道撲面而來，她眉頭蹙了蹙，瞥了一眼站在一旁的邢婆子。看樣子管理庫房的人不大有用呀！

「薇姊兒，妳想怎麼查？」劉氏率先開口。

「自然是對著嫁妝單子查嘍，梨花、荷花、水仙、桃枝，去查點吧，眼睛睜大了，可別出了岔子。顧嬤嬤跟著看，妳是我娘親身邊的老人，這幾個丫頭哪裡弄不明白的還得妳分說，紫煙姑娘就跟著顧嬤嬤一道吧。」沈薇吩咐道，又扭頭對劉氏說：「夫人也使四個丫鬟跟著梨花她們一道查吧。」

劉氏雖不滿意也沒辦法，只好把四個紅點了出去，自己不放心，也跟著進了庫房。

沈薇沒有進去，讓桃花搬了躺椅，坐在樹底下等。

大熱的天，庫房裡的人揮汗如雨，後背的衣裳都濕透了。沈薇坐在樹下，喝著消暑涼茶，有丫鬟捶腿打扇，舒服得都快睡著了。

阮氏的嫁妝是多，但梨花幾人能幹，不過一上午就查點清楚，一行人魚貫而出，沈薇看到劉氏頭髮都黏在臉上，差點沒笑出來。

梨花幾人都把各自查點的結果遞給沈薇，早有小丫鬟給她們送上消暑涼茶，至於四個紅自然是沒有。又不是她的丫鬟，她才不操心呢。

沈薇翻看起來，查點的結果和嫁妝單子上的紀錄都有出入，這是正常的，畢竟阮氏也在忠武侯府生活了五年，自然要花用一些。沈薇整合顧嬤嬤之前和她說的，再來看查點的結果，只少了些布料、藥材和擺件、頭面，劉氏拿的還真不多。

其實沈薇哪裡知道劉氏心裡的後悔，她哪是不想貪，是早就把這庫房裡的東西當成自己的。阮氏的嫁妝都是好東西，怎麼捨得拿出來送人？她早就打算好了，這些東西要留著給雪姊兒當嫁妝，留著給奕哥兒娶媳婦當聘禮，所以除了往娘家送了兩根百年人參外，平時的走動，她都沒捨得動庫房裡的東西。

沈薇抬起頭，裝作才看到劉氏的樣子，對著身邊的丫鬟怒斥道：「一個個的，都是死眼珠子，沒看到夫人站在這兒？不知道給搬個凳子倒杯茶？要妳們何用？白養活妳們了！」

沈薇怒氣沖沖的，然後對劉氏陪笑道：「這些丫頭都是鄉下帶回來的，沒什麼眼力，比不得咱們府裡的家生子周到會伺候人，夫人您就多擔待一二吧。」頓了一下，又道：「夫人剛才也跟著了，我娘的嫁妝少了些布疋、藥材、頭面和擺件，我在夫人和雪姊兒屋子裡也看到了一些擺件，還有前些日子您戴的那套紅寶石頭面，也是我娘嫁妝裡的吧？布料和藥材我就不追究了，就當是我孝敬給您的了。擺件和頭面也不是不能給您，這樣吧，雪姊兒那裡就算是我給她的添妝了。您這裡有幾樣是我娘親的心愛之物，既然您也喜歡，那我就不往回要了，您補我一萬兩銀子得了，成嗎？」都上了劉氏的頭，進了劉氏的屋子，她還嫌髒呢。

沈薇當著一大群下人的面點出劉氏貪了阮氏的嫁妝，劉氏的臉萬紫千紅，除了點頭還能幹麼？

「那好，您也同意，來，在這裡簽個字，回頭我也好跟父親交代。」沈薇繼續道。

劉氏握著筆的手直發抖，好半天才歪歪扭扭地落下幾個字。

沈薇收起嫁妝單子，手一拍，揚聲喊道：「來人，搬東西。」

隨著她的話音，門口呼啦啦地湧進來一大群小廝，帶頭的正是歐陽奈，後面跟著的全是清一色的壯小夥子，手裡拿著繩子扁擔什麼的。

「薇姊兒，妳要幹什麼？」走到門口的劉氏大驚失色。

沈薇慢慢站起身，笑得天真無邪。「搬嫁妝呀！」

「搬嫁妝？搬到哪裡去？」劉氏的聲音十分尖利。「東西在庫房裡放得好好的，妳想搬到哪裡去？」這可不行，她剛才之所以沒有和沈薇多攀扯，就是想著庫房的鑰匙還在自己手裡，等到晚上，她使人偷偷地轉移些東西，反正都查點過了，再丟東西也不干她的事了。

沈薇眨著眼睛，十分無辜的樣子。「這是我娘親的嫁妝，自然要搬到我的院子裡去。風華院離這兒老遠，若是丟了東西怎麼辦？我不放心啊！」

手一揮，小廝們魚貫地進了庫房，然後又抬著東西魚貫而出。

劉氏也不知她是從哪裡找的小廝，一個個力氣賊大，來來回回幾趟就把東西搬得差不多了。劉氏的心一疼，兩眼一翻就倒在丫鬟的身上。

沈薇聽到門口丫鬟們的驚呼，不雅地翻了個白眼。又暈倒了？太了無新意吧！她眼珠一轉，大聲道：「夫人呀，您可要好好的啊，明兒別忘了給我鋪子莊子的房契和帳冊。」

本就全身無力的劉氏聞言，急火攻心，一口血就噴了出來，徹底陷入了黑暗。

第五十章

劉氏病了。不同於之前的裝病，她這次是真的病了。沈薇請安時進內室看了一眼，臉色蒼白，連她要侍疾都只是擺擺手，說話的力氣都沒了。

回到風華院，梨花遞過來一封信。沈薇的嘴角微不可見地撇了一下。「這又是誰送過來的？」

「外院的一個粗使丫鬟。」

「燒了吧。」沈薇看都沒看又扔給了梨花。

梨花愕然。「小姐不看看？」她捏著被扔回來的信，十分遲疑。

沈薇擺擺手。「有什麼好看的，他現在和我可沒關係，還是少牽扯的好。」信是衛瑾瑜送過來的，這才幾天工夫都送了三封。

信裡除了訴說自己的無奈，就是想要約她見一面。都已經解除婚約了還見什麼見？沈薇看過就把信燒了，可衛瑾瑜還是三番兩次的給她送信。

「也許衛世子有什麼苦衷呢？要不，小姐就見他一面吧。」梨花勸著。實在是桃枝回來之後把永寧侯世子形容得太好，梨花為小姐抱屈，總覺得永寧侯世子是個好夫婿。

沈薇眼睛一翻。「見什麼見，趕緊燒了！看著就礙眼。」見梨花嘆了一口氣去執行命令，她才露出笑容，對梨花說：「不是小姐我絕情，實在是這個衛瑾瑜是個拎不清的。妳想，我和他都解除婚約了，再私下見面，若是被別人看見，這不是影響我的名聲嗎？」

梨花一想也是，衛世子這做法的確不大妥當。她又嘆了一口氣，很為自家小姐著急，沒了永寧侯府這樁婚事，小姐哪裡再找這麼合適的？

連著三回都不理睬，沈薇以為衛瑾瑜該知趣了吧？誰知下午梨花又遞過來一封信。沈薇怒了，兩三下拆開信，快速掃了幾眼，然後把信往袖子裡一塞，吩咐道：「喊桃花過來，讓歐陽奈備車，我要出去一趟。」

「小姐，只帶桃花行嗎？奴婢也跟著去吧！」梨花不放心，追了出來。

沈薇邊往外走邊道：「不用，妳們全都留在家看院子。我不在時，誰都不要放進來，就說我休息了，誰都不許打擾。」

風華院已經擴建完畢，就是個獨立天地，有內院有外院，蘇遠之等人都搬到風華院的外院，只要關上院門就是一個府中府。院裡也開有角門，從這邊出府，誰都察覺不到。

衛瑾瑜約她的地點是在城外的竹林。沈薇到了地點一看，嘴角抽了抽。這地方很偏僻，尋常沒有人到這裡來，還真是個私會的好地方。

「衛世子約我來這裡，到底有何指教？」沈薇率先開口。出來時她是真的生氣，可現在倒也不生氣了，不過是個不相干的人。

「阿薇，妳來了。」衛瑾瑜看到沈薇，眼睛不由一亮。

沈薇瞪了他一眼。「衛世子請自重，請喊我沈四小姐。」她義正辭嚴地指出，眸光一轉，又道：「或者你也可以提前喊我一聲四姊，畢竟你是我五妹的未婚夫。」她的嘴角浮上嘲諷的笑。

衛瑾瑜的臉上閃過一絲尷尬，卻依然態度溫潤地道：「好，在下便喚四小姐吧。四小姐接到在下的信了嗎？」

不提信還好，一提起來，沈薇的火氣就往上冒。「衛世子，咱倆的婚約已經解除，以後男婚女嫁各不相干，你三番五次給我送信是什麼意思？我試問沒得罪你吧，你為什麼非要毀我名聲？」

衛瑾瑜有些慌張，急切說道：「四小姐別生氣，妳聽在下解釋。不是在下要退婚的，實在都是家母的意思啊！」

「有分別嗎？別管是誰的意思，反正婚都退了，你和五妹的庚帖也換了，就不要糾纏我了。」

「是在下對不起四小姐，在下實是心悅四小姐的，退婚也是迫不得已，是家母說在下壞了五小姐的閨譽，在下是男子，必須要負起責任。」衛瑾瑜急急解釋。

心悅我還會收沈雪的帕子？果然男人的嘴不能相信。之前看這人挺順眼的呀，現在怎麼越看越面目可憎呢？

「衛世子，我一點都沒有怪你。」不相干的人怪什麼？浪費感情。

衛瑾瑜聞言，鬆了一口氣，欣慰地道：「我就說四小姐很通情達理。」

沈薇在心裡翻了個白眼。這人有沒有腦子啊，聽說讀書不錯，都讀到狗肚子裡去了？「衛世子沒聽明白嗎？我是說，你退了我的婚事和五妹訂下婚事，我一點意見都沒有，現在你可聽清楚了？聽清楚了，以後就不要給我寫什麼信，你這樣是毀了我的閨譽。」沈薇直截了當地說。

衛瑾瑜大驚失色，上前就要拉住沈薇，被桃花一把推開。「走開！不許欺負我家小姐。」

桃花的力氣很大，衛瑾瑜被推得後退好幾步，身形有些狼狽。他的臉色不好看起來，看到推他的是個瘦小丫頭，也不好生氣。

衛瑾瑜見沈薇轉身要走，喊道：「四小姐，在下心悅妳呀！」

沈薇轉頭，雙眉上挑。「那又如何？」婚都退了，心悅有個屁用？

「四小姐，在下會娶妳的，等娶了五小姐過門，在下會娶妳進門的，定不辜負妳的一片情意。」衛瑾瑜見她不信，有些著急了。

「娶我做妾嗎？我沈薇就只配給你做妾？」沈薇的眸子裡閃過凜冽。

衛瑾瑜還以為她答應了，頓時大喜，連忙道：「不是妾，是平妻。」

「平妻?!」沈薇笑了，緩緩轉過身，好看的鳳眸裡全是冷意。「衛瑾瑜，你的臉怎麼這麼大呢？娶了忠武侯府一位小姐還不夠，還想娶兩位？你當我們忠武侯府的小姐是街上的大白菜任你挑選？你以為你是誰？人家誇你兩句就當真不知道天高地厚了？回去問問你爹永寧侯，懂不懂謙虛怎麼寫？至於你娘就不用問了，那就是個無知蠢婦！」

衛瑾瑜臉色大變，氣得渾身發抖，指著沈薇說不出話來。「妳——」

沈薇哼了一聲，輕蔑地看著他。「我怎麼了？我說的是事實呀！於我而言，你就是個背信棄義的小人。怎麼，我說錯了嗎？還想娶我做平妻，你怎不上天呢？衛瑾瑜，我警告你，收起你那些齷齪的心思，不要再招惹我，否則我會讓你後悔來到這個世界。」

她的話語冰冷而凜冽，衛瑾瑜不由打了個寒噤，臉色十分難看。沈薇見狀又哼了一聲。「衛瑾瑜，我祝你和五妹一輩子相親相愛。」便把袖子裡的信扔在他身上，轉身走了。

渣男！還想娶她做平妻，也不知道他哪來的底氣？沈薇十分後悔來這一趟，自己就不該來，該讓歐陽奈帶著桃花把他打一頓，打他個半死，看他還有這些齷齪心思不？

留在原地的衛瑾瑜也在咬牙切齒，臉上青一陣紫一陣。「潑婦！」他恨恨地罵道，不由慶幸婚事換了人，若是把這個潑婦娶回府，府裡還不永無安寧？還是溫柔有才的沈五小姐好啊！

殊不知這場好戲落入了路人的眼中。竹林的另一側還站著兩個人，赫然是晉王府的大公子徐佑和小廝江白。

他們真的只是路人，打這裡路過，被迫聽了這麼一場好戲。

江白滿臉震驚。「公子，這沈家四小姐可真是個厲害的。」私會外男不說，還把外男罵個狗血淋頭。不過想想她的罵詞，可真痛快呀！

人人都誇永寧侯世子有才華，他偏就看不上這樣的弱書生，在他眼裡，永寧侯世子比他家公子差得遠了，真該讓滿京城的閨秀都來看看永寧侯世子狼狽的嘴臉。

徐佑掃了他一眼。「就你話多。」

想想剛才那個少女的所為，他嘴角輕輕上翹。是個大膽又鮮活的姑娘，和京中的閨秀都不一樣。退婚了也好，衛瑾瑜配不上她！

轉眼就到永寧侯府下聘的日子，永寧侯府對這門婚事還是很滿意的，又是世子娶妻，所以聘禮給得很多。

看著一擔擔的聘禮從外頭抬進來，劉氏的臉上才有了笑。

可忠武侯府姊妹易嫁的消息也隨之傳了出去，無論劉氏怎麼解釋，誰又是傻子呢？誰不知道這樁婚事原本是三房嫡長女沈薇的？不就是繼室夫人為自己親閨女搶了原配嫡女的親事嗎？

劉氏的做法無可厚非，畢竟人都是自私的，偏著親閨女也是能理解的，但永寧侯府的做法就讓人難以接受，永寧侯父子不常以君子標榜自己的嗎？怎麼會做出這樣的事情？難不成永寧侯世子和那五小姐之間有什麼隱情？這一個是才子，一個是才女，不能不讓人多想啊！

外頭傳得沸沸揚揚，說什麼話的都有，沈雪出門作客也頗受風言風語，氣得她已經哭了好幾場。

世子夫人許氏氣得把茶杯都摔了。本以為是劉氏眼紅為女兒謀取這樁婚事，弄了半天，搞不好是雪姊兒那小妮子作的妖?!

這個不要臉的，每年大把的銀錢請來先生教著詩書道理，她都學到狗肚子裡了？她做那不要臉的事情時，有沒有為府裡的姊妹想一想？幸虧自個兒的霜姊兒早訂了婚事，不然還不得被她帶累了？

許氏這一氣，直接把給沈雪的添妝減了一級。

而永寧侯夫人也快氣死了。「查，給我查，消息是怎麼傳出去的?!」換娶個兒媳這沒什麼，可這個換娶的兒媳要是品行不端，事情就大了，只有自己知道那是把柄，要是傳出去，可就是污點了呀！

忠武侯府是女方，更巴不得捂著這事，消息只可能是從自己府裡傳出去的。郁氏那個氣呀！

其實郁氏真的想多了，這事真不是誰傳出去的，本來人們對這樣香豔的事情就樂此不疲，一傳十、十傳百，傳著傳著就編出了無數版本，不過是歪打正著，猜中真相罷了。

「姨母您不要生氣，都是下頭的奴才瞎傳，菲菲相信表哥不是那樣的人。」一個身穿蔥綠衣裳的荳蔻少女乖巧地勸著，還貼心地給郁氏另奉了一杯茶。

郁氏喝了茶，怒火消了一些，拍拍外甥女的手。「還是菲菲懂事，妳那未來表嫂要能有妳一半乖巧，姨母就謝天謝地了。」

這少女是郁氏姊姊的女兒，大郁氏當初嫁的是個進士，好不容易謀了個外放的缺，但輾轉多年仍是個縣令，所以小女兒趙菲菲長到十四歲，大郁氏捨不得她吃苦，就使人把她送入京城，託妹妹幫著給說門好親事。

少女的俏臉紅了，嬌嗔地道：「看姨母說的，菲菲哪裡能和忠武侯府的小姐比？菲菲就是個沒啥見識的鄉下丫頭，還是靠姨母才能來京城見世面長見識。」

少女的話無疑取悅了郁氏，看少女的目光更加慈愛了。「乖孩子，妳這樣貌在京中也是不差，等忙過妳表哥的婚事，姨母就帶妳出門見客，一定給妳挑一個好夫婿。」

「姨母！」少女跺著腳，臉上飛上雲霞，一副羞赧不已的樣子，惹得郁氏不由呵呵笑了起來。少女則想著來時娘親交代的話：一定要哄好姨母，為自己謀一門好親事。她一點也不想再回北方了。

永寧侯府的聘禮是挺多，劉氏高興過後又開始發愁，自己拿什麼去陪嫁女兒？若是之前，她手裡握有大把的銀子和鋪子，一點都不用愁，輕輕鬆鬆就能給女兒弄個十里紅妝。可現在阮氏的嫁妝都交出去了，她手頭是真沒什麼銀子。好在女兒的嫁妝這些年也陸陸續續積攢了一些，不然真的要抓瞎了。

女兒是要嫁去永寧侯府的，嫁妝自然不能薄了，否則到了婆家有什麼底氣？劉氏在自己的首飾盒子裡挑了些放到女兒嫁妝裡，又當了些物件為女兒置辦東西，可壓箱銀子和鋪子莊子到哪裡弄？東大街上隨便一間鋪子都要幾千兩乃至上萬兩銀子，她哪有這麼多銀子呀？

劉氏愁得頭髮都快白了，打著生病的藉口把三老爺請回內院，放下身段又是哭訴又是懺悔，好一通折騰，終於求得三老爺心軟，答應給雪姊兒添兩間鋪子和一個二百畝的小莊子，另外又給了一萬兩私房銀子。

鋪子不在繁華地段，莊子也有些偏遠，但此時的劉氏哪敢挑三揀四？

沈弘軒的心情也很複雜，他氣劉氏欺騙了自己，氣雪姊兒不爭氣搶了薇姊兒的婚事，可就像劉氏說的那樣，雪姊兒也是他的女兒呀，是他從小疼到大的女兒，她就是再不好、做再多錯事，也斬不斷父女之間的血緣聯繫。

還有劉氏，他生氣、失望又憤怒，可又能拿劉氏怎麼辦？劉氏是他的表妹，替他生了一兒一女，不看劉氏，就是看在兒女的面上，他也得給劉氏留幾分情面。

劉氏卻依然不滿意。哪家府裡嫁閨女不是大手筆，最寒酸的也有七、八間鋪子，老爺給的那點東西抵得上什麼用？

府裡的少爺小姐婚嫁均有定例，庶女給三萬兩銀子，嫡女有五萬兩銀子。這五萬兩銀子，劉氏動了二萬兩給女兒添置了些貴重的頭面首飾。新婦沒有幾件像樣的頭面怎麼出門作客？這是女兒的臉面，萬萬省不得。

她把女兒的嫁妝單子看了一遍又一遍，臉色不大好看，饒是竭盡全力，女兒的嫁妝仍是太寒酸。
她心裡把這一切的始作俑者沈薇恨到了骨子裡，若不是她把阮氏的嫁妝要回去，自己哪會為難成這樣?!

第五十一章

最後實在沒法，劉氏只能去求老太君。

她跪在地上哭訴。「母親，您怎麼發落我都成，雪姊兒可是您的親孫女，您忍心看她在夫家抬不起頭嗎？您就幫幫雪姊兒吧！」

老太君的眼底閃過一絲厭煩。真是個蠢貨！不過還不算蠢到徹底，還知道來求自己。她閉了閉眼，沒好氣地道：「妳早幹麼去了？」

「母親……不，姑姑，姪女真的知道錯了，姪女就雪姊兒一個女兒，您就拉拔她一把吧！」劉氏先還只是作戲，想到自己的女兒和這幾日的煎熬，她真是悲從中來，哭得傷心。

「行了、行了，起來吧！一把年紀了就知道哭哭啼啼，像什麼樣子？」老太君不耐煩地喝斥。「雪姊兒是我的親孫女，我還能虧待了她？秦嬤嬤，去把東西拿過來。」

罷罷罷，雪姊兒不僅是自己的孫女，還是自己的姪孫女，自己怎麼也得多看顧一些。

老太君示意秦嬤嬤把東西交給劉氏。「這一盒子首飾是我給雪姊兒新打的，永寧侯府雖然是侯府，實則早就敗落，這也夠雪姊兒充門面了。另外我再給雪姊兒添三萬兩銀子，兩間鋪子、兩個京郊的莊子。就是霜姊兒姊兒倆我才給了二萬兩，妳大嫂若是知道了，還不定怎麼埋怨我呢。」

劉氏感激萬分。「姑姑的慈愛，姪女心裡都記著呢，姪女知道您疼雪姊兒，雪姊兒也想著您。為著外頭的流言，雪姊兒都哭了好幾回，人瘦得只剩下一把骨頭了，怕您怪罪，也不敢過來給您老人家請安。」劉氏說著說著又哭上了。「現在知道您這麼疼她，回頭讓雪姊兒過來給您磕頭。」

老太君卻擺擺手。「不用了，回頭我讓秦嬤嬤過去，讓雪姊兒在院子裡好生學學規矩。」老太君是憐惜雪姊兒，但也不喜她做出有礙侯府臉面的醜事。添妝是給了不少，卻不想見她。

劉氏一窒，忙又道：「是、是，姪女一定看著雪姊兒學規矩，絕不讓她給府裡丟臉。」心裡想著，等過幾天老太君氣消了，再讓雪姊兒過來好好哄哄。

劉氏又來到女兒的院子裡，把老太君給的東西一樣一樣亮給她看。「為了妳，娘可是豁出臉面了。雪姊兒妳可要爭氣，到了夫家好生過日子，督促夫婿上進。他好了，妳才有地位，才能拉拔妳弟弟一把。」

她摸了女兒消瘦的小臉，愛憐地道：「妳祖母還是疼妳的，給妳的添妝是府裡的頭一份，妳不要聲張，省得那些小人眼紅。明天秦嬤嬤會過來教妳規矩，妳可要認真學，不可使小性子。等過兩天，妳祖母的氣消了，妳再過去給她請安。」

沈雪把頭擱在母親的肩上，乖巧地點頭。「娘，女兒都明白。娘，您放心吧，女兒以後一定會好好孝順您。」

劉氏攬著女兒，十分欣慰。為著兒女，她就是受再大的委屈也願意。「把妳的首飾盒子拿過來，娘幫妳理一理。」看看哪些留著自己用，哪些留著送人，哪些留著打賞丫鬟。

沈雪的表情一僵。「娘，不用了吧，女兒自己會理。」

「拿過來吧，妳小孩家家的懂什麼？」劉氏堅持。

沈雪沒辦法，只好讓倚翠把首飾盒子都拿過來。劉氏打開一瞧，一眼就瞧出了不對。

「雪姊兒，妳的首飾怎麼少了這麼多？哪一個管首飾的？讓她過來回話。」

沈雪眼神閃爍、支支吾吾，劉氏一下就瞧出了貓膩，沈著臉問：「雪姊兒，妳說實話，這是怎麼回事？」

沈雪沒法，只好把當首飾湊銀子換訂婚玉珮的事說出來。

劉氏一聽，氣得抬手就要給女兒一巴掌，但看見她可憐巴巴地望著自己，又心疼地放下來，重重地在她背上拍了一下。「妳怎麼這麼傻！這麼大的事，妳怎麼不和娘說一聲？」

罵過了女兒又罵沈薇。「黑心腸、爛心肝的，連自個兒的親妹妹都坑！妳爹還當她是好的，老天怎麼不打雷劈死她？早晚沒有好下場！妳要用銀子怎麼不跟娘說？姑娘家的東西能進當鋪嗎？流傳出去妳還要不要做人了？」劉氏氣急敗壞地點著女兒的額頭數落著。「妳的膽子怎麼這麼大呢？」

沈雪捂著頭直往後退。「娘，女兒哪有那麼傻？女兒都是揀了沒有印記的首飾當的，您就放心吧。」她覺得娘太小題大做了，京中沒落的世家多的是，哪家不往外當東西？也沒出什麼事。

劉氏氣得都不知道說什麼好了，不怕一萬還怕萬一呢。「哪家當鋪？當票在哪兒？給我拿來。」

劉氏還沒說什麼，倚翠就撲通跪下了。「夫人饒命，奴婢什麼都不會說的。」

沈雪噘著嘴。「是倚翠去當的，當票也是倚翠收著的。」

劉氏的臉色這才好看一些，瞥了一眼地上的丫鬟，道：「記住妳說的話，只要妳對小姐忠心，虧待不了妳的。去把當票拿來吧。」

當時沈雪急需用銀子，也沒把那些首飾看在眼裡，當的是死當，現在要贖回來就得花雙倍的價錢，又不好打著忠武侯府的招牌去贖，最後劉氏花了六千兩銀子才把沈雪當出去的首飾贖回來，本就窘迫的境況雪上加霜，氣得她又把沈薇咒罵了半夜。

時間就在沈雪學規矩中和劉氏的嫉恨中一天天滑過。這一日巳時，沈薇正懶洋洋地躺在湘妃椅上，瞇著眼睛聽茶花唸書呢，就聽到外頭傳來小海的呼喊。「小姐快來救命，老爺要打死少爺了！」

沈薇憶起才回府那次，不由噗哧一笑。「玨哥兒這小子又闖禍了！」

話音剛落，小海就闖了進來，滿頭滿臉都是汗，身形也十分狼狽，後頭似乎還有人追趕。

沈薇這才意識到事情不對，一下站了起來，朝外頭看了一眼，問：「小海，出了什麼事情？」今日學堂休息，沈薇見弟弟這段時間很用功學習，就放他出府玩一天，早上才出去的，這會兒就出事了？

小海急促地喘著氣。「小姐您就別問了，快跟小的去老太君的院子吧，老爺都要把少爺給打死了。他們把少爺身邊的人都看死了，小的是闖出來給您報信的！」

沈薇一聽，這還得了，瞇起的眼眸中鋒芒一閃。「跟我走！」

出了屋子，就見三個小廝在院子裡張望，梨花帶人跟他們對峙著。小廝見小海出來了，頓時大喜。「死奴才，還不快過來束手就擒！」

沈薇的臉更冷了，敢在她的院子裡撒野，無法無天了！

「拿下！」隨著沈薇的一聲令下，桃花和小海猛撲上去，兩三下就把那幾個小廝捆起來。

小廝們大聲嚷嚷。「四小姐，奴才是奉命行事啊！是老太君讓奴才抓這小子的！」

不提老太君還好，一提老太君，沈薇的唇抿得更緊了。「全吊樹上去！」敢動她的人，哼，等她回來再和他們算帳。

沈薇也顧不得什麼規矩了，帶著桃花、小海、歐陽奈就往松鶴院飛奔。一衝進松鶴院，入目的就是地上那鮮紅的血，從弟弟沈玨身上流出的血。

沈薇頓時覺得腦子一懵，心中大慟。

行刑的是他們的父親，這哪是教訓兒子，分明是要打死人。

廊下，他們的祖母威嚴地坐著，繼母劉氏也站在邊上，她們就這樣旁觀著，旁觀著玨哥兒被打。

一旁的地上，張柱子捆著手腳，被兩個魁梧的婆子壓在地上。他看到自家小姐來了，歡喜得眼淚都流出來了。「小姐，快救少爺！」

「住手！」沈薇再也忍不住了，衝上去拉住父親的胳膊。「父親，你是要打死玨哥兒嗎？」

沈弘軒一見是女兒，臉色柔和了一些。「薇姊兒，妳到邊上站著去，這臭小子又闖了禍事，為父要是不管不問，才是害了他。」

邊上的劉氏跟著附和。「老爺都是為了玨哥兒好，薇姊兒快讓開，這回玨哥兒可是闖了大禍。」一臉的幸災樂禍。

老太君的臉色也不好看。「玨哥兒就是個不省心的，打死都是活該，留著給府裡招惹禍事？」

沈薇的眼一瞇，銳利的目光射向老太君。「那敢問玨哥兒闖了什麼禍，讓祖母覺得把他打死都是應該？忠武侯府嫡出哥兒的命就那麼不值錢嗎？」

老太君被個小輩質問，臉面有些掛不住，喝斥道：「薇姊兒讓開，別妨礙妳爹！」

劉氏也掛著虛偽的笑容，假意說道：「薇姊兒還不知道吧，玨哥兒今兒又把秦相府的小公子給打了，把秦小公子打得昏迷不醒，相府的老太君都進宮告狀去了。」

「明明是秦小公子先挑釁少爺的！他嘴賤辱罵我們小姐，還說我們小姐活該被退婚，一輩子嫁不出去！」小海直接嚷嚷開了。

老太君大怒。「還不快把這個沒規矩的奴才拿下！」

「誰敢？」沈薇眼睛一瞪，嚷道：「好呀，明明雪姊兒才是始作俑者，為什麼要打玨哥兒？玨哥兒不過是為姊妹出頭，還是祖母和父親覺得，玨哥兒應該做個聽到外人辱罵姊妹而無動於衷的慫貨？」

老太君只覺得眼前一黑，重重地拍著椅子罵道：「薇姊兒是要忤逆嗎？就是有妳這樣的姊姊，玨哥兒才這麼無法無天。」

沈弘軒也覺得女兒不對，沉著臉道：「薇姊兒不得無禮。」

沈薇卻把頭一揚。「我不，今天有我在，誰也別想再動我弟弟一根指頭。」她低頭看了一眼春凳上遍體鱗傷的玨哥兒，只覺得異常心酸。

「薇姊兒連為父的話也不聽嗎？」沈弘軒臉皮也掛不住了。他望著憤怒的女兒，感情十分複雜。薇姊兒怎麼這麼不懂事？玨哥兒做錯事，被罰是應該的，逃避可不是君子行為。「還是薇姊兒對為父的處罰有意見？」

「我自然是有意見的。今天這事能全怪玨哥兒嗎？您憑良心說玨哥兒有錯嗎？被人罵到臉上還唾面自乾？不好意思，女兒沒那麼好的涵養，玨哥兒讀書用功、勤奮努力，您看不見，稍微犯了點錯您就往死裡打，算什麼好父親？這些年，您過問過我和玨哥兒的事情嗎？現在又憑什麼來管我們？」沈薇大聲質問。

「反了，反了天了！」老太君氣得直捶椅子，劉氏也跟著假惺惺地添油加醋。「薇姊兒怎能這般和老爺說話呢？」

沈弘軒臉上的表情更複雜了。「薇姊兒，妳怨我？」今兒才知，這個女兒對他是有這麼多的怨恨……

「對，我是怨您！您根本就沒有做到為人父的責任，自娘親去後，您有關心過我和珏哥兒嗎？您知道我們在劉氏手裡過的什麼日子嗎？缺衣少食，大冬天連點炭火都沒有。我的身子骨生來就弱嗎？還不是被糟蹋出來的？還有三年前的事，什麼高僧斷言，什麼兩女相爭須有一人避讓，傻子都知道這是劉氏弄鬼。我告訴您真相吧！是雪姊兒嫉恨我有永寧侯府這門親事，大冷天的把我推進池塘裡，劉氏乘機把我這個眼中釘弄出去，十兩銀子就把侯府嫡女給打發了。父親您知道嗎？我燒了一路，差點就死了，若不是祖父路過給了我銀兩，我就是沒病死也得餓死。」

沈薇越說越心酸，知道這種情感不是自己的，是原主殘留的。「你們不都覺得我的性子變了嗎？我要是再像以前那樣唯唯諾諾，早被人啃成渣了。還有珏哥兒，他才多大，劉氏就在他身邊放了兩個妖妖嬈嬈的丫鬟，叫什麼沈魚落雁，妳多大的臉！生怕珏哥兒學不壞是吧？還有這個叫三喜的小廝，成天慫恿珏哥兒蹺課玩樂，有這樣的奴才在身邊，珏哥兒能長成現在這樣子，您就該偷笑了，還動不動就打他，您怎麼不打雪姊兒和奕哥兒呢？雪姊兒做出那樣的醜事，也沒見誰說她一句。怎麼輪到我們姊弟倆就不行了？合著我們不是親生的？都說有後娘就有後爹，今兒我算是相信了。

「就今天這事，玨哥兒怎麼這麼巧，一出府就遇到秦小公子？還恰好聽到他說我壞話？這裡頭要是沒有劉氏的手筆，我敢把頭擰下來給您當球踢。我這個親姊姊都沒得到消息，您就把玨哥兒弄到松鶴院來行刑了，誰給您通風報信？」

沈薇直直地望著父親，直把他看得啞口無言，又轉向劉氏和老太君。「夫人可別說這些事沒做過，妳做的缺德事何止這些？早警告妳不要再招惹我，怎麼就不聽呢？現在好了，當著奴才的面把妳的臉皮撕下來，可滿意了？除了會弄些捧殺搓磨的小道，妳還會幹什麼？一個爬床上位的能教出什麼好閨女？難怪雪姊兒把妳的作派學了個十成十！」沈薇是一點臉面都沒有要給劉氏留。

「還有祖母，您坐鎮內宅，劉氏這點手段您會不知道？您任由劉氏搓磨我們姊弟是何道理？難不成我們不是您的親孫子親孫女？您不就是看我娘不順眼嗎？您埋怨祖父不顧您的意見，給父親娶了我娘，您拿祖父沒辦法，就把氣全撒到我娘身上，搓磨死了我娘，再把我們姊弟倆弄死，就沒人礙您的眼是吧？您嘴上說最疼父親，卻把他的兒女弄死，這就是疼愛？虎毒還不食子呢，您的心腸怎地那麼狠毒呢？」

沈薇索性豁出去了。不讓我過舒坦日子，那就索性都別過了，大不了搬出去住！

沈弘軒見老太君氣得直喘粗氣，生怕有個什麼好歹。他見沈薇一點悔過的樣子都沒有，也是怒火中燒，大聲喝道：「薇姊兒，還不快閉嘴！」

沈薇一點都不示弱。「我為什麼要閉嘴？難道我說的不是實話嗎？打今兒起，誰都不能再讓我受委屈。父親，我知道您心裡埋怨我不講情面，把我娘的嫁妝全要回來。你怎不想想那嫁妝是姓阮的？不姓劉也不姓沈，即便姓沈，那也是姓我沈薇的沈。您見過哪家原配夫人的嫁妝分給庶子庶女的？劉氏每年給雪姊兒打那麼多套頭面，不也沒給過三姊、八妹嗎？劉氏和雪姊兒屋裡擺著、頭上戴著我娘的嫁妝，您眼瞎看不見嗎？沒有您的默許縱容，劉氏敢動我娘的嫁妝嗎？出了事，您反倒怪女兒不講情面，算哪門子父親？」

沈薇的聲音憤怒至極。她本打算忍忍算了，反正這個父親也不算太過分，現在卻一點都不想忍了。

沈弘軒張口結舌面紅耳赤，臉上各種顏色輪換著。

「姊……姊姊！」春凳上的沈珏似乎動了一下，沈薇才反應過來真的是沈珏在喊自己。她驚喜地撲過去抱住沈珏。「珏哥兒，你別怕，姊姊在呢，誰也不能再打你了。」她的目光在幾個人臉上緩緩滑過，最後一咬牙，抱起沈珏。「走，咱們走！」

歐陽奈立刻上前。「小姐，讓屬下來。」他接過沈珏，小海早機靈地去給張柱子幾人解繩子了。

沈薇也沒有逞強，帶頭就朝外面走去。

「攔住，給我攔住！誰讓妳走的！」這是老太君尖利的聲音。

可滿院的奴才卻沒一個敢動，包括沈弘軒在內，全都心情複雜地看著沈薇帶人離開。

第五十二章

桃花走在最後。她從來沒見過小姐這樣傷心，雖然小姐沒有哭，可她就是知道小姐不開心。桃花覺得自己心裡也悶悶的，不舒服極了。

都是他們，都是這些壞人欺負小姐。

她折了回來，把那兩個按著沈玨的小廝一人一腳踢出老遠，又瞅了瞅，剛才打五少爺的是小姐的親爹，就是他讓小姐不高興的，可這個人不能揍。桃花左右瞅了瞅，一把奪過沈弘軒手裡的棍棒，兩手齊發力就掰斷了，這才滿意地拍拍手離開。

沈薇回到風華院，一眼就看到樹上吊著的三個小廝，她的火氣又湧上來。「給我拖到院門口打。什麼罪名？衝撞本小姐這個罪名夠不夠？使勁打，留一口氣就行，打完了扔松鶴院去。」

她就是要殺雞儆猴，讓全府都好好看看，她沈薇不是任人欺負的！

「姊、姊姊，我……沒事。」歐陽奈懷裡的沈玨費力地睜開眼睛找姊姊。

剛才爹爹打他的時候，他萬念俱灰，無論怎麼努力上進，爹爹都不看在眼裡。他只要稍稍有點不對，爹爹連話都懶得說，直接就上棍棒。

那棍棒打在身上可真疼啊，可他硬是忍著不吭聲。他聽到了祖母的怒罵，聽到了繼母的添油加醋，他以為這一回自己會被打死……死了吧，死了就解脫了，省得爹爹有事沒事就打他。死了就能見到娘親了嗎？他連娘親長什麼樣子都還不知道呢……

自他有記憶以來，大家就告訴他劉氏是他的娘親，後來他才知道不是，劉氏只是他的繼母，是五姊和奕弟的娘親，不是他的娘親。

然後，棍棒終於停了，他聽到了姊姊的聲音，姊姊來救他了，他就想：好了，這回不用死了。

他聽到姊姊質問爹爹，質問祖母和繼母劉氏，她的聲音是那麼憤怒悲愴，他就想笑了。這是他的姊姊，是在自己調皮時狠狠罰他，之後卻會送來最好的傷藥；是在爹爹打他時，唯一擋在身前的姊姊，是唯一一個全心全意為他著想的親人。

既然這回死不了，那就好好活吧！不讓姊姊再為自己擔心，他要好生讀書，考功名，他要好生習武。在這個府裡，誰也不能阻擋他前行的腳步，他得給他們姊弟倆爭一口氣，為死去的娘親爭一口氣。

沈薇緊緊握住弟弟伸過來的手，安慰道：「玨哥兒不要說話，姊姊都明白，這一回你沒錯，姊姊不怪你。柳大夫馬上就到了，你不會有事的。」

沈玨心裡一鬆，嘴角露出一個乾淨的微笑，然後閉上眼睛，放心地沈入了黑暗。

沈薇心裡難受。多懂事的孩子呀，她爹怎麼下得了手？

松鶴院可亂了套，老太君聽說院子裡被扔了三個血淋淋的小廝，差點沒暈過去。「作孽喲，怎麼出了這麼個逆女！」

劉氏也捂著臉，哭哭啼啼的。「母親啊，兒媳沒臉見人了……」

老太君把眼一瞪。「妳還有臉哭？瞧瞧妳做的那事。」她也很冤好不好？她年紀大了，精力不行了，劉氏做的事情，她哪裡全知道？哪知道劉氏手這麼黑？現在好了，被薇姊兒叫嚷出來，還帶累了她，她可沒忘小兒子離去時看著自己的目光，兒子這是怨她呢。

松鶴院的動靜驚動了世子爺夫婦，急匆匆地趕來松鶴院。

老太君一看到大兒子，頓時有了主心骨。「老大呀，你可得替娘作主，狠狠地懲罰薇姊兒這個白眼狼！我好吃好穿地供著，倒供出個不忠不孝的白眼狼出來了！」

沈弘文趕緊把老太君扶住，勸道：「娘，薇姊兒就是個孩子，您和個孩子一般見識做什麼？」

今天這事也不能全怨孩子，薇姊兒是不該衝長輩嚷嚷，可她也是被逼急了呀！任誰看到同胞弟弟被打得半死能不著急？

說起來，這事還是三弟的錯處大一些，孩子做錯事，教訓幾句得了，怎能下死手打呢？剛才他進來時還看到院子裡那一灘血，也難怪薇姊兒頂撞長輩。三弟妹也是個不賢的，不幫忙勸說，反倒跟著架秧子（注）起火。

注：架秧子，起鬨、煽動、慫恿。

「娘，這事該怪三弟，咱們家教訓孩子哪有上板子的？三弟打玨哥兒，您怎麼不攔著呢？」沈弘文對自個兒親娘也有意見，別人家的祖母待孫子哪個不都疼得跟眼珠子似的，他娘可好，眼睜睜地看著玨哥兒挨打，薇姊兒能不生氣嗎？

老太君委屈極了。「老大呀，你是不知道，玨哥兒那小崽子不打不行，你知道他今兒又闖了什麼禍？他把秦相府的小公子給打得昏迷不醒，他家老太君都進宮告狀去了，娘娘能饒得了咱們府裡嗎？」

「是因為這事？」沈弘文的眉頭皺成了川字。不是說玨哥兒知道用功了嗎？怎麼又出去打架？

老太君連連點頭。「所以我才沒攔著老三打他，若是不打了他，以後還不知給府裡闖出什麼禍事。」

許氏聽不下去了，張嘴道：「兒媳聽說是因為秦小公子辱罵薇姊兒在先，玨哥兒才動手的。」

她是做兒媳的，很多話都不好說，但也不能眼看著婆母蒙蔽自家相公。

沈弘文聞言，緊皺的眉頭鬆開了。「既然秦小公子挑釁在前，那就不能只怪玨哥兒一個。就是宮裡娘娘怪罪下來，咱們也不怕。」

「老大呀，你怎麼這麼傻呢？宮裡的娘娘才不管你有沒有理，她只知道她的親弟弟被人打得昏迷不醒，要為娘說，咱們還是趕緊把玨哥兒送給相府發落吧，只求能平息娘娘的怒火。」秦家的這位娘娘不僅受寵，還育有皇子，她要是在聖上耳邊吹吹風，忠武侯府能落到好？

沈弘文大驚失色。「娘，萬萬不可，您可不能這麼糊塗啊！」

「兒呀，是你糊塗了吧！」老太君扯著大兒的手。

「我看是妳這個老婆子糊塗了！」打外頭進來一位身材魁梧的老人，虎著臉，不怒而威。

屋裡的人都是一驚，沈弘文驚喜地喊道：「父親，您怎麼回來了？」

沈侯爺看了他一眼，沒好氣地道：「我若再不回來，任由你們給老子丟人？」他看著老太君，越看越糟心。

他這回是奉了密旨進京，剛從宮中出來，就聽大管家說了府裡的事。他氣呀！兒子孫子沒一個成器的，好不容易有個瞅著順眼的孫女，老太婆還作踐。

「侯爺這麼瞅著我幹麼？怪瘆人的。」老太君很心虛，色厲內荏地嚷道。

沈侯爺的臉一沈。「我把滿府的孫子女託給妳照顧，妳就是這樣照顧的？妳把我沈平淵的孫子扔出去當替罪羊，妳多大的臉？劉氏啊劉氏，妳不是膽子挺大的嗎？一個宮妃就把妳嚇住了？」

老太君眼神閃爍，沒有吭聲。

沈侯爺繼續道：「我早說過妳那個姪女不是個好的，不許她進府。妳倒好，趁著我不在府裡把她弄進了府，雪姊兒比薇姊兒才小幾個月，丟人！妳不要以為我嘴上不說，就不知道薇姊兒她娘是怎麼死的，看在兒子們的面子上我容了妳，可妳是怎樣待薇姊兒姊弟的？十二歲的小姑娘，發著高燒，你們就把她攆去沈家莊，妳這是要她的命啊！」

老太君大驚失色。她以為那個秘密會被自己帶進棺材裡，沒想到侯爺知道……她不由打了個寒顫，覺得渾身都發冷。「侯、侯爺——」

沈侯爺居高臨下斜睨著她，冷哼一聲，道：「以後薇姊兒姊弟倆由我看顧，他們的任何事，妳都不許插手。」說罷，頭也不回地離開了。

老太君頹然地跌在地上，滿嘴的苦澀。

「小姐，您歇一會兒吧，柳大夫都說五少爺的傷看著嚇人，實則沒有傷到內裡。」梨花小聲勸著自家小姐。自五少爺進了風華院，小姐就一刻沒離開跟前。

沈薇沒動，只是問：「東西都搬過來了嗎？」

梨花道：「搬好了，水仙帶著芍藥在清風院幫著規整。別的都好說，就是五少爺原來院子裡的下人怎麼安置？」

小姐發話了，既然老爺不拿五少爺當一回事，那五少爺就不必住在那邊了，還是搬到風華院的外院吧。

沈薇想了想，道：「讓張柱子挑一挑，那些別有用心、偷奸耍滑的全給劉氏送回去。水仙也算歷練出來了，就讓她和芍藥伺候玨哥兒吧。一會兒妳再去大伯母那兒討幾個得用的人。」

府裡是大伯母管家，她要是全換上自己的人，無疑是打了大伯母的臉。大伯母對她還算不錯，這個面子她是要給的。

梨花點點頭出去了，不一會兒又走進來。「小姐，大管家在外頭呢。」

「不見。」沈薇的眼都沒眨一下。她現在正憋了一肚子的火，誰都不想見。

梨花想要說些什麼，就見小姐不耐煩地擺手，只好嘆著氣朝外走。

在外頭廊下候著的大管家見梨花出來，眼睛一亮，一臉期待地看著她。「梨花姑娘，四小姐？」

梨花搖搖頭，歉意地說：「大管家，您還是先回去吧，小姐現在正在氣頭上，等明兒她消了氣，奴婢再勸勸她。」

大管家急了。「梨花姑娘，妳沒跟四小姐說是侯爺要見她嗎？」他這都來請第三回了，連四小姐的面都沒見到。

「大管家，您回吧。」梨花只是搖頭。小姐說了不見那就是不見，天王老子來了也沒用。

大管家哭喪著臉，一步三回頭地出了風華院。他算是看出來，滿府的少爺小姐，侯爺待四小姐尤為不同，看來以後對四小姐還要更敬重些才是。

「侯爺！」大管家一進屋就苦著臉，可憐兮兮地看著主子，心裡也有幾分忐忑。

沈侯爺不僅不氣，反倒笑了起來。「這丫頭，氣性還挺大。」他從來都不怕有本事的人脾氣大，就怕人沒本事脾氣還大，就像他的三兒子，這麼些年也沒見他做出什麼功績，打兒子倒是一把好手。

跟著一起回來的龐先生也笑了。「四小姐這是心裡委屈。」

沈侯爺瞪了龐先生一眼，難怪這老小子非要跟他回來，合著是來看熱鬧了。

「安興，你再去風華院走一趟吧。」沈侯爺對大管家說。若是換個人，他早就沒了耐心，可誰讓他就看這個孫女入眼呢？

「侯爺！」大管家沈安興都快要哭出來了。

「讓你去就去，這副怪樣子幹什麼？」沈侯爺笑罵。「一把年紀了，也不怕難看，還不快去。」

大管家沒有動，垮著一張老臉。「侯爺再換個人去請吧，老奴面子淺，實在請不動四小姐呀！」

沈侯爺又要瞪眼，龐先生徐徐開口。「屬下替侯爺跑一趟吧，想來四小姐還是願意賣屬下一個面子的。」

沈侯爺眼睛一閃，嘴角露出一抹笑。「那就有勞了。」反正這個老小子也是想看他的笑話，那不妨先幫他做點事情。

「龐先生快請。」大管家大喜。有龐先生和他一起去，這回應該能請來了吧？

沈薇看著熟睡的沈玨，思緒早就不知道飛到哪裡。室內靜悄悄的，梨花走了進來。

沈薇瞥了她一眼。「大管家又來了？」

梨花點頭。「龐先生也來了。」臉上十分擔憂，想了想還是勸道：「小姐，您就過去一趟吧，別讓侯爺等急了。」小姐到底是小輩，已經惹怒了老太君和老爺，還是不要再惹侯爺生氣的好。

「那走吧！」沈薇翻了個白眼，站起來往外走。都一把年紀了還這麼急躁，有什麼事明天不能說？非得大晚上的一遍遍請她？

梨花見狀，鬆了口氣。

出了屋子，就看見外廳的大管家和龐先生。大管家緊皺著眉忐忑不安，龐先生則是姿態優雅地坐在椅子上喝茶。

沈薇頓時不高興了，張嘴就諷刺。

「喲，這不是龐軍師嗎？什麼時候回來的？這茶還挺好喝的？您說您不在西疆運籌帷幄，跑這兒來當起跑腿的了？」

龐先生一口茶差點沒噴出來，好在他臉皮厚，呵呵笑著。「這不是來給四小姐跑腿嗎？四小姐請吧。」

沈薇斜了他一眼，哼了一聲朝外走。

龐先生依舊呵呵笑著，不以為忤。大管家則擦著腦門上的汗，暗自鬆了一口氣，總算是把人請動了。

第五十三章

「見過祖父。」沈薇草草行了一禮就到一旁的椅子上坐下，低眉順眼的樣子要多乖巧有多乖巧。

「喲，四丫頭還生氣呢？」

「您說呢？」沈薇沒好氣地反問。「祖父這麼急著叫孫女過來是有何事？天不早了，孫女還想早些休息呢。」

沈侯爺看著孫女一臉不耐煩的樣子，清了清嗓子道：「小姑娘家家的，哪來這麼大的氣性？妳不是沒吃虧嗎？」不僅沒吃虧，聽下頭的奴才說，還把她爹給罵了個狗血淋頭。

「誰說沒吃虧？玨哥兒身上的傷是怎麼來的？」沈薇一聽這話頓時炸了，眼睛瞪得圓圓的，像一隻被激怒的小獸。

也不知怎的，沈侯爺只覺得心裡發虛，畢竟做下混帳事的人是自己兒子和老妻。他嘟囔道：「我不是已經教訓過妳爹了嗎？」

不僅是老三，連老大、老二都一塊兒教訓了。沈侯爺的教訓簡單粗暴，就是拎過來揍。別看沈弘軒是文官，沈泓武不學無術，但也是自幼習武，只是和長年在軍中的老父相比，哥仨就差得遠了。沈侯爺一人就把三個兒子揍得鼻青臉腫，尤其是沈薇她爹，躺在地上都起不來了。

沈薇聽了祖父的嘟囔，氣得笑了。「喔，原來祖父是擔心孫女弄死您兒子呀！您放心好了，只要他不再惹我們姊弟倆，暫時我還不想背上弒父的名聲。」至於劉氏就不好說了，只要她再伸一次手，她就把她送進府裡的小佛堂去。

沈侯爺臉色一僵，看著桀驁不馴的孫女，臉一沈，拍著桌子大聲道：「那畢竟是妳爹，妳還真想弄死他？是不是還想著把祖父我也一塊兒弄死得了？姑娘家的成天把死呀死地掛在嘴邊，成什麼樣子？況且妳爹不就是耳根子軟點嗎？」最後一句，聲音低了許多。

沈薇也不怕，嘴一撇。「您怎不說他眼還瞎呢？要是不瞎，他能把劉氏那樣的蛇蠍當成賢妻？除了眼瞎還小心眼、迂腐、自欺欺人——」沈薇扳著手指頭數落她爹的缺點，數得沈侯爺嘴角抽搐。這個死丫頭，她還真敢說。

然後，沈薇話鋒一轉，又道：「至於祖父您，孫女哪有能耐挑釁您，我們姊弟倆還想抱著您老的大腿過好日子呢！」

看著精明的孫女，沈侯爺都不知道說啥好了。真心累啊！這丫頭比軍中最難管的刺兒頭還令他頭疼，輕了不行，重了也不行，還有一大堆歪理堵你的嘴，可他怎麼越頭疼越歡喜呢？

沈侯爺一瞪眼，做出凶惡的樣子。「妳給我安分點，別成日齜牙瞪眼的。以後你們姊弟倆的事由我管，妳祖母和妳爹都不能插手，這下滿意了吧？」

沈薇的眼睛頓時亮起來。「唉呀祖父，這怎麼好呢？真是多謝祖父了！您放心好了，我肯定聽您的話。就是她們再跳出來噁心我，看在您老的面子上，我肯定不弄死她們。」

沈侯爺氣得吹鬍子瞪眼。「得了便宜還賣乖，滾蛋吧妳！」

「是，遵命。」沈薇迅速起身，一溜煙跑掉了，風裡還傳來歡快的聲音。「祖父您好生歇息，孫女明兒再來陪您。」

「這小潑皮！」沈侯爺笑罵了一聲，坐在椅子上開始長吁短嘆。

滿府的兒孫沒一個爭氣，三個兒子廢了兩個，只有老大還像點樣子，可惜魄力不夠。孫子裡也就大孫子比較長進，但也不夠出色，他要是不在了，忠武侯府能立刻被人給撕了，踩在腳底下。比來比去，沒有一個比得上四丫頭，這要是個小子，他還愁什麼？可薇姊兒偏是個丫頭，可憐他老頭子一把年紀了還得為兒孫籌謀。

第二日卯初，忠武侯府的老爺少爺們全都自覺地聚集到演武場。沈弘文哥仨前一天被他們爹揍了一頓，現在全身都疼，但沒一個敢不來的。

沈侯爺是以軍功起家，訂下規矩，府裡無論嫡出還是庶出的男丁均要習武。這條規矩到了孫子輩幾乎形同虛設，能堅持練下來的也只有長孫沈謙，其他的都是三天打魚，兩天曬網。

但沈侯爺回府的日子，他們還是很自覺的，一早就送上門來挨揍了。

沈弘文哥仨老遠就看到父親在場地中央練得正歡，待看清楚和老父對練的是嬌滴滴的四姪女，頓時驚得嘴巴能塞進一個雞蛋。

以為自己眼花了沒看清楚，揉揉眼再看，沒看錯，的確是薇姊兒。就見她手裡握著一桿長槍舞得虎虎生風，絲毫不落下風。

沈弘文眼神晦澀，這才明白為啥父親昨天下狠手收拾老三了；至於他和老二，不過是兩條倒楣的池魚罷了。

沈弘武嘴巴張得老大。「三弟，薇姊兒的身手可真不賴，跟誰學的？」難怪父親喜歡薇姊兒。

沈弘軒的心情最複雜。他都不知道薇姊兒會武，看那樣子也不止練了一年半載，自己卻不知道，難怪薇姊兒怨他。

沈薇瞥眼見到人來了，把長槍一扔、身子一扭，躲過祖父刺過來的長槍，右手順勢就按在槍桿上，結束了對練。

沈侯爺特別高興，誇獎沈薇道：「不錯，比妳爹強多了。」

沈薇嘴角一抽，不滿地瞪了祖父一眼。能不能別拿她跟她爹比？

沈侯爺依舊笑呵呵，看了看站在面前的兒子孫子們。「四丫頭，跟妳伯父和兄弟們過過招。」

看吧，祖父的良心壞了！沈薇對祖父的陰險用心看得可清楚，才不會上當呢。

「祖父，您的兒子您自個兒教去，孫女怎好越俎代庖？」雖然她爹挺不是東西的，但她也不能當著眾人的面揍呀。「孫女還是陪大哥他們過幾招吧。」兄弟是同輩，她揍起來比較沒有壓力。

接到沈薇不懷好意的目光，以沈謙為首的眾兄弟只覺得頭皮發麻，一股不好的預感從心底升起。

沈侯爺也不強求，隨即點了身邊的老親兵沈安從。「安從，你去陪幾位老爺走幾招。一個個的養優處尊慣了，還真當自己是老爺了。」

這一早上，沈薇揍人揍得歡暢，除了大哥沈謙勉強在她手底下走了二十招，其他人基本上都是兩三下就解決了。最後變成五個圍攻她一個，不到一炷香的工夫，全被她揍得趴地上起不來。

沈謙幾兄弟被她揍得想死的心都有了，偏偏祖父還在邊上數落。「連個姑娘家都打不過。」

是呀，真丟人！向來自視甚高的沈謙，臉紅得跟煮熟的蝦子似的。

沈侯爺瞅著垂頭喪氣的兒孫們，嘆了一口氣，背著手，帶著沈薇回去用早飯了，留下這群人在演武場上面面相覷。

沈侯爺雖說是奉了密旨回京，但朝中仍有不少消息靈通的人知道他回來了，私下猜測是為了什麼事。

沈侯爺在府裡只待了兩天，走之前，把三個兒子拎過去又訓了半天，還去了秦相府一趟，也不知和秦相是怎麼協商的，反正秦老太君婆媳倆偃旗息鼓，不再蹦躂著叫囂要玨哥兒抵命了。

還有，沈侯爺還辦了一件事。他不知從哪兒弄了個姓陳的嬤嬤擱在老太君身邊，說是陳嬤嬤精通佛法，深具佛緣，有她服侍，老太君就能更虔誠地修身養性。

沈薇嗤之以鼻，祖父應該是覺得老太君不大靠譜，對她不放心，才弄了這麼個人放她身邊看著，免得她做出什麼無法挽回的糊塗事。聽說那位陳嬤嬤除了精通佛法，還有些拳腳功夫呢。

那天在演武場揍人之後，府裡都知道沈薇是個不能惹的主子，於是她終於過上了舒坦的日子，睡覺睡到自然醒，想啥時出府逛，就啥時出府逛。

沈薇對此滿意極了，不枉自己豁出去鬧一場。她算是看明白了大家族的生存準則，他們拿各種道理壓人，若不想憋屈地活，只能做個豁得出去的惡人。

要麼憋屈，要麼做個惡人，沈薇選擇了後者。反正老娘有的是銀子，外頭海闊天空，哪裡不能去？當然這是最壞的打算，畢竟她祖父還是挺可愛的，對她也挺好，她還是願意在他的庇護下過悠哉日子，順便看情況為侯府盡點心意。

至於沈玨身上的傷也好多了，但他醒來就像變了一個人似的，彷彿鬧騰的大海終於安靜下來，變得謙遜沈穩，懂事得像個小大人一樣，不用督促，自己就知道用功。

顧嬤嬤憂心了許久，沈薇覺得這樣也挺好，危則思變，自己的路得自己走，這樣的玨哥兒才能走得更遠些。

這天，顧嬤嬤說她昨晚夢到夫人了，拉著沈薇的手掉了半天的眼淚，為了安她的心，沈薇決定去西山寺為她娘添些香油錢。顧嬤嬤聽了，果然高興起來。

出發得有些晚，到西山寺時已是午時，她先用了齋飯才進大殿拜佛。

沈薇不信佛，但仍跪在蒲團上雙手合十虔誠祈禱，祈禱那個和她同名的小姑娘能投個好胎，父慈母愛，家庭幸福。

回來的路上變了天，眼看就要下大雨了，於是歐陽奈把馬車趕得飛快。但突然間馬車停住了，沈薇沒防備，頓時和梨花、桃花撞在一起。她揉著額頭問：「怎麼了？」

歐陽奈沈穩的聲音傳來。「小姐，前面有打鬥的聲音。」

沈薇側耳聽了聽，真的是。

「能不能繞開？」多一事不如少一事，她今兒剛給娘添了香油錢，不大想沾麻煩。

「繞不開，只有這一條路。」

「那闖過去。」沈薇想也沒想就道。快下雨了，還是儘快進城才好。

「是。」隨著歐陽奈的話音一落，馬車立刻動了起來。

越往前走，打鬥的聲音越清晰，沈薇打了個呵欠懶懶地靠著車壁，桃花低著頭，百無聊賴地玩著自個兒的手指頭，唯有梨花緊張地握緊拳頭。

打鬥聲更清晰了，似乎就在眼前。

沈薇不想沾麻煩，可偏有不長眼的來惹她。一柄長劍從車窗刺了進來，她反應快，拉了坐在車窗旁的梨花一把，饒是這樣，梨花的頭髮也被削掉一綹。

「停車！」沈薇怒了，推開車門就跳下來。桃花雙眼發光，拎著她的長棍也跟著跳下來了。歐陽奈卻沒動，總得留個人護著車裡的梨花吧，而且他對小姐和桃花的功夫有信心。

一二三四五——沈薇數了數，有十個黑衣蒙面人圍攻一個穿青色衣裳的男子，青衣男武功相當不賴，這些黑衣人把他圍在中間，卻沒一個能近他身的。只是青衣男似乎受了重傷，身形漸漸狼狽，照這樣下去，非得被逮著不可。

沈薇左右瞅了瞅，瞅到了那個罪魁禍首，唰地抽出腰間的軟劍就朝使長劍的那個黑衣人殺去，急得桃花在後頭大喊：「小姐等等我！」鐵棍舞開，誰擋砸誰，黑衣人還莫名其妙著就倒下去兩個。

這些日子，沈薇一直憋著氣，雖然在府裡的演武場上，她揍人揍得很歡暢，實則氣只出了一小半，現在又被撩起了火。這些黑衣人連臉都不敢露，一看就不是什麼好人，她使出渾身解數，怎麼解氣怎麼來。

片刻之後，站著的黑衣人就只剩下三個。這三人一看，哪裡冒出來的凶悍女人？連地上半死的同伴都顧不上了，轉身就逃。

沈薇收了招，從地上黑衣人的衣裳上割了塊布拭淨軟劍，又重新扣在腰間。忽聽幾聲慘叫聲傳來，扭頭一看，差點沒笑出來。桃花那小妮子正興致勃勃給地上沒死的黑衣人補刀呢。

「走了，桃花。」沈薇喊了一聲就朝馬車走去，看都沒看青衣男一眼。

「沈四小姐。」青衣男忽然開口喚道，聲音低沈而富磁性。

「你認識我？」沈薇詫異地轉過身。「你是誰？」

啊，這人長得還真是好看，劍眉入鬢，一雙星眸如波瀾不興的古井，即便狼狽卻竭力身姿挺拔，好似一棵參天大樹。

「徐佑。」青衣男脫口而出。

徐佑？這個名字有點耳熟，沈薇卻怎麼也想不起來。

徐佑看到沈薇臉上的茫然，嘴角不著痕跡地抽了一下。她竟然不知道自己？不知為何，心底就有些許不舒服。

「晉王府的大公子。」徐佑提醒道，自己都覺得不好意思。

「小郡主她表哥！」沈薇一下子就想起來。二姊曾跟她說過晉王府的大公子，不是說他是個病秧子嗎？以一敵十，這是病秧子的表現嗎？沈薇狐疑地瞅著他。

徐佑的嘴角又抽了一下。「救命之恩當湧泉相報，四小姐但有所求，佑無有不從。」

沈薇眼睛一亮。「那你給我——算了，小女子我施恩不求回報。」

本想要銀子，晉王府那麼富有，定能讓她大賺一筆，可隨即又想，銀子多俗氣呀，尤其是跟這麼好看的男人要銀子，那就更俗氣了。

算了，就當自己日行一善吧，誰讓他長得好看呢，長得好看就是占便宜。

其實沈薇心底還有隱晦的狡猾。晉王府的大公子，這麼有身分地位的人，就是不提他也會記著恩情的，自己何不做得好看點呢？

徐佑忽然笑了，沈薇只覺得眼前百花盛開。唉呀，一個大男人怎能好看成這樣呢？她都不由得看愣了。

「還請四小姐捎在下一程。」徐佑靠在樹幹上苦笑道。他看了看自己身上的傷，虎落平陽啊！

「好呀！」沈薇不假思索就應了，等反應過來，難免懊惱男色誤人。

「你小心點，別弄髒我的馬車。」她還記著剛才的事呢，小心眼地叮囑。「唉呀我忘了，男女七歲不同席，要不你到下頭去擠擠？」

徐佑看了看底下狹小的夾層，笑了笑，很讓沈薇意外地同意了。

而歐陽奈則是無比同情。那裡他待過，可不是舒服的地方。

剛進了城，大雨就嘩啦啦地下起來，沈薇掀開車簾看著砸在地上的雨點，心裡憋著的那股鬱氣總算抒發出來。

馬車平穩地駛進風華院外院，她掀開夾層一看，裡面空空如也，若不是那幾點血跡，都要懷疑有沒有遇過徐佑這個人。

沈薇很詫異。徐佑什麼時候離開的？自己一點也沒有察覺到，這個人受了這麼重的傷還能神不知鬼不覺地離開，真是好身手。

第五十四章

而別院裡，徐佑正靠在榻上讓太醫診脈。鬚髮全白的李豐泰皺著眉收回了手。「大公子這是受了內傷，老朽施針替公子壓制一二吧，但半年之內，公子絕不能再妄動真氣。」

徐佑面色如常地點頭，一旁的小廝江白可急壞了。「公子，是哪個王八羔子？都是奴才該死，奴才不該離開公子身邊才是。」

江白懊悔極了。今天他本是陪在公子身邊的，後來公子收到一條消息，就寫了封密信讓自己秘密送到長公主府小郡王手裡。誰知道自己前腳離開，後腳公子就受到圍攻，還不止一批人。

等自己送了密信再回頭去接公子，沒看到公子，反而看到倒了一地的黑衣人，他嚇得魂飛魄散。循著公子留下來的標記找了過去，這才找到剛從沈四小姐馬車裡遁出的公子。

徐佑好似想到了什麼，冷漠的眸子泛起一抹暖色。

沈薇，她叫沈薇是吧？真是個不錯的姑娘，永寧侯世子沒有眼光。她幫了自己，回頭和姑姑提一句，看看京中誰家子弟合適，不妨給她一門好親事。

至於哪裡來的刺客，恨不得他死的也就那幾個人。徐佑輕扯嘴角，露出嘲諷的笑。

可他的傷還未痊癒就進了宮，陪雍宣帝下棋。

「阿佑的棋藝又精進了。」雍宣帝望著棋盤道。

徐佑面無表情。「比不上您。」不管是真的還是假的，棋盤上的戰局是雍宣帝稍占上風。

「你小子倒是會說話。」雍宣帝笑罵了一句，撚起棋子輕輕放下，一下便斷了徐佑的一條後路。

徐佑眼都沒眨一下，輕鬆自如地捏起一顆棋子，隨手一放。

雍宣帝早習慣了這個姪子的沈默寡言，又下了一顆棋子方道：「你前些日子在城外遇刺了？沒事吧？」

徐佑搖頭，卻適時地咳嗽兩聲。雍宣帝見狀便嘆了一口氣。「阿佑，你也別怪你父王，他——」頓了頓，到底沒有說下去。「回頭朕好生說說他。」

「皇伯父莫非忘了姪子才從江南回來？」徐佑淡淡地說了一句，言下之意就是：刺客也不一定是晉王府的某人派來的。

前年六月，欽差奉旨往江南巡行，徐佑暗地隨行。這一路栽在他手裡的官員不計其數，有幾個還和京城的某些積族世家有密切關係，他壞了某些人的利益，那些人會放過他？

雍宣帝臉上的笑更深了。阿佑到底懂事，和這個做兒子的比起來，他老子晉王爺徐景就顯得小氣多了，為一個女人對自己的親生血脈不聞不問，有做父親的樣子嗎？雍宣帝對自己的親弟弟也頗有微詞。都說他寵信徐佑，攤上那麼個不著調的爹，他能不偏疼阿佑一些嗎？

「皇伯父，您贏了。」徐佑忽然開口說道。

雍宣帝低頭一瞧，還真是，他扔下棋子讓大太監張全收拾。「行了，你回吧，讓李豐泰好生給你調養身體，有空就進宮來陪皇伯父下下棋，別讓皇伯父三催四請的。」這個姪子哪兒都好，就是不愛進宮，若是換個人，巴不得天天跑他跟前討巧賣乖。

「您忙。」徐佑一下子便堵住了雍宣帝的嘴。

雍宣帝的嘴角一抽，笑罵。「趕緊滾吧。」

徐佑便撣撣衣裳滾出了御書房，迎面碰到來稟事的秦相，秦相親切地招呼。「大公子。」

徐佑點了下頭，面無表情地向前走。

大公子，是的，滿朝文武官員見了他都習慣地稱一聲「大公子」。在外人眼裡，他是聖上最寵信的姪子，是個長年在山上養病，以致連世子之位都無法繼承的可憐病秧子。

實則是這樣嗎？聖上是一國之君，何以單單寵信他？他若真的無害，那一批一批的刺客從何而來？

徐佑瞇起眼睛看向天空，一抹情緒在星眸中一閃而過。

沈薇終於接到章可馨的帖子，說家裡新得了幾匹好馬，請她過府騎馬玩。沈薇自是欣然赴約。

武烈將軍府和忠武侯府不在一條街上，兩家府邸離得不遠，但也不算近了，有半個時辰的路程。

馬車向前行駛著，忽然，一個囂張的聲音落入沈薇耳中。「阮綿綿，妳別給臉不要臉，小爺看上妳那是妳的福分，妳信不信小爺我回府稟了祖母，明兒就能抬妳過府。」然後是幾聲不懷好意的哄笑。

「阮小姐就從了我家公子吧，保妳吃香喝辣的，不比妳現在的苦日子強？」一聽這是個為虎作倀的狗腿子。

「你們讓開，不許你碰我家小姐，若我家老將軍知道，定不會放過你們的！」這似乎是個忠心護主的丫鬟，話雖說得義正辭嚴，卻能聽出一絲顫音。

回答她的是更囂張的大笑。「老將軍？哈哈，小爺好怕怕呀！不過是個瘸腿的糟老頭子，敢動小爺我一根汗毛不？妳這小丫頭長得也不賴，性子也潑辣，爺喜歡，乾脆跟著妳家小姐一塊兒隨我入府吧。」

「放開我，你、你不要臉！」丫鬟驚慌失措。

沈薇的嘴角浮上興味的笑。這是碰上了紈袴子弟當街強搶民女了？哪家倒楣催的，養了個這麼不是東西的玩意兒？

「小姐您還笑，那位小姐好可憐，您幫幫她吧！」荷花一臉憂心地哀求。她是想起了自個兒的經歷。

「姑姑，那小子就是秦相府的小公子。」趕車的虎頭忽然說。

沈薇一聽，拉開車簾。那秦小公子被個奴才擋住了，倒是把他對面的小姐瞧了個清楚，她的臉色一下就沈了下來。

「住手！」眼見秦牧然的手就要摸上那位小姐的臉蛋，沈薇大喊，推開車門就跳下去，幾步走到秦牧然跟前。「讓你住手沒聽見？」

秦牧然見有人敢管他的閒事，先是不快，然後看到管閒事的是個漂亮姑娘，頓時大喜。「喲，這位小娘子可是看上小爺了，這麼急不可耐地送上門來？來來來，跟小爺說妳是哪家的，小爺今兒一塊兒抬進府。」

說著，他還頗得意地點著頭。不錯，不錯，這個小妞比阮綿綿那死丫頭還好看上三分，今兒活該小爺走桃花運。

沈薇打掉秦牧然伸過來的手，朗聲喝斥。「光天化日之下，你公然強搶民女，還有王法嗎？」

說完這句話，她嘴角抽了抽。真不想說這句話的，可這句多正義凜然呀！

「唉唷，小娘子還知道王法呀？告訴妳，小爺就是王法！」秦牧然挺著身子大聲叫囂。「知道小爺的爹是誰不？知道小爺的姊姊是誰不？」

沈薇噗哧一下笑了出來。電視劇也不都是騙人的，看，秦牧然的話和戲劇臺詞一樣啊。不是說這貨才十三嗎？強搶民女這業務幹得挺熟練的，平日一定沒少練習。但他不是被珏哥兒揍得昏迷了嗎？這麼快就能下床禍害人？看樣子還是欠收拾。

「你連自己爹、自己姊姊是誰都不知道，腦子壞掉了吧？嘖嘖，真可憐，還不趕緊回家吃藥，在大街上丟人現眼多不好。」沈薇同情不已地說道。

圍觀的人發出哄堂大笑，有那知道秦牧然底細的，則為沈薇捏了一把汗。

秦牧然被笑得惱羞成怒，一指沈薇大聲地道：「臭婊子，小爺今兒就先把妳弄回府！」手一揮，四個家奴就圍上來。

「秦牧然，你有膽子衝著我來，拿什麼無辜之人撒氣！」那位本被丫鬟擋在身後的小姐見狀，急得一下子就越到前面，對沈薇說：「這位小姐的好意我心領了，妳還是趕緊走吧，他不敢把我怎麼樣的。」大不了就是被辱罵幾句。

沈薇看著眼前這有些瘦弱的小姑娘，也就十二、三歲的樣子，穿著一身洗得半舊的湖綠衣裳，一張小臉瘦得還沒有巴掌大，唯獨生了一雙好眼，明亮而倔強。

沈薇對小姑娘擺擺手。「沒事。」然後，她轉頭笑吟吟地對秦牧然說：「秦小公子，你這麼囂張跋扈，秦相爺知道不？淑妃娘娘知道不？你那個動不動就要打死別人給你抵命的祖母和娘親知道不？」沈薇說一句就點他一下。「來，你跟我說說，你打算怎麼把本小姐弄進府？上次沈珏怎麼沒把你打死呢？」她的目光陰沈而冰冷。

秦牧然本就被沈薇推得直往後退，再聽到她提起沈珏的名字，頓時大驚失色。「妳是誰？」看向沈薇的目光充滿了警戒和防備。

「你連我是誰都不知道就敢搶我入府？今兒本小姐教你一個乖，柿子要撿軟的捏懂嗎？不然會出人命的知道不？對了，忘了告訴你，我是沈玨的姊姊，親姊姊，知道我是誰了吧？還想搶我不？」

「妳、妳不能打我！」秦牧然抱著頭，忽然大聲喊道。

沈薇居然很贊同地點點頭。「你放心，我不打你，一下都不會打你。」打了你豈不是便宜你了？沈薇眼角掃了掃圍上來的家奴，眨眨眼睛道：「我只打他們。」秦相府那兩個老潑婦不會為了幾個奴才找上門吧？

「把他們的腿全都打斷。」沈薇對桃花和虎頭下了命令。

桃花掄起小拳頭就衝上去，手一抓就把一個家奴給放倒了。就見她掄起拳頭直往腿上砸，砸得眾家奴哭爹喊娘地倒在地上起不來。

秦牧然嚇得面白如紙，一個勁兒地往後退。「不要打我，不要打我。」

沈薇莞爾一笑。「乖，姊姊說話算數，不打你。」

她看也不看他，徑直對那位小姑娘說：「這位小姐家住哪裡？我送妳一程吧！」

雖是詢問，卻不等小姑娘回答就走向馬車，好像篤定小姑娘一定會同意似的。

那小姑娘望著走在前面的纖細身影，臉色很是複雜，咬了咬唇，最終選擇跟了上去。

上到馬車裡，沈薇望著有些侷促的小姑娘，微笑道：「我叫沈薇，忠武侯府的四小姐。」頓了一下，又道：「若是我沒猜錯的話，妳應該是我表妹吧？」

沈薇看過阮氏的畫像，眼前這位小姑娘長得很像阮氏，她在馬車上一眼就看出來了，所以才會管了這檔閒事。

小姑娘的眼睛一下子紅了，眼裡迅速升起霧氣。姑姑留下的一雙兒女就叫沈薇和沈珏，這個幫她教訓秦牧然的小姐是她的親表姊啊！

想到這裡，阮綿綿的眼淚悄然滑落。她捂著嘴不讓自己哭出聲來，大大的眼睛裡卻盛滿了委屈。

沈薇嘆了一口氣，掏出帕子，溫柔地幫她拭淚。「傻姑娘，哭什麼？來，叫聲表姊。」從她的穿戴上就可以看出如今大將軍府的境況了，聽說大將軍府都要死絕了，滿府只剩下大小三個主子，一個坐在輪椅上的糟老頭子帶著一對稚齡的孫子孫女。

沈薇早就想找個機會去大將軍府看看，畢竟是自己的外家，娘不在了，她得替娘盡點孝心。只是回府後一直事情不斷，還沒抽出時間拜訪大將軍府。

「表姊。」阮綿綿擦擦眼淚，自己也覺得有些不好意思。

沈薇不以為然。「妳叫綿綿是吧？妳出府怎麼也不帶個婆子？還有妳出府做什麼？怎麼遇到秦牧然那個臭小子？」

阮綿綿垂下眸子，雪白的貝齒輕咬著嘴唇，好半天才道：「哥哥病了，我、我想當點東西。」然後便閉嘴不說了。

沈薇看著眼前這倔強的姑娘，心底嘆了一口氣，提高聲音對外頭的虎頭吩咐。「虎頭，讓桃花替你趕車。你回府把柳大夫請到大將軍府來，然後再去武烈將軍府送個消息，就說我有事臨時去不了了，替我跟章小姐道個歉，等過兩天我去給她賠罪。」

大將軍府的事要追溯到十三年前，當時，阮大將軍駐守閩南。那一年的秋天起了戰事，軍中出了奸細，阮大將軍帶領的水軍幾乎全軍覆沒，敗得異常慘烈。

兵敗的消息傳回朝廷時，滿朝譁然。第二天，不知怎的就起了阮大將軍通敵叛國的流言，巧的是在那一戰中，阮大將軍失蹤，生不見人死不見屍，這證實了流言的真實。

先帝大怒，下旨圍困大將軍府。與阮大將軍交好的官員跪求了一天一夜，先帝才有一絲鬆動，允許阮大將軍的獨子阮含章赴閩南戴罪立功。

半個月後，阮含章戰死沙場，消息傳入京中，阮含章身懷六甲的妻子溫氏當時就動了胎氣，千辛萬苦地早產生下女兒便難產而去，留下體弱的婆婆和一對稚齡兒女，兒子才三歲。

更為艱難的還在後頭。阮含章的戰死也沒能消了先帝的怒火，他下旨把大將軍府抄家流放。

聖旨還沒傳到大將軍府，阮大將軍的老妻也病歿了，是出嫁女阮氏，也就是沈薇的娘親，不顧婆婆和丈夫的阻攔，拖著剛剛有孕的身體料理了母親和嫂子的後事，也因此加劇了婆婆沈老太君對她的不滿。

阮氏看著懵懂的姪子和在襁褓裡哇哇大哭的姪女，又想到失蹤的父親、戰死的哥哥，還有沒了的母親和嫂子，只覺得天都要塌了，成日以淚洗面，飯都吃不下幾口。

由於懷孕期間身子受了虧損，當時的阮氏到底沒能保住胎兒，直到一年後才又有了身孕，卻在生沈玨時遇上難產，她拚了命把孩子生下來，沒拖多久就撒手人寰了。

兩個月後，失蹤的阮大將軍帶著一千人馬從天而降。原來他兵行險招，帶人潛入敵軍後方，燒了敵軍的糧草和戰船，並擄獲了敵國的一位王子。

英雄歷經磨難、載譽歸來，迎接他的卻是家破人亡。老妻病逝，兒子戰死，兒媳難產而亡，他掙下再多的戰功又有何用？他跪在大將軍府門前痛哭失聲，頭不停地觸地，鮮血流了一臉，真是聞者傷心，見者落淚。

自那以後阮大將軍就心灰意冷了，交了兵符，關上府門不問世事，慢慢淡出了人們的視線。後來聖上憐惜他忠心為國卻落得境況淒涼，便依然讓他住在大將軍府裡。

第五十五章

沈薇看著大將軍府鏽跡斑斑的大門和兩旁缺了耳朵的大石獅子，心中覺得不是滋味。

「小姐，您回來了。」看門的老頭瘸著腿迎上來，視線停在沈薇的身上，眼睛裡滿是狐疑。

阮綿綿露出淺淺的笑容，如小孩子一般高興。「榮伯，你慢一點。」她親暱地扶住榮伯，指著沈薇道：「榮伯，這是我的表姊，可厲害了，剛才在街上還幫我打跑了壞人。」

「小姐沒事吧？」榮伯可嚇壞了。「小姐呀，下回可不能自己出去了，妳要是有個好歹，讓將軍和少爺怎麼辦呀？」

阮綿綿乖巧地點頭。「我知道了。榮伯，你還沒有見過我表姊呢。」

沈薇笑了笑，上前走了兩步。「榮伯好，我是沈薇，還有一個胞弟叫沈玨。」

榮伯這才把目光轉到沈薇身上，越來越激動。「像，太像了，和大小姐簡直一模一樣！」

「榮伯，快讓表姊進來吧，祖父在哪兒？我帶表姊去看祖父。」阮綿綿在一旁提醒道。

「對、對，看我，光顧著高興了。」榮伯回過神來。「表小姐快請進，將軍在前院書房裡。」

這麼多年了，忠武侯府和大將軍府同樣都在京裡，卻從不走動，即便是大小姐出事的時候，將軍都沒過去看一眼。都說將軍不近人情，只有他才知道大小姐下葬的那晚，將軍在書房裡坐了一夜，第二日一早頭髮就全白了，將軍是在內疚啊！

這下好了，表小姐來了，將軍肯定會很高興的……榮伯睜著渾濁的老眼，時不時低頭扯著袖子擦一擦。

「祖父，您看誰來了？」阮綿綿一進前院的門就大聲嚷道，撒開腳丫子就朝前跑，歡快的笑聲撒了一路。

「綿綿那小丫頭又出什麼么蛾子？」書房裡，輪椅上的老者聽到孫女的喊聲，微笑著放下手中的書本。「阿富，推我出去。」

「是。」叫阿富的老奴剛把手放在輪椅上，就見他們家的小姐一頭闖了進來，小臉紅撲撲的，布滿笑容。「祖父，您看誰來了？」

老者朝她身後看去，臉上的微笑一下子僵住了，低不可聞地嘟囔了一句。太像了！緩步走來的少女，太像他那早逝的小女兒了！

沈薇也在打量外祖父。這真是一位風燭殘年的老人，頭髮鬍子全白了，臉上的皺紋像刀刻一樣深。不是說外祖父比祖父還要小上幾歲的嗎？可看上去，眼前這位老人比祖父要大上十歲也不止。

如果祖父是個精神矍鑠的老頭，那眼前的外祖父就是一隻腳伸進棺材裡的耄耋老人了。

沈薇只覺得眼眶熱熱的，她緊走幾步，雙膝一軟跪倒在地，頭重重磕在地上。「不孝外孫女沈薇來看您老人家了。」

沈薇閉上眼睛，把眼淚逼回去。她也說不清自己為何這麼激動，她來晚了，她應該一回京就來大將軍府的！

想到之前看到滿府凋敗的景象，沈薇只覺得胸口有一股憤怒。憑什麼？外祖父也曾橫槍立馬，為大雍朝的江山立下汗馬功勞，憑什麼姓徐的因為一則流言就處置大將軍府？憑什麼蠅營狗苟者居高位，而勞苦功高的大將軍府卻落到如此下場？憑什麼外祖父流血流汗之後還要流淚？

大將軍阮振天伸出顫抖的手，想要摸摸少女的頭。「起來，快起來，阿富快把表小姐扶起來。」

身後的阮富也是一臉激動，哽咽著就要來扶沈薇，誰知阮綿綿那小丫頭手快已經搶先一步了。

還沒來得及敘話，榮伯就一瘸一拐地進來稟告。「將軍，外頭又來了兩輛馬車，說是咱們表小姐找來給少爺看病的大夫，老奴瞧那後面一輛馬車上裝了不少東西。」

沈薇連忙道：「外祖父，我聽綿綿表妹說表哥病了，就使人把柳大夫喊過來了。柳大夫是外孫女的人，和忠武侯府沒有任何關係。」

大將軍府的境況比沈薇看到的還要窘迫，偌大的府邸只有不到十個下人，其中老弱病殘占了一大半，府裡的每個下人都身兼數職，忙得不可開交。

原本大將軍府是有許多產業的，後來抄家都沒了，雖然最後先帝又還了回來，但阮振天沒要，全都分給了族人。畢竟族人受大將軍府連累，他心中過意不去。

表哥阮恒住的院子很大，卻非常簡陋。柳大夫給阮恒把了脈，他只是受了暑熱，沒什麼大問題，柳大夫當場寫了藥方，也不用出府抓藥，他來時就帶了不少。

後頭馬車上的東西都是蘇遠之張羅的，多是藥材補品，還有兩罈沈薇在沈家莊釀的藥酒。蘇遠之居然還找到了幾疋細布，其中有兩疋顏色十分粉嫩。

阮恒喝了藥便睡下，沈薇在屋子裡待了這麼一會兒便覺得極熱，不著痕跡地四下看了看，沒有看到冰盆。想想也是，如今的大將軍府生活如此拮据，哪有餘錢去買冰這樣的奢侈品，難怪阮恒熱得中暑。

沈薇揚手招來虎頭，吩咐道：「去外頭買兩車冰送過來。」她看了看屋子裡，想著再添置些什麼，越看越覺得大將軍府裡啥都缺，乾脆道：「你自己掂量著，撿緊要的都弄點過來。」

回到外院書房，沈薇搶先說道：「外祖父，我明白您的意思。之前不知道便罷了，現在知道了，我能眼看著您和表哥表妹過苦日子而無動於衷嗎？您就是不為自個兒，也得多為表哥表妹想想，不就是因為沒冰，表哥才中了暑氣嗎？您再看看表妹，都十三的大姑娘家了，頭上連一件像樣的珠釵都沒有。還有這些跟著您多年的老僕，您忍心見他們如此辛苦嗎？」

剛才吩咐虎頭去買冰的時候，沈薇注意到外祖父臉上不贊同，她只是假裝沒看到罷了。

阮振天的臉上就帶出幾分猶豫。是呀，自己不怕過苦日子，可就苦了孫子和孫女，這兩個懂事的孩子，這麼些年，陪自己一起過苦日子卻絲毫沒有怨言，尤其是恒哥兒，還偷偷替書鋪抄書掙錢，只是外孫女——阮振天又遲疑起來。

沈薇十分清楚外祖父的心思。「外祖父放心吧，前些日子我把娘親的嫁妝都拿回來了，光銀子就有四十萬兩。我娘是您老人家的閨女，她的嫁妝都是您給置辦的，說白了這就是您的銀子，您花用自個兒的銀子誰敢說什麼？」

沈薇說得理直氣壯，阮振天不由啞然失笑，他都不知道還有這種算法。但隨之而來的就是欣慰，外孫女跟他女兒一樣，都是心善的孩子。一想起早逝的小女兒，阮振天的心仍是針扎般地疼。

「再說了，只要外孫女我願意，忠武侯府我至少能當半個家，您就把心放到肚子裡去吧，我娘親不在了，以後由我和弟弟替她孝敬您。」

阮振天仍沈浸在悲傷的往事裡，忽聽外孫女如此說道，饒是他再鎮定也免不了吃驚。「妳祖父——」

沈薇眨巴眨巴眼睛，按住外祖父的手。「您不用說我也知道，我祖父就是個老狐狸，但怎麼說他也是我的親祖父，不會真把我怎麼樣的。況且我也不是那任人宰割的，他再是老狐狸，不還有一群小崽子要顧嗎？我怕什麼？光腳的還怕他穿鞋的？」

沈薇倒是沒有說大話，她也是才知道，祖父在沈家莊隨手給她的那塊玉珮居然是十分重要的信物，侯府有一支暗衛，憑此玉珮方可調動。

她不知道祖父是怎麼想的，在沈家莊時就看好她了？她可有些不信，這個時代的人首重傳承，尤其看重男嗣，就是個傻兒子也比聰明的女兒重要，畢竟女兒都是外姓人，祖父能越過大伯父、大堂哥，把這麼重要的東西給她？

本來她是打算把玉珮還回去的，可祖父眼一瞪，她只好摸摸鼻子，把玉珮收起來了。

阮振天又震驚又欣慰。好，真好，外孫女的性子不像她娘，她娘要是有這丫頭的堅強，哪裡會被婆母搓磨得早逝？

虎頭帶著人，一車一車地往大將軍府裡拉東西，阮綿綿歡喜地跟著跑來跑去，府裡的老僕也都眼眶發紅。

沈雪的婚期已經訂下來了，訂在十二月十八，沈霜的婚期則是十月初八，如今已經八月底了，所以許氏可忙碌了，沈霜也很忙碌，除了繡自己的嫁妝還得學習管家。她嫁過去雖不是長媳，但總得管管自己的院子吧？

府裡接連要辦兩場婚事，但長幼有序，在沈雪出嫁前還得解決三小姐和四小姐的婚事，雖不能趕在十二月十八之前嫁出去，但好歹得把婚事訂下來，不然妹妹都嫁出去了，姊姊還沒訂好婚事，外頭就有得說道了。

三小姐的婚事好訂，她是庶女，找個差不多的就行了。鑑於劉氏近期的表現，沈弘軒不敢再信任她，加之芝姨娘吹枕邊風，沈弘軒直接越過劉氏把沈櫻的婚事交到老太君的手裡。

老太君也傻眼了，她都多年不出府走動了，到哪裡給三孫女說一門好親事？最後，這樁事落到世子夫人許氏手中。

許氏有些不高興。光是霜姊兒的婚事她就忙不過來了，怎有時間去給櫻姊兒說親事？好了壞了還擔責任，又不是她這房的庶女，櫻姊兒又是個眼高的，她就怕出了力還落埋怨。可婆婆都發話了，她能不聽嗎？

百忙之中，她抽出時間帶著櫻姊兒出府作了幾回客，最終選定一戶進京述職的四品官員的嫡長子。那家姓文，長子年方十七，長相也很周正，已經是秀才之身，就等著參加明年的秋闈。

文家願意娶沈櫻做長媳，看重的是忠武侯府的勢力，想著能藉此謀一個好官職，最好能留在京裡。

沈櫻對這門親事不大滿意，覺得文家門第太低了，她堂堂侯府小姐，怎麼也得嫁個門當戶對的。現在可好，比二姊、五妹差了一大截。奈何父親和姨娘都點頭了，當場就換了庚帖，氣得沈櫻躲在屋子裡哭了好幾天，還跑到風華院對著沈薇唧唧歪歪說了好多酸話。

沈櫻的婚事訂得還算順利，那就沒必要讓沈雪趕在前頭，反正都已經要連嫁兩女了，再多加一個又何妨？因此沈家去廟裡找大和尚卜了吉日，看中了十一月二十二這天。

沈櫻的婚事解決了，沈薇的婚事就有些麻煩了。沈侯爺早就發話了，薇姊兒的事情老太君他們都不得插手，因此最後這差事又落到許氏的頭上。

但沈薇根本就沒有機會自主婚事，許氏相看了好幾家都覺得不滿意，在她這兒就被打回去了。沈薇樂得輕鬆，許氏卻覺得過意不去，使出渾身解數，動用了所有的人脈關係，勢必要給沈薇找一門好親事，就是她親閨女說親事那會兒也沒這麼興師動眾。

沈薇的婚事一時沒有下文，劉氏可樂壞了。看吧，這個小賤人嫁不出去才好呢。

至於那一日，沈薇在街上讓人把秦牧然的狗腿子全都打斷了腿，秦牧然許是被嚇著了，回去就發起了高燒。

秦老太君和秦夫人可嚇壞了，審問了他身邊的小廝才知道事情的經過。這婆媳二人可氣壞了，姑娘家家的當街把人的腿給打斷，這是多囂張跋扈呀！誰家的？姓沈？沈玨的親姊姊？我的老天爺呀，忠武侯府怎麼淨出土匪呀？

看著小孫子燒得直說胡話。「不要打我！不要打我！」秦老太君的肺都被捅疼了，當場就要去忠武侯府找人算帳，被聞訊趕來的秦相爺好說歹說攔住了。

秦相爺心裡也苦。然哥兒再不成器也是他兒子，看著小兒子臉紅通通的躺在床上，他也心疼，可有什麼辦法？人家一根指頭都沒碰你，還能為幾個奴才找上門去？他還要臉不？

雖然秦老太君不再堅持去忠武侯府找人算帳，卻是逢人就哭訴，哭訴忠武侯府出了女土匪，把她的寶貝乖孫子給嚇病了。這事有人相信，但更多的是不信。誰不知道秦相府的小公子是個膽大包天、啥事都敢做的主兒，能被個小姑娘嚇病了？聽說那小姑娘還是個身子不好的病秧子。

有個和劉氏走得近的夫人把這事當笑話講給劉氏聽，劉氏聽了，沈寂的心頓時活泛起來，眼睛一瞇，想出了一個主意。

送走了客人，劉氏就去了松鶴院，低眉順眼地陪老太君聊天，聊著聊著就聊起了沈薇的婚事。

劉氏長嘆一聲，道：「要說薇姊兒這孩子吧，什麼都好，就是運道不大好。大嫂這前前後後都相看多少人家了，怎麼一家合適的都沒有？」

見老太君不接話，她又道：「母親，說句掏心窩子的話，雖然薇姊兒這樣對我，可我能和她一個孩子一般見識嗎？薇姊兒也是老爺的親閨女，就是看在老爺的面上，我還能不盼著她好？」說著，劉氏的聲音哽咽起來，拿帕子輕拭眼角。

老太君也嘆了一口氣，欣慰地道：「妳能這樣想就好了，弘軒性子執拗，妳多擔待他一些。夫妻床頭吵架床尾和，妳呀就服個軟去給弘軒道個歉，他有了臺階也就下來了，你們夫妻好好的，我才能放心。」

劉氏滿眼感激。「兒媳知道了，定不會讓母親失望的。」其實她也想和老爺和好，無奈老爺就是不進她的院子，派人去請也請不回來。連人都見不到，她就是有再多的手段也施展不開。

老太君拍拍劉氏的手，又道：「妳大嫂也忙，妳畢竟是薇姊兒的嫡母，她的婚事妳也上上心，她現在小，不懂事，等她也為人妻母了，會感激妳的。」

劉氏道：「看母親說的，只要薇姊兒好了，感激不感激的都不重要。」頓了頓，像忽然才想起似的。「還真有一門適合薇姊兒的好親事呢。」

老太君頓時來了精神。「哪一家？妳快說說看。」要是自己幫薇姊兒說了一門好親事，老三便不會這麼埋怨自己了吧？

「秦相府呀！」劉氏說道。「母親您想，咱們忠武侯府和秦相府可是門當戶對，秦相是文臣之首，宮裡的淑妃娘娘還育有皇子，咱們結了這門婚事，對玨哥兒、謙哥兒都有助益。」

「秦相家的大公子不是已經成婚了嗎？」老太君疑惑地問。

劉氏道：「母親，兒媳說的是秦相爺家的小公子呀！」

「小公子？不成不成，那小公子比薇姊兒還小上兩歲，聽說就是個愛胡鬧的，和薇姊兒她弟弟都打了兩回架，結著仇呢。」老太君連連搖頭。

劉氏忙解釋。「母親，就因為玨哥兒和秦小公子結了仇，我才提起這門婚事的，等薇姊兒和秦小公子的婚事一定下，趄明兒成了一家人，多大的仇不都解開了？」她見老太君有些意動，又勸道：「俗話說女大三抱金磚，薇姊兒這才大兩歲，有什麼妨礙？至於說秦小公子愛胡鬧，男孩子淘氣罷了，民間不是有淘小子更有出息的說法嗎？等過幾年，長大了、定了性子就好了。」

「嗯。」老太君被劉氏說得徐徐點頭，左右想了想，還真是一門好親事呢。

「可薇姊兒會同意嗎？她要是不願意也是沒用。」老太君想起沈薇那個性子就覺得頭疼。

「薇姊兒小孩家家的懂什麼呀？還不是得咱們這些長輩替她多想著？她不願意就好生勸勸唄，薇姊兒懂事，會明白咱們都是為了她好的。」劉氏嘴上說得好聽，心裡卻冷笑。不願意？哼，小賤人等著吧，等我送妳一場好富貴！

——未完，待續，請看文創風571《以妻為貴》3

為流浪貓狗加油 和貓寶貝 狗寶貝

廝守終生(一定要終生喔！)的幸福機會

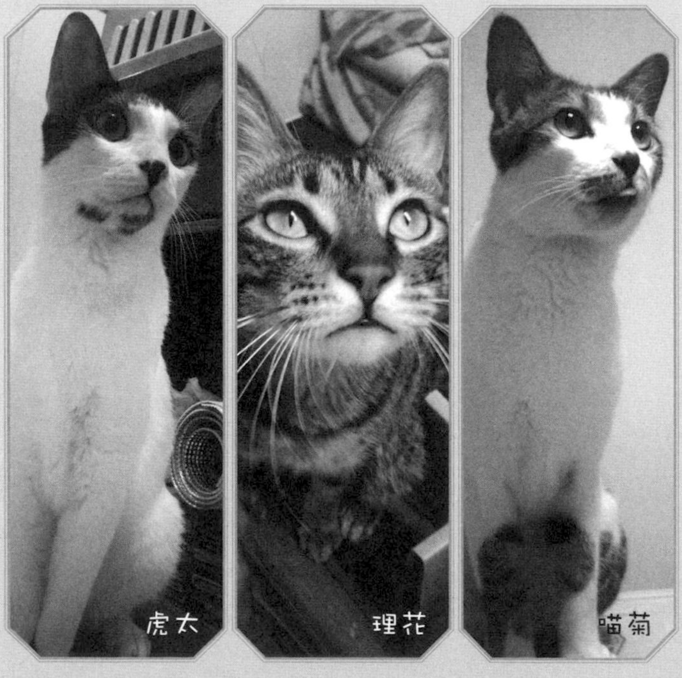

對人來說，貓寶貝狗寶貝只是生活的一部分，
但妳（你）對牠們來說，卻是生活的全部，領養前請一定要考慮清楚——

▲ 三貓三色的「三隻小貓」
虎太＆理花＆喵菊

性　　別：都是男生
品　　種：都屬米克斯
年　　紀：皆是4歲
個　　性：1. 虎太起初較怕生，熟悉後變得黏人、愛玩
　　　　　2. 理花能很快適應環境，也愛玩
　　　　　3. 喵菊親人、愛玩，較會爭寵
健康狀況：已結紮、植入晶片、施打狂犬病疫苗
　　　　　(2017年9月到期，須補打)
目前住所：台北市士林區

第284期 推薦寵物情人

『虎太＆理花＆喵菊』的故事：

中途說，會遇見「三隻小貓」是因為前同事。當時的同事養了不少貓，都是在幼貓時被他撿回家，「三隻小貓」也是。「小時候好可愛，長大怎麼跟白癡一樣？」他這麼跟中途說。中途看著貓貓們一起被關在籠子，甚至在發情期互相打架也都被置之不理，實在不忍心；於是，中途申請了政府的節育手術，也因此貓貓們的「官方主人」變成了中途。今年七月，貓貓們被前同事的家人帶到收容所去，中途被通知後，只能先將牠們帶回安置。

虎太稍微怕生，但熟悉後很親人，喜歡坐在人旁邊；牠也熱愛逗貓棒、爬高高，因此打造安全、友善的環境對牠而言非常重要。理花的個性則較大剌剌，也很親人、愛玩，只要給牠小玩具，便能自己玩一整個下午；但他更熱愛跟人互動，非常好奇、好相處。至於喵菊一樣很親人，但比較聽話，甚至一叫就來，很像狗狗（笑）；牠亦喜歡逗貓棒、爬高高，但其實只要會動的都會引起牠的注意。

中途進一步提到，虎太適合熱愛與貓咪互動者；而喵菊因較會爭寵，推薦給家中無飼養任何動物的貓奴；至於理花，就是隻好好先生，很好照顧。「三隻小貓」在被棄養前，就已經失去前主人的關愛，中途由衷期望能幫牠們找到真正愛牠們的家人。若您想進一步了解「三隻小貓」，請來信stella1350@hotmail.com，或致電0909-981-368（Stella 阿薇），或上FB搜尋「貓戰士 - 8隻萌寶找家人」。

認養資格：

1. 認養者須年滿20歲，有穩定收入及適合的環境，且經過同住者、房東的同意。
2. 每年須帶貓咪施打預防針、狂犬病疫苗。
3. 每日須給適當的食物和水、足夠的關愛和照顧，及安心的休息空間。
4. 不可放養或半放養、打貓、長期牽繩或關籠飼養，外出須放外出籠。
5. 須同意簽認養寵物切結書，並提供身分證影本將寵物主人名字及資料更新。
6. 須提供照片讓中途追蹤貓咪現況。
7. 若飼養期間有任何問題，請先與中途反映，不可私自決定棄養或送出。

來信請說明：

a. 個人基本資料：姓名、性別、年齡、居住地、同住者、職業與經濟來源等。
b. 預定如何照顧貓咪，以及所能提供之環境和承諾（如：食物、飼養方式）。
c. 若未來有結婚、懷孕、出國或搬家等計劃，將如何安置貓咪？

文創風 570

以妻為貴 2

國家圖書館出版品預行編目資料

以妻為貴 / 淺淺藍著. --
初版. -- 臺北市 : 狗屋, 2017.10
冊 ; 公分. --（文創風）
ISBN 978-986-328-783-4（第2冊：平裝）. --

857.7　　106014531

著作者　淺淺藍
編輯　張蕙芸
校對　黃薇霓　周貝桂
發行所　狗屋出版社有限公司
地址　台北市104中山區龍江路71巷15號1樓
電話　02-2776-5889～0
發行字號　局版台業字845號
法律顧問　蕭雄淋律師
總經銷　知遠文化事業有限公司
電話　02-2664-8800
初版　2017年10月
國際書碼　ISBN-13　978-986-328-783-4

定價250元
狗屋劃撥帳號：19001626
網址：love.doghouse.com.tw　E-mail：love@doghouse.com.tw